KB106565

인형의 마을

인형의 마을

박상우 소설

민음사

§

차례

§

노적가리 판타지

노적가리 판타지

밤 10시 53분, 하행선 마지막 열차가 떠난다. 출구를 나온 여객 서너 명이 지친 기색으로 역사를 빠져나가자 대합실에 무거운 냉기가 감돈다. 열차가 떠난 뒤에도 그는 개찰구 옆 창가에 서서 밖을 내다본다. 저녁 7시경부터 그때껏 거의 네 시간에 가까운 집중이다. 개찰구를 닫고 대합실 안으로 들어온 역무원이 안타깝다는 표정으로 그에게 묻는다.

"기다리는 사람이 안 왔나 보죠?"

돌연한 물음에 그는 막막한 표정으로 고개를 가로젓는다. 일주일 이상 깎지 않은 수염이 평상적인 생활을 접은 사람의 몰골을 떠올리게 한다. 뿐만 아니라 대합실의 흐린 불빛이 그의 낯빛을 납빛으로 가라앉게 만든다.

그는 역사를 나서 몇 개의 나트륨등 불빛이 내려앉은 광장을 가로지른다. 우측 골목으로 접어들자 몇 군데 식당에서 희뿜한 형광등 불빛이 흘러나온다. 맞은편 터미널 주변도 불이 꺼져 선뜩한 느낌을 주지만 그나마 포장마차에서 밀려 나오는 불빛이 이정표 역할을 하고 있다.

그는 포장마차 안으로 들어가 소주 한 병과 우동 한 그릇을 시킨다. 그녀가 오겠다던 7시부터 지금껏 내내 대합실에 있었으므로 이제는 허기를 지나 속이 쓰리고 신물이 넘어올 지경이다. 그는 우동이 나오기 전에 소주를 맥주잔에 부어 단숨에 반을 비운다. 우동이 나온 뒤에 숟가락으로 따뜻한 국물을 몇 번 뜨고 나머지 술을 마저 비운다. 몇 젓가락 면발을 빨다 말고 그는 고개를 들어 50대 주인에게 묻는다.

"오늘이 며칠이죠?"

"장날이니까…… 9일이네요, 9일."

주인 여자의 말을 듣고 그는 고개를 숙인다. 우동 그릇에서 모락모락 피어오른 김이 그의 얼굴을 축축하게 만든다. 그는 들고 있던 젓가락을 내려놓고 계산을 한다. 왜 다 먹지 않고 가느냐고 주인 여자가 묻지만 그는 아무런 대꾸도 하지 않고 포장마차를 벗어난다.

밖으로 나서자 건너편 강 쪽에서 매운 칼바람이 불어온다. 터미널 앞에서 무단 횡단을 하고, 경사진 인도를 따라 10분쯤 걸어 올라가 강마을로 진입하는 다리를 건넌다. 거기서 강마을까지는 아무리 빨리 걷는다 해도 30분은 족히 걸릴 터이다. 가로등도 없는 캄캄한 시골 길이니 시간이 훨씬 더 걸릴 수도 있다. 고개를 숙이고 걸으며 그는 중얼거린다.

"안 오면…… 나더러 어쩌라는 건가."

그가 강마을에 당도한 건 9일 전이었다. 그날 오후 늦게 그곳에 당도했을 때 세상은 온통 백설 천지였다. 주먹만 한 함박눈이 쏟아져 강이 보이지 않을 지경이었다. 마을 공터에서 몇 마리 개들이 겅중거리고, 동네 어린아이들이 눈을 뭉쳐 던지는 풍경이 흐릿하게 보일 뿐이었다. 역에서 내려 강마을까지 택시를 타고 가는 동안 그는 자신이 이 세상에서 가장 깊은 오지로 들어가고 있는 것 같다는 생각을 했다. 물론 지상의 오지가 아니라 마음의 오지였다.

몇 년 전 그는 강마을을 지나쳐 간 적이 있었다. 영화 촬영 장소 헌팅을 위해 스태프들과 그곳을 잠깐 둘러보고 간 것이었다. 물론 그곳은 적합한 장소로 선정되지 않았지만 마을에서 건너다보이는 작은 섬은 유난스레 그의 기억에 오래 남아 있었다. 반경 50미터도 채 안 돼 보이는 섬은 강 하구에 모래가 퇴적돼 자연스럽게 형성된 것이라 했다. 하지만 잡목림만 무성해 동네 사람들도 그곳으로는 건너가지 않는다고 했다. 뿐만 아니라 섬 안에 돌무덤이 하나 있어 누구라도 그곳에 발을 들여놓으면 반드시 나쁜 일을 당한다는 기이한 미신까지 떠돌고 있었다.

동생이 자살했을 때 어째서 그의 뇌리에 섬이 떠올랐는지 모를 일이었다. 너무나도 자연스럽게, 거의 자동적으로 섬이 떠올라 그는 동생의 죽음을 슬퍼할 겨를이 없었다. 그것이 그에게는 너무도 다행스럽게 여겨졌다. 조문을 받는 동안에도, 장례를 치르는 동안에도, 화장을 하는 동안에도 그는 내내 섬에 사로잡혀 있었다. 당연한 절차처럼 그는 장례가 끝나자마자 주변을 정리하고 허겁지겁 이곳을 찾아왔다. 오직 한 사람, 동생의 여자에게만 자신의 행선지를 밝혔다.

"섬이 자꾸 날 불러요. 어쨌거나 난 그곳으로 가야 할 것 같아요."

"그럼 나는요?"

"지금으로선 아무것도 말할 수 없어요. 그곳에 가서 다시 연락하죠."

닷새 동안 그는 민박집에 틀어박혀 낮과 밤이 바뀐 생활을 했다. 낮에는 방에 틀어박혀 잠을 자고 밤에는 밖으로 나와 강마을을 배회하며 건너편 섬을 바라다보곤 했다. 강마을이 끝나는 곳에 나룻배가 두어 척 묶여 있어 볼 때마다 유혹하듯 일렁거리곤 했다. 마을에는 작은 식당과 구멍가게가 있었다. 민박집 두 채를 제외하고 20여 호의 가옥들은 산비탈 곳곳에 듬성듬성 분산돼 있어 딱히 마을이라는 느낌이 들지 않았다. 어두워진 뒤에는 밖으로 나가 식당에서 한 끼 밥을 사 먹고 구멍가게에서 소주 몇 병을 사 들고 오곤 했다. 그러고는 밤을 새워 결빙의 속삭임을 들으며 견딜 수 없이 맑은 정신으로 소주를 마셨다.

사흘 전, 그는 동생의 여자에게 전화를 걸었다. 밤을 새운 뒤, 처음으로 돋을볕이 세상으로 퍼져 나가는 이른 시간에 구멍가게 앞으로 가 공중전화를 건 것이었다. 강마을로 들어올 때 이미 모든 걸 처분하고 온 터라 그는 휴대폰 따위도 지니고 있지 않았다. 전화를 받은 여자는 그의 목소리를 듣자 대뜸 울음을 터뜨렸고, 잠시 사이를 두었다가 죽고 싶다는 말을 했다. 그가 맞받았다.

"나도 당신과 생각이 같아요. 그러니 당신도 이리로 와요."

흐느끼던 끝에 여자는 그러마고 했다. 모든 걸 정리하고 사흘 뒤에 그가 있는 곳으로 오겠다고 했다. 그는 침묵했고, 여자는 계속 흐느꼈다. 전화를 끊은 뒤에도 여자의 흐느낌은 집요한 여운이 되어 그의 귓전을 맴돌았다. 하지만 그는 자신의 선택과 권유를 후회하지 않았다. 어쩌면 처음부터 모든 것이 그렇게 결정돼 있었는지도 모르겠다는 생각이 들 정도로 마음이 편안했다. 여러 해 전, 그가 섬을 처음 보던 무렵부터 이미 모든 것은 예정돼 있었는지도 모를 일이었다. 그것을 증명이라도 하듯 지금 모든 것이 섬을 향해 가고 있지 않은가.

다리를 건넌 뒤부터 바직바직 얼어붙은 눈이 발에 밟힌다. 사람이 별로 다니지 않는 길이고 날씨가 추우니 지난번에 내린 눈이 고스란히 얼어붙은 것이다. 컹컹, 주변의 인가에서 개 짖는 소리가 한껏 깊어진 어둠을 뒤흔든다. 그는 걸음을 재촉하며 안 오면 나더러 어쩌라고, 나더러 어쩌라고…… 연해 중얼거린다. 그렇게 몇 걸음 걸어 나가다 갑작스럽게 멈추고 그는 쪼그려 앉는다. 그러고는 허억, 헉, 산소가 부족한 호흡기 질환자처럼 가슴을 양손으로 짓누르며 고통스러워한다. 이제는 한 마리가 아니라 여러 마리의 개들이 서로에게 자극을 받은 듯 사방의 어둠 속에서 극성스럽게 짖어 댄다.

컹

컹

컹

컹

동생의 여자가 어긴 약속에 대해 그는 아무런 대책이 없다. 애초에 그녀와 주고받은 말이 약속인지 아닌지도 이제는 모호하게 느껴질 뿐이다. 처음부터 그와 그녀는 약속으로 맺어진 사이가 아니다. 그러니 여자가 오늘 기차에서 내리지 않은 게 약속을 어긴 것인지 아닌지도 명확하게 판단을 내릴 수 없다. 그저 오지 않았다는 사실만이 그를 어둠 속에 주저앉게 만들고 어둠보다 더욱 깊어지게 만들 뿐이다.

어쩌란 말인가.

쪼그리고 앉아 그는 끈끈한 타액을 밀어낸다. 포장마차에서 서둘러 마신 술이 쓰디쓴 쓸개즙처럼 밀려 나온다. 눈물을 글썽거리며 으헉, 컥, 그는 헛구역질까지 해 댄다. 주머니를 뒤져 보지만 손수건도 없고 화장지도 없다. 지폐 몇 장만 마른 낙엽처럼 버석거릴 뿐이다. 손바닥으로 땅을 짚으니 차디찬 얼음의 기운이 느껴진다. 거기에 손바닥을 비비고, 거기서 생겨난 물기로 입을 닦는다. 그러고 나서 칵, 마지막으로 힘을 모아 침을 뱉는다.

자세를 풀고 일어나자 깊은 현기증이 몰려와 눈앞이 아찔하다. 허벅지를 손으로 짚고 잠시 엉거주춤한 자세로 서 있는다. 개들은 이제 줄을 끊고 집 밖으로 뛰쳐나와 잔혹하게 그를 물어뜯기라도 할 것처럼 발악적으로 짖어 댄다. 흰 눈 위에 붉은 선혈을 흘리며 개들에게 물어뜯기는 주검이 떠오르자 입가로 비죽이 웃음이 번진다. 그래, 죽을 이유가 분명한 자들은 그렇게 죽는 게 마땅하지. 안 그래?

동생은 유서를 남기지 않았다. 유서를 남길 여유를 회복하기도 전에 죽음을 감행한 때문이었다. 그는 그렇게 단정했다. 아마 자기라도 그런 선택을 할 수밖에 없었을 거라고. 그는 동생의 입장을 이해했다. 동생은 섬이었다. 아니, 동생이 죽었으므로 이제는 그가 섬이었다. 그의 눈앞에서, 뇌리에서, 기억에서 섬이 미친 듯 술렁거렸다. 동생이 유서를 남기지 않고 자살한 것에 대해 동생의 여자도 아무런 언급을 하지 않았다. 그리하여 주변 사람들은 동생의 죽음을 장애를 비관한 자살로 단정했다. 동생이 다니던 교회 사람들이 그런 결론을 내렸다는 건 기막힌 아이러니가 아닐 수 없었다. 동생의 밝고 쾌활한 성격을 누구보다도 잘 알고 있던 교우들이 아닌가.

동생은 어릴 때 앓은 소아마비로 인해 다리를 심하게 절었다. 그가 스물이고 동생이 열다섯 살 때 홀어머니가 세상을 떠났다. 그 뒤로 동생은 작은집에서 생활을 했고 그는 혼자 독립해 대학을 다녔다. 아르바이트, 조교 일 따위로 대학 생활은 정신없이 흘러갔다. 방학 때나 한 번씩 동생의 얼굴을 볼 수 있을 정도였다. 동생은 신학을 공부하고 신부나 목회자가 되고 싶어 했지만 작은아버지의 반대로 뜻을 이루지 못했다. 동생은 조경학과를 졸업하고 취직도 하지 않은 채 교회 일에만 매달렸다. 목회자들보다 교회에서 하는 일이 더 많았고, 목회자들보다 교회에 있는 시간이 더 많았으며, 목회자들보다 훨씬 밝은 표정으로 동생은 장애의 나날을 살았다.

하늘이 감복했는지 동생은 여자도 교회에서 만났다. 만나고 얼마 지나지 않아 결혼을 약속했다고 했다. 여자는 교회 장로의 딸로, 약대를 졸업하고 종합병원에서 조제 약사로 근무하고 있다고 했다. 동생은 결혼을 하면 여자와 함께 약국을 개업할 예정이라고 했다. 물론 동생의 입을 통해 전해 들은 말이었을 뿐 그는 동생의 여자를 직접 만나 본 적이 없었다. 그가 근무하는 영화사의 일만으로도 하루가 48시간이나 80시간쯤 되기를 빌어야 할 형편이었다.

그가 동생의 여자를 처음 본 건 지난여름 어느 날이었다. 토요일 저녁 무렵에 동생과 여자가 그가 사는 아파트를 방문했다. 여자와 첫 대면을 하는 자리였다. 해 질 무렵, 석양을 등지고 나타난 여자를 보고 그는 자신의 눈을 의심했다. 배경의 노을이 역광으로 작용하고 있었지만 동생의 여자는 육감적인 실루엣으로 그를 놀라게 했다. 저렇게 늘씬하고 아름다운 미인이 어째서 장애가 있는 동생과 결혼을 하려고 작정한 것일까. 근원을 알 수 없는 불길한 예감이 첫 순간부터 그를 사로잡았다.

그가 준비한 음식과 와인으로 셋은 즐거운 시간을 보냈다. 하지만 그는 동생의 여자에 대해 점점 더 이해할 수 없는 심정이 되어 갔다. 동생은 술을 입에 대지도 못하는데 여자는 정도 이상으로 술을 마셨다. 많이 웃고, 많이 말하고, 많이 움직이는 모양새를 보며 그는 은근히 동생을 걱정했다. 장애를 지닌 동생이 저런 여자와 어떻게 평생을 사나.

그날 세 사람은 새벽 3시까지 함께 있었다. 적당한 시기에 자리를 파하고 싶었지만 여자가 계속 술을 마시겠다고 고집을 부린 때문이었다. 동생과 그는 도리 없이 여자의 의견을 따라 주었다. 결국 여자는 앉은 채 잠이 들었고, 동생과 그는 여자를 부축해 침대에 눕혔다. 여자를 눕히고 나서 동생이 그에게 말했다.

"형, 미안해. 난 이제 교회에 가야 해. 새벽 기도에 참석해야 하거든."

"여자를 두고 교회에 간다고?"

"괜찮아. 그냥 자게 둬. 내가 아침에 다시 올게."

동생은 아침 8시경에 다시 아파트로 왔다. 하지만 그때 이미 여자는 아파트를 떠나고 없었다. 동생은 그것을 당연한 일인 듯 받아들였지만 실상은 그렇지 않았다. 동생이 자리를 비운 동안 그는 여자와 다시 술을 마셨다. 동생이 아파트를 떠나자마자 여자가 멀쩡한 모습으로 거실로 나온 때문이었다. 결국 그는 여자와의 대화를 통해 동생과 여자 사이의 모든 걸 알게 되었다. 동생의 여자에게서 엄청난 말들을 전해 들은 때문이었다.

여자가 동생과 결혼을 하려는 건 교회 장로인 자기 아버지에 대한 복수심 때문이라고 했다. 그녀가 대학 때부터 사귀어 온 남자가 있었는데 단지 가난하다는 이유로 아버지가 결혼을 극구 반대했다는 것이었다. 그래서 불구인 동생을 결혼 상대로 선택함으로써 장로인 자기 아버지의 이중인격을 폭로하기로 작정했다는 것이다. 교회에서 가장 신임이 두터운 동생과의 결혼을 반대할 경우, 그녀의 아버지는 더 이상 장로로서 존경을 받기 어렵게 되리라는 걸 여자는 교묘히 역이용하고 있었다.

"동생이 성불구라는 거 아시나요?"

어느 순간, 여자는 싸늘한 미소를 머금고 그에게 물었다. 그가 모른다고 대답하자 불구라고 그녀는 단정적으로 잘라 말했다. 그런데 왜 결혼을 하려고 하느냐고 묻자, 그런 건 아무래도 상관없다고 그녀는 대답했다. 그러고는 잠시 멍한 표정으로 앉아 있다가 불현듯 이렇게 물었다.

"정신은 동생과 살고, 몸은 형과 살면 안 될까요?"

자정 무렵의 강마을은 무덤 속처럼 고적하다. 역에서 거기까지 걸어오는 동안 시간이 몇천 년은 흐른 것 같다. 한 생을 꿈처럼 보내고 어느새 다른 생으로 접어든 것이라면 얼마나 다행일까. 그는 터무니없는 안타까움으로 치를 떤다. 하지만 운명의 결빙이 풀리기엔 아직 어둠이 너무 깊다. 어둠만 깊은 게 아니라 눈까지 흐려지고 있다. 어찌 된 일인지 길이 보이지 않고, 어찌 된 일인지 생각에 가닥이 잡히지 않는다. 이것이 하나의 문장이라면 모조리 지우고 처음부터 다시 써야 옳을 터이다. 하지만 아무리 다시 써도 달라지지 않는 게 인생의 문장이다. 고쳐도 또 고치게 만드는 마술, 얼마나 끔찍한가.

그는 구멍가게로 다가가 공중전화 앞에 선다. 구멍가게는 이미 문을 닫아 주변이 막장처럼 어둡다. 주머니에 남은 대여섯 개의 동전을 꺼내 모조리 투입구에 넣고 번호를 누른다. 그녀에게 해야 할 말들이 문장으로 만들어지다 지워지고, 단어로 떠오르다 스러지고……. 이 번호는 없는 번호이거나 결번이오니……. 후크를 당기자 와그르르, 동전이 한꺼번에 반환구로 쏟아져 내린다. 그것들을 꺼내 다시 한번 투입구에 넣고 번호를 눌러 보지만 결과는 마찬가지, 그녀는 끝내 연결되지 않는다. 그녀가 행방불명되었거나 미아가 되었거나 납치되었거나 자살을 한 모양이라고 그는 생각한다. 그렇지 않고서야 이렇게 무책임한 멘트가 되풀이될 수는 없을 터이다. 처음부터 없던 존재인가, 갑자기 사라진 존재인가.

강마을로 내려와 그녀에게 전화를 걸던 며칠 전 아침이 떠오른다. 강마을에 당도해 엿새째 되던 아침에 처음 본 주변 풍경은 그에게 깊은 충격으로 각인돼 있었다. 그날 아침, 여자에게 전화를 걸고 나서 그는 강변으로 나갔다. 7시 40분, 강 건너편에서 작은 동력선 한 척이 수면에 긴 사선을 그으며 하구 쪽으로 내려갔다. 수면에서는 얇은 망사처럼 수증기가 피어올라 일제히 강 건너편으로 몰려갔다. 그때, 수면에 선명한 물길을 만들며 청둥오리 몇 마리가 앞서거니 뒤서거니 이동을 했다. 물이 아니라 얼음 위로 미끄러지는 것처럼 녀석들의 동작에는 아무런 꾸밈이 없어 보였다. 이윽고 산봉우리 위로 강렬한 햇살이 터져 오르고 건너편 마을에 짙은 그늘이 드리워졌다. 하지만 수면에는 금빛 물비늘과 붉은 물기둥이 생겨났다. 순간, 그는 붉게 타오르는 물기둥을 부둥켜안고 섬으로 건너가고 싶다는 생각을 하며 치를 떨었다. 섬으로 건너가지 않으면 안 될 것 같은, 섬으로 건너가야 모든 게 종료될 것 같은 예감이 번개처럼 뇌리를 스쳐 간 때문이었다. 붉게 타오르는 몸, 붉게 타오르는 영혼……. 아아, 한 줌 재로도 남고 싶지 않은 순수한 저주!

그날 동생은 아무런 예고도 없이 그의 아파트를 찾아왔다. 물론 그날 그는 혼자 있지 않았다. 동생은 몹시 어색한 표정으로 잠시 문 앞에 서 있었다. 그것은 마치 자신이 염려하거나 의문스러워하던 것을 차분하게 확인하는 절차처럼 보였다. 그때 동생의 여자는 알몸에 그의 체크무늬 셔츠를 걸치고 있었다. 이

웃고 동생은 모든 걸 확인해서 아주 편안하다는 표정을 지어 보였다. 하지만 그 순간 동생이 목격한 것은 아마 그의 인생을 통틀어 가장 끔찍스러운 장면이었을 것이다. 두 계절이 흐르는 동안 그런 관계가 지속됐으리라는 걸 동생도 넉넉히 알아차렸을 터였다. 동생은 자신이 무슨 잘못을 저지르기라도 한 것처럼 미안한 표정으로 애매하게 웃었다. 그런 뒤에 아주 천천히 등을 돌렸고, 다리를 절며 엘리베이터 쪽으로 걸어갔다. 그게 그가 본 동생의 마지막 모습이었다.

처음 만나 술을 마신 직후부터 동생의 여자는 그를 찾아오기 시작했다. 아무것도 원치 않고, 어떤 식으로도 귀찮게 하지 않을 테니 제발 자신을 내치지만 말아 달라고 여자는 간청했다. 그리고 동생의 여자이기 때문에, 라는 유치한 이유 같은 것도 내세우지 말아 달라고 강요했다. 어이없는 일이었지만 그로서는 여자를 내칠 만한 용기도 없었다. 그것은 용기의 문제가 아니라 양식의 문제라고 그는 생각했다. 이 사람에게는 이런 양식이 있고 저 사람에게는 저런 양식이 있는 것이지 모든 양식이 다 통일되어야 하는 건 아니라고 치부한 것이었다. 그의 입장에서는 여자가 동생을 농락하고 있다고 판단했고, 그럴 바엔 차라리 결혼을 하지 못하게 하는 게 나을 거라고 단정했다. 그것이 동생을 위하는 길이라고 나름대로 치부한 셈이었다. 치부야 자유 아니겠는가.

여자는 그에게 치명적인 독이었다. 독이라는 걸 알면서도 그것을 물리치지 못했으므로 그는 패륜의 열락을 만끽할 수 있었다. 영혼이 고통의 늪지에서 허우적거릴수록 육체의 쾌락은 강도를 더해 갔다. 하지만 그와 여자는 그때 이미 알고 있었다. 자신들에게 다가오는 종말, 자신들에게 다가오는 파국, 자신들에게 다가오는 감각의 몰락에 대하여.

동생이 음독자살했다는 연락을 받았을 때도 두 사람은 함께 있었다. 자정 무렵, 동생은 교회 본당 십자가 밑에서 발견되었다고 했다. 그가 전화를 끊고 여자에게 사실을 알리자 여자는 눈을 말끄러미 뜨고 그의 얼굴을 올려다보았다. 그가 길게 한숨을 내쉬자 여자가 얼음장처럼 냉랭한 어조로 모든 걸 압축했다.

"한숨 쉬지 마요. 놀랄 만한 소식이 아니잖아요."

어둠 속에서 그는 동생처럼 다리를 전다. 한쪽 다리를 먼저 내밀고 상체를 뒤로 젖히며 힘겹게 걸음을 완성한다. 그렇게 몇 걸음을 옮기자 몸에서 열이 나기 시작한다. 하지만 그는 멈추지 않고 마을이 끝나는 지점까지 내처 걷는다. 그래, 네가 이런 동작으로 세상을 버텼구나. 그는 이를 악물고 동생의 자세를 유지한다. 순간, 오른발을 지탱하기 위해 따라가던 왼발이 미끈하며 몸이 공중으로 떠오른다. 퍽, 하고 둔중한 진동이 지나간 뒤부터 등판에서 감각이 느껴지지 않는다. 하지만 가까스로 몸을 일으켜 그는 다시 동생의 자세로 걷는다. 동생의 여자에게 전화를 걸던 그날 아침 이후, 그는 줄곧 동생의 자세에 대해 생각했다.

그리고 어떻게든 동생의 동작으로 저 섬까지 건너가리라 다짐했다.

여자에게 동생의 동작을 보여 주고 싶었다. 그가 먼저 보여 주면 여자도 따라 할 것이라 믿었다. 그래야 마땅하다고 그는 생각했다. 그런 동작으로 섬까지 여자와 함께 갈 작정이었다. 섬에 들어가 돌무덤을 하나 더 만들고, 자신도 스스로 돌무덤에 묻힐 작정이었다. 그러면 모든 것이 끝나리라, 그는 철석같이 믿고 있었다. 하지만 여자는 오지 않았고, 이제는 현실에서 사라진 존재가 되어 버렸다. 정신은 동생과 살고 몸은 형과 살고 싶다던 반인반마 같은 여자는 어디로 사라진 것일까.

눈앞이 침침하다. 어둠이 공기가 아니라 벽처럼 견고하게 느껴진다. 두 눈을 부릅뜨고 어둠 속을 노려본다. 우측 둔덕 위, 어둠보다 더 깊은 어둠 속에서 희미한 불빛이 밀려 나온다. 아무런 생각도 없이, 당연히 그래야 하는 것처럼 그는 다리를 절며 그곳으로 간다. 하지만 곧이어 경사가 시작되고 둔덕이 미끄러워 몇 번씩이나 중심을 잃고 나동그라진다. 다시 시도할 때마다 경사가 점점 심해지는 것처럼 느껴진다.

그는 거의 기다시피 둔덕을 올라 이윽고 평지에 이른다. 생각보다 넓은 평지가 나타나고 불빛이 선뜩하게 시야로 밀려든다. 가만히 살펴보니 산자락을 배경으로 이엉지붕에 황토로 벽을 두르고 서 있는 작은 주막이다. 지난 며칠 동안 강마을에 머물며 이곳까지 와 본 적이 없어 외관이 전체적으로 낯설다.

마당에 깡마르고 왜소한 노인과 네댓 살쯤 돼 보이는 남자 아이가 어정거리고 있다. 손을 잡고 있긴 하지만 노인과 아이의 대조가 왠지 기이해 보여 그는 잠시 걸음을 멈춘다. 그러자 노인이 그를 발견하곤 재빨리 아이를 들어 올려 뒤란으로 사라진다. 느티나무로 만들어진 출입문을 밀자 안에서 황토 냄새가 후끈하게 밀려 나온다. 그 냄새가 역했지만 그는 다른 방도가 없다는 생각이 들어 내처 안으로 들어선다. 그러자 검은 휘장이 내려진 주방에서 키가 작고 얼굴이 유난히 흰 30대 초반쯤의 여자가 쥐색 털스웨터 차림으로 나온다. 늦은 시각이지만 그녀는 태연한 표정으로 묻는다.

"밤낚시 오셨나요?"

"아니, 아뇨. 그냥…… 술을 좀 마실까 하고 왔는데요."

"앉으세요. 술이야 원하면 아무 때든 마실 수 있죠."

여자는 검은 휘장 안으로 들어가 술과 안주가 담긴 쟁반을 내온다. 마시고 싶은 술 종류를 묻지도 않고, 먹고 싶은 안주를 묻지도 않는다. 그냥 술, 하면 모든 것이 통하는 모양이다. 그녀가 내온 쟁반에는 몇 가지 전과 견과류, 그리고 과일과 호리병이 놓여 있다. 항상 이런 식으로 준비해 두었다가 손님이 오면 아무것도 묻지 않고 그대로 내오는 모양이다. 하지만 그녀가 보여주는 일련의 행동이 너무 자연스러워 어느 누구도 그것을 문제삼을 수 없을 것 같다.

묻지도 않고 그녀는 그의 앞에 앉아 술을 따른다. 첫 잔을 받아 입 안에 부으니 후끈하면서도 묘하게 깊은 맛이 입 안과 목구멍을 달군다. 곧이어 내장이 훈훈해지고 온몸이 따뜻해진다. 무슨 술이냐고 물을까 하다가 부질없는 짓이라는 생각이 들어 궁금증을 접는다. 여자에게 술을 따를 때 마당에 다시 노인이 나타나 안쪽을 들여다본다. 여자는 등을 보이고 앉아 노인을 보지 못하지만 노인의 표정은 사뭇 불안정해 보인다.

"누구죠?"

그가 턱짓으로 묻자 여자가 반사적으로 뒤를 돌아본다. 하지만 그때 이미 노인은 창에서 사라진 뒤. 방금 본 것이 노인이 맞나, 그는 자신의 눈을 의심한다.

"시아버지예요."

여자가 별일 아니라는 표정으로 입을 연다.

"그럼 아까 같이 있던 아이가……."

"그래요. 아들이죠."

여자는 단숨에 잔을 비운다. 그리고 스스로 잔을 채우고 냉랭한 눈빛으로 그를 노려본다.

"얼굴에 죽음의 기운이 가득하군요. 사람이라도 죽였나요?"

"술장사하면서 점도 보나요?"

당황한 표정으로 그가 동작을 멈춘다.

"점이 아니고 기운을 느끼죠."

그때 다시 창에 노인의 모습이 나타난다. 그는 여자에게서 시선을 거두고 창을 주시한다. 이번에는 노인이 아이를 가슴에 안고 와 안을 들여다본다. 아이가 똑, 똑, 창을 두들긴다. 여자가 거의 반사적으로 자리에서 일어나 번개처럼 밖으로 달려 나간다. 그러고는 시아버지라는 노인네의 따귀를 거침없이 올려붙인다. 아이가 울음을 터뜨리고 노인이 울상을 지으며 그녀의 손을 잡고 뭔가 하소연을 한다. 그러자 여자가 거칠게 노인의 멱살을 잡고 흔든다. 기막힌 광경을 보며 그는 온몸에 소름이 돋는 걸 느낀다. 한 잔, 다시 한 잔, 자신도 모르게 거푸 잔을 비운다. 이게 도대체 무슨 부조리극이란 말인가.

잠시 뒤, 노인과 아이가 사라지고 여자만 안으로 들어온다. 여자는 벽에 걸린 거울 앞에 서서 매무새를 다듬고 다시 자리로 돌아온다. 그가 물끄러미 그녀를 보자 무표정한 얼굴로 자신의 잔을 비운다. 그런 뒤, 잔을 들어 그에게 따라 달라는 시늉을 한다. 그가 잔을 채워 주자 피식, 하고 허공을 올려다보며 헛웃음을 짓는다.

"왜 남편 얘기는 안 묻죠?"

"남편……?"

"보통은 그게 정해진 공식인데 당신은 마음을 많이 다스리는군요."

여자가 눈을 가늘게 뜨고 관찰하듯 그의 얼굴을 주시한다.

"그렇군요. 깜빡했네요. 다시 묻죠. 왜 남편은 보이지 않나요?"

"그 사람은 들러리라서 벌써 세상을 떠났어요. 술 처먹고 저 앞 강으로 나가 새벽에 빠져 죽었어요. 내가 아이 낳고 한 달쯤 지났을 때였죠. 그래서 아이는 아비를 잡아먹었다는 누명을 쓰고 살죠."

"자살을 한 건가요, 아니면……."

"자살도 되고 타살도 되죠. 시아버지가 나를 덮치는 걸 본 뒤부터 날마다 술을 마시고 괴로워하다가 죽은 거니까…… 그냥 죽었다고 하기는 좀 그렇죠?"

풋, 웃고 나서 여자는 단숨에 잔을 비운다.

"그럼 남편이 그렇게 죽었는데 지금 시아버지를 모시고 이렇게……."

"모시고 사는 게 아니라 죽지 못해 데리고 사는 거예요. 그러니 저 영감탱이가 손님만 오면 안절부절못하고 나를 감시하느라 들락날락하는 거죠. 정말 팔자 한번 더럽죠?"

"데리고 산다는 건……."

"뒈진 아들 대신 저 영감탱이가 내 남편 노릇을 한다는 거죠."

"……."

어떻게 그럴 수 있느냐는 말을 무의식중에 꺼내려다가 그는 화들짝 놀라 말문을 닫는다. 그때껏 까맣게 잊고 있던 자신의 일이 되살아나 돌연 가슴을 짓누른 때문이다. 하지만 여자는 자신이 처한 운명에 대해 너무나 담대하고 당돌하고 당차 보인다. 죽은 남편 대신 시아버지와 함께 살아가는 여자, 자기 아들의 할아버지를 아버지로 만들어 버린 여자, 그것도 모자라 영감을 함부로 대하며 남편의 한풀이를 대신해 주는 여자……. 순간, 그는 동생의 여자를 떠올린다. 정신은 동생과 살고 몸은 형과 살고 싶다던 여자, 그녀가 다른 모습으로 자기 앞에 앉아 있는 것 같은 생각이 들어 그는 두 눈을 부릅뜨고 여자를 노려본다.

가끔 개 짖는 소리가 들리고, 산자락에서 우수수 나뭇잎들이 바람에 휩쓸리는 소리가 들린다. 고개를 숙이고 앉은 여자가 혼잣말을 하듯 중얼거리는 소리가 아주 먼 데서 들려오는 여음 같아 그는 신경을 집중하고 한껏 귀를 세운다. 하지만 말이 이어졌다 끊어졌다, 그러다가 바람 소리와 개 짖는 소리가 간헐적으로 밀려들곤 한다.

"사람 인생은 사람이 만드는 게 아니에요. 그래서 난 모든 걸 받아들이죠……. 껴안기 위해서가 아니라 버리기 위해, 오직 버리기 위해……. 인간은 세상에 태어나는 순간부터 세상을 겪기 시작하죠. 어차피 겪는 게 인생이니까…… 겪는 것 말고는 별달리 할 게 없죠. 안 그런가요?"

"……."

"당신도 뭔가를 겪으며 세상을 살아왔을 거고, 뭔가를 겪다가 여기까지 온 거겠죠. 안 그런가요?"

"……그렇죠."

"겪는 과정은 지랄 같지만…… 겪고 나서 얻게 되는 건 종교보다 더 성스러워요. 난 그걸 알죠. 저 시아버지는 진짜 시아버지가 아니고, 나와 살던 남편도 진짜 남편이 아니고, 내 배 속에서 나온 아들도 진짜 내 아들이 아니죠. 세상을 겪게 만들기 위해 각자에게 주어진 배역…… 우리는 다 등장인물들일 뿐이에요."

"비극이로군요."

"비극처럼 희극적인 게 어디 있나요? 그게 정말 웃기는 거죠. 나에게 주어진 배역이 비극의 주인공처럼 보이나요? 후, 나는 말이죠. 이제는 겪는 일도 아주 자유롭게 즐겨요. 겪는 일을 허공에다 매달아 버렸거든요. 그러니 난 몸이 바람이고 마음이 바람이죠. 아무것도 날 흔들지 못하고 때리지 못해요. 겪는 일의 실상이 헛것이라는 걸 알았거든요. 겪는다는 건 겪는다는 마음일 뿐이에요. 그러니 그렇게 한심한 표정 짓지 말고 어서 여길 떠나요. 당신은 절대 이곳에서 죽지 못해요. 이미 죽음에 지배당하고 있으니 죽고 싶어도 죽을 수가 없어요. 당신의 연기, 너무 과장된 거 아닌가요?"

"무슨?"

"진정 몰라서 묻는 건가요?"

"연기라니요!"

"연기가 아니면?"

"……."

"고통을 겪는 시늉을 하는 네 행동이 동생의 죽음을 더 우습게 만들잖아! 그걸 몰라서 하는 말이야?"

여자가 벽력같은 소리를 지르며 손바닥으로 탁자를 내리친다. 순간, 걷잡을 수 없는 구토가 치밀어 그는 입을 가리고 자리에서 일어난다. 그러고는 뒤도 돌아보지 않고 정신없이 밖으로 뛰쳐나가 어둠 속을 내처 달린다. 이윽고 무릎을 꿇고 미친 듯 땅을 향해 구토를 한다. 오장육부가 한꺼번에 치밀어 올라 금방이라도 눈알이 튀어나올 것 같다. 하지만 구토는 좀체 가라앉지 않는다. 마땅히 밀려 나오는 게 없어 혈관이 부풀고 현기증까지 느껴진다. 그렇게 얼굴이 비틀리고 목이 비틀리고 사지가 비틀리는 와중에 그는 서서히 의식을 잃어 간다. 의식을 잃어 가는 게 아니라 세상이 바뀌기 시작한다.

서서히 시야가 열리고 또 다른 세상이 드러난다. 희미한 안개 속에서 수면이 열리고, 강 건너편의 산이 거뭇한 형체를 드러낸다. 푸른 여명의 기운이 차츰 낮게 내려앉고 이윽고 수면에서 물안개가 피어오른다. 오래잖아 건너편 산마루로 태양이 솟아 돋을볕이 온 세상으로 퍼져 나가리란 예감이 그를 강렬하게 사로잡는다. 그는 비로소 자신이 겪은 일들이 하나의 물길을 이루며 어딘가로 흘러가고 있음을 느낀다. 산다는 것, 겪는다는 것, 그리고 흐른다는 것.

순간, 뭔가 떠오르는 게 있어 그는 뒤를 돌아본다. 하지만 그가 확인하고 싶어 한 무엇, 그가 되살리고 싶어 한 무엇은 그의 시야에 떠오르지 않는다. 저기쯤이 아닌가, 하고 그의 시선이 머문 산자락에는 초가집을 방불케 하는 커다란 노적가리 하나가

세워져 있을 뿐이다. 설마…… 두 눈을 부릅뜨고 다시 한번 살펴보지만 그것은 볏짚으로 만들어진 노적가리가 분명하다. 설마 내가 저 노적가리에서 자다가 여기까지 온 건 아니겠지, 하면서도 그는 그것의 형체가 오래오래 누적된 옛날이야기 같다는 생각을 하며 천천히 그곳으로 발길을 옮긴다. 옛날에, 옛날에…… 그가 겪은 일들이 이미 누군가에게 가서 옛날이야기의 노적가리가 되고 있을지도 모를 일이다. 옛날에, 옛날에…… 따뜻한 이야기의 공간, 노적가리 속으로 그는 사라진다.

융프라우 현상학

융프라우 현상학

남자와 여자가 융프라우에 나타난 것은 해 질 무렵이었다. 얼어붙은 호반으로 내려앉은 석양빛이 검붉게 변하고 건너편 산이 먹빛으로 가라앉을 무렵, 두 사람은 대단히 느린 걸음으로 비탈길을 올라왔다. 며칠 전에 내린 폭설로 호반 주변의 산은 온통 눈에 뒤덮여 있었지만 도로에서 펜션으로 오르는 비탈길만은 온전한 흙빛을 드러내고 있었다. 눈이 내린 다음 날 아침 내가 허리에 로프를 묶고 비탈길을 오르내리며 넉가래로 눈을 치운 때문이었다. 눈을 치운 대가로 융프라우의 주인은 나에게 5000원을 주었다.

남자와 여자가 융프라우에 나타났을 때 나는 장작을 패고 있었다. 둥근 통나무 중심에 도끼날을 박아 절반을 쪼개고 다시 도끼를 들어 올릴 때 남자의 모습이 먼저 보였다. 나는 동작을 멈추고 들어 올렸던 도끼를 도로 내렸다. 곧이어 여자의 모습이 나타났다. 이 추운 1월 하순에 웬 손님인가. 어쩌면 펜션 손님이 아니라 주인을 찾아온 안면들일지도 모르겠다는 생각이 들었다. 하지만 남자가 프런트 건물을 향해 아무도 안 계십니까? 하고 소리치는 걸 보고 나는 직감적으로 그들이 펜션 손님이라는 걸 알아차렸다.

남자의 말이 떨어지기 무섭게 오리털 조끼를 걸친 펜션 주인이 문을 열고 밖으로 나왔다. 그러고는 앞에 선 남자에게 허리를 굽실거리며 어서 오세요, 하고 말했다. 남자는 쥐색 모직코트에 검은 목도리를 두르고 있었고, 여자는 목에 털이 달린 검은 반코트를 입고 있었다. 남자는 멀리서 보기에도 머리가 희끗희끗해서 나이가 상당히 많아 보였다.

주인이 그들과 몇 마디 대화를 나눈 뒤 곧바로 나를 불렀다. 나는 도끼를 내려놓고 경사진 나무 계단을 내려가 프런트 건물 앞으로 갔다. 가까이 다가가서 보니 남자와 여자의 나이는 멀리서 볼 때보다 훨씬 많아 보였다. 하지만 두 사람 다 깔끔하고 단정한 외모에 세련된 차림새를 하고 있어 함부로 세상을 사는 사람들처럼 보이지는 않았다. 예컨대 술에 취해 들러붙어 오는 속물들이나 불륜을 위해 오직 전망 좋은 방만을 찾는 인간들하고는 아주 먼 거리를 유지하며 사는 사람들처럼 보였다. 그들의 차림새도 도시에나 어울릴 법한 것이어서 애초부터 융프라우가 목적지였을 것 같지는 않았다. 성수기에 이곳을 찾는 손님들도 대부분은 인터넷에서 사전 검색을 하고 오기 때문에 주변과 어울리는 차림새로 오는 경우가 많았다. 아무튼 그런 점에서 그들은 대단히 특이하고 인상적인 커플이었다.

"야, 이분들이 가장 높고 전망 좋은 방을 원하시니까 특실을 드려라."

말을 하며 주인은 내게 눈을 찡긋해 보였다. 그것은 손님을 속이자는 은밀한 암시와 음모가 담긴 눈짓이었다. 똥푸라우 같은 놈, 하고 나는 속으로 주인을 욕했다. 어처구니없지만 그는 나의 숙부였다. 숙부니까 욕을 하는 것이고, 숙부니까 욕을 하지 않을 수 없는 경우였다. 나는 그가 이상한 짓거리를 할 때마다 매번 속으로 똥푸라우! 똥푸라우! 하고 외쳤다. 이봐 동무, 똥푸라우!

똥푸라우가 나에게 전달하고자 하는 내용을 나는 단박에 알아차렸다. 어차피 손님이 없는 시기라 비탈 중간에 위치한 가장 큰 본동은 보일러를 돌리지 않고 있었다. 보일러가 돌아가는 곳은 오직 펜션 입구에 작게 지어진 프런트 건물과 내가 기거하는 별채뿐이었다. 똥푸라우가 특실이라고 말하는 방은 원래 숙부네가 살림집으로 사용하던 건물이었다. 아이들이 캐나다로 유학을 가고 숙모까지 따라가자 기러기 아빠가 된 똥푸라우가 내부의 절반을 갈라 대여용으로 바꾼 것이었다. 하지만 지금 나에게 안내하라고 말한 방은 대여용으로 사용하기에는 치명적인 결함이 있었다. 내가 기거하는 방과 연결된 출입문이 하나 있는

데 그것을 대형 옷장으로 막아 옆방에서 말하고 움직이는 소리가 지척에서처럼 생생하게 들리는 것이다. 지난여름, 군에서 제대하고 어정거리다 처음 이곳에 왔을 때 똥푸라우는 건달 같은 표정으로 나에게 다음과 같은 숙지 사항을 전달했다.

"잘 들어라. 네가 머무는 방에는 옆방과 연결된 문이 하나 있으니까 옆방에 손님이 들면 넌 죽은 듯이 없어져 있어야 돼. 네가 그 방에 있다는 걸 옆방 사람들이 눈치 채면 안 되니까 방을 드나들 때도 절대 소리를 내지 말고, 옆방에서 그 짓 하는 소리가 들려도 귀를 막고 지내라는 거야. 옆방에서 한다고 너도 딸딸이 치고 지랄하면 석 달 열흘도 못 가서 말라 죽고 말 거다. 나도 마누라 없을 때 거기서 한동안 지내 봤는데, 옆방에 귀 기울이기 시작하면 사람 미친다, 미쳐. 알겠냐?"

나는 남자와 여자를 경사진 나무 계단으로 안내했다. 남자와 여자가 차례로 계단을 올라가고 내가 뒤를 따랐다. 남자와 여자의 나이가 비슷한 것 같다는 생각은 들었지만 정확하게 몇이나 됐는지는 가늠하기 어려웠다. 50대 후반? 아마도 그 전후가 아닐까 어림짐작하며 본동 건물 앞까지 연결된 계단을 올랐다. 그리고 거기서부터는 내가 앞장서 가장 높은 곳에 위치한 별채로 오르는 계단으로 그들을 안내했다. 무서워, 여자가 낮게 말하는 소리가 들렸다. 곧이어 내 손을 잡아, 하고 남자가 담담하게 말하는 소리가 들렸다.

"차는 갓길에 주차하셨죠?"

문득 뒤를 돌아보며 나는 남자에게 물었다. 펜션의 위치가 산비탈이다 보니 마땅한 주차장이 없었다. 그래서 펜션을 찾는 손님들은 불가불 도로 옆 갓길에 주차를 할 수밖에 없었다. 차를 엉성하게 주차했을 경우 내가 내려가 안전하게 위치를 바꿔 줄 필요가 있었다. 하지만 남자가 건넨 대답은 아주 모호했다.

"아뇨. 우리는 그냥…… 그냥 왔습니다."

그냥이라뇨? 하고 나는 되묻고 싶었다. 하지만 순간적으로 뇌리를 스쳐 가는 많은 생각이 있어 더 이상 묻지 않았다. 간혹 댐 입구에서 버스를 내려 여기까지 30분 정도 걸어오는 사람들이 있었다. 하지만 남자와 여자의 차림새로 보아 자가용 없이 시내버스를 이용해 여기까지 왔을 거라고는 믿어지지 않았다. 하지만 세상 사람들의 하고많은 사연을 내가 일일이 캐묻고 알아야 할 필요는 없지 않나 싶어 나는 말문을 닫았다. 그저 그냥, 이라는 말만 속으로 몇 번 곱씹었을 뿐이다. 그래, 그냥 올 수도 있겠지.

계단을 올라가 내가 먼저 철제 출입문을 열었다. 그러자 널찍한 실내 맞은편에 벽난로가 보이고 벽난로 위쪽에 대형 패널이 보였다. 그곳에 걸린 건 융프라우의 빙하 협곡 지대 사진이었다. 펜션의 모든 객실에는 각기 다른 융프라우의 풍경 사진이 걸려 있는데, 간혹 사연을 묻는 손님들이 있었다. 주인이 알피니스트인가요? 그럴 때마다 나는 대답했다. 아뇨, 산하곤 아무 상관도 없어요.

나의 말은 사실이었다. 펜션의 모든 객실에 스위스 융프라우의 서로 다른 풍경 사진들이 걸려 있지만 똥푸라우와 융프라우의 상관관계라고는 고작 단 한 번의 패키지 여행이 전부였다. 융프라우 관광을 다녀온 뒤부터 그는 기를 쓰고 펜션 사업을 시작했고 기어이 융프라우라는 이름으로 간판을 내걸었다. 그리고 마치 자신이 그곳에서 살다 온 사람이라도 되는 양 객실마다 융프라우의 풍경이 담긴 사진 패널을 걸었다. 눈 덮인 융프라우 정상, 융프라우로 올라가는 빨간 산악 열차, 산봉우리와 산봉우리를 연결하는 고산지대의 터널 사진을 쳐다보며 숙박객들은 나도 언젠가 저 융프라우에 가 보리라, 요들송을 흥얼거릴지도 모를 일이었다. 하지만 진실은 입이 더러운 법, 모든 것의 이면을 알고 있는 나로서는 오직 똥푸라우라는 내면의 외침을 되풀이하는 일 이외에 달리 할 수 있는 것이 없었다.

똥푸라우는 평상시에도 산악인 복장을 하고 살았다. 수염을 기르고 붉은 손수건을 목에 매고, 흐린 날에도 산악용 고글을 착용하고 빈둥거릴 때가 많았다. 읍내에 장을 보러 갈 때에도 그런 차림을 하고 다녀 그를 산악인으로 아는 사람들이 많았다. 하지만 그는 등산과는 거리가 먼 사람이었다. 산악인 복장을 하고 살면서 왜 산에는 가지 않느냐고 내가 물었을 때 그는 지극히 간단명료하게 잘라 말했다. 인마, 내가 사는 여기가 산인데 달리 어딜 가란 말이냐!

색색, 가쁜 숨소리를 내며 남자와 여자가 계단을 올라왔다.

여자의 입에서 밀려 나온 흰 입김이 담배 연기처럼 허공으로 퍼졌다. 보일러가 돌아가고 있어 실내는 비교적 안온했다. 여자가 양손으로 뺨을 감싸며 재빨리 실내로 들어섰다. 그러고는 뒤도 돌아보지 않고 베란다 커튼부터 열었다. 커튼에 가려져 있던 바깥 풍경이 한꺼번에 드러나자 여자가 아, 하고 탄성을 터뜨렸다. 얼어붙은 호반과 산이 한눈에 내다보이는 위치니 아마도 이 일대에서 경치를 감상하기에 이만한 곳도 없을 터였다. 여자가 남자를 돌아보며 보란 듯 말했다.

"거봐요. 내 말이 맞잖아요. 여기서는 모든 게 다 보일 거라니까."

여자의 말에 남자는 희미하게 웃었다. 두 사람이 방을 둘러보는 동안 나는 우측 벽면에 붙여 놓은 커다란 장롱을 살폈다. 저 뒤에 출입문이 있다는 걸 혹여 그들이 눈치 채면, 그리고 그 너머에 내가 기거하고 있다는 걸 그들이 알게 되면 어떤 표정을 지을까. 생각만 해도 오소소 온몸에 소름이 돋는 것 같았다. 하지만 나는 이미 지난여름부터 숨죽이는 법을 연습해 온 터라 그 분야에서는 이미 달인의 경지에 올라 있었다. 나 스스로 생각하기에도 천부적인 재능이 있는 것 같았다. 재능이 아니라 그렇게 살아야 할 운명을 체념적으로 받아들인 건지도 모를 일이었다. 죽어지내기 혹은 시체 놀이 말이다.

"잠시만 기다려 주세요. 장작을 가져다 벽난로에 불을 피워 드리겠습니다."

남자에게 말하고 나서 나는 장작비 만 원을 요구했다. 물론 그것은 똥푸라우가 시킨 일이었다. 라면 박스에 장작을 담아 벽난로에 불을 피워 주고, 호일에 싼 고구마 몇 개를 얹어 주는 대가로 숙박비와 별도로 만 원을 받아 챙기는 것이었다. 남자가 지갑에서 만 원 지폐를 꺼내 내게 건네는 동안에도 여자는 계속 창밖의 풍경에 사로잡혀 있었다. 마치 그것 때문에 이곳에 온 사람처럼 여자의 뒷모습에서는 완강한 쓸쓸함 같은 게 느껴졌다.

나는 계단을 내려가며 남자와 여자가 펜션에 처음 온 사람들이라고 단정했다. 입실하고 방을 살피는 기색을 보면 단박에 알 수 있었다. 프로들은 침대에 걸터앉으며 쿠션을 확인하거나 주방 용품을 살피며 다른 곳과 비교를 하는 게 보통이었다. 하지만 남자와 여자가 프로급의 불륜 관계는 아니지만 부부가 아니라는 것 또한 인정해야 했다. 남자의 단정한 이목구비와 여자의 섬세한 자태에도 불구하고 그들에게서는 부부 사이에서만 우러나오는 오래된 타성의 때가 묻어나지 않았다. 요컨대 나이에 어울리지 않는 날 선 긴장감이 느껴졌던 것이다.

나는 별채 건물 뒤편에 쌓아 올린 장작더미 앞으로 갔다. 거적을 벗기자 내 키보다 높이 쌓아 올린 장작더미가 맵싸한 목재 향과 함께 드러났다. 가을 내내 내가 두들겨 팬 장작들, 똥푸라우에게서 5만 원을 받고 만들어 낸 벽난로용 땔감들이었다. 나는 그것들을 볼 때마다 내가 두들겨 팬 게 장작이 아니라 나 자신인 것 같다는 착각이 들어 심장이 서늘해지곤 했다. 장작을 팬 게 아니라 내가 뭔가를 끝없이 죽이는 시늉을 하고 있었다는 망상이 도무지 떨쳐지지 않는 것이었다. 지금도 상태가 나아진 건 아니지만, 아무튼 그 무렵부터 나는 분명히 뭔가를 죽이고 있었다. 설마하니 내가 5만 원 때문에 그토록 힘든 일을 지칠 줄 모르고 해 댔겠는가.

지난여름, 내가 융프라우로 온 것은 전적으로 분노 때문이었다. 그 무렵 나는 뭐라고 설명할 수도 없고, 아무리 기를 써도 다스려지지 않는 분노 때문에 미쳐 가고 있었다. 제대하기 전부터인지 제대하고 난 뒤부터인지 시기도 제대로 가늠하기 어려웠다. 나는 그것을 광기라고 단정했다. 그리고 그것을 다스리지 못하면 사람을 죽일 수도 있겠다는 생각을 했다. 다른 사람을 죽이지 못하면 나라도 죽여야 한다는 막다른 결론 말이다.

"오빠는 죽어도 날 잊을 수 없을 거야."

제대를 하고 집으로 돌아오자 미향은 기다렸다는 듯 전화를 걸어 왔다. 그리고 못을 박듯 단정했다. 하지만 나는 싸늘하게 잘라 말했다. 입대하기 전에도 너를 사랑한 적 없지만 군에 입대하자마자 결혼까지 해 버린 너에게 내가 미쳤다고 미련을 갖겠는가. 그것이 내가 그녀에게 전하고 싶은 말의 요지였다. 하지만 그녀는 발악했다.

"병신아, 내 살갗에 네 땀이랑 살의 감촉이 알알이 배어 있는데 어떻게 그걸 잊어?"

"미친년!"

나는 견딜 수 없을 정도로 분노가 치밀어 그녀에게 쌍말을 했다. 그러자 그녀가 다시 한번 못을 박았다.

"나 이혼할 거야. 그리고 오빠하고 살 거야."

나는 복학할 때까지 어머니가 운영하는 분식집 일을 돕고 싶었다. 하지만 신학기 복학이라 시간이 너무 많이 남아 있었다. 그리고 어머니는 절대 식당에 얼굴을 내밀지 말라며 묘한 거부감을 나타냈다. 내가 편안하게 분식집 서빙이나 하며 어른대는 걸 아예 원천 봉쇄하고 싶어 하는 눈치였다. 때는 여름이었고 복더위는 나를 숨 막히게 만들었다. 그런 와중에 어느 날 갑자기 미향이 집으로 쳐들어왔다. 그리고 팬티와 러닝셔츠 차림으로 좁은 아파트를 어정거리는 나를 앙칼진 도둑고양이처럼 덮쳤다. 다짜고짜 민소매 셔츠와 반바지를 벗어 던지고 돌진하는 그녀에게서 나는 칼날처럼 번득이는 광기를 보았다. 나는 그녀가 나의 목덜미를 물어뜯을 것 같은 위기감을 느끼며 재빨리 뺨을 후려쳤다. 순간 그녀의 입술이 터졌다. 그러자 그녀가 입가에 번지는 피를 핥으며 다시 내게 덤벼들었다. 그 순간, 나는 그녀를 범하고 싶은 주체할 수 없는 충동에 휩싸였다. 광기가 아니라 격렬한 분노의 힘이 나를 뒤흔들고 있었다. 나는 미친 듯 버둥거리는 그녀의 양팔을 짓누르고 강철 같은 파괴력으로 그녀를 바스러뜨렸다. 모든 게 끝난 뒤, 그녀가 한껏 몽롱한 표정으로 입을 열었다.

"오빠, 우리 이제 다시 시작하는 거야, 알았지?"

다음 날 나는 도망치듯 가방을 꾸려 숙부의 펜션을 찾아갔다. 사선에 전화를 걸자 얼씨구 좋다며 그는 나를 반겼다. 성수기라 펜션에 방이 남아나질 않는다며 그는 오히려 늦게 전화를 걸어 온 나를 타박했다.

"인마, 난 네 아버지 대신이야. 어려운 일이 있거나 말거나 제대를 했으면 여기부터 찾아왔어야지. 잔말 말고 복학할 때까지 여기 와서 일 거들며 공부나 해. 여긴 시즌만 끝나면 도 닦는 곳이야. 여름과 가을만 반짝하는 곳이니까 큰 일거리도 없다구."

융프라우는 내가 군에 가 있는 동안 지어진 것이었다. 숙부의 돈으로 지은 게 아니라 처갓집 장인과 장모가 차례로 세상을 떠난 덕분에 지은 것이었다. 하지만 펜션을 처음 지을 때부터 숙모와 쟁투가 끊이지 않아 결국 펜션을 짓고 나서 얼마 지나지 않아 숙모는 아이들이 있는 캐나다로 가 버렸다. 게다가 숙모가 모든 돈줄을 차단하고 가 버려 똥푸라우는 오직 펜션에서 들어오는 숙박비만으로 먹고살아야 했다. 그러니 똥푸라우의 산악인 행세도 사실은 소문난 잔치에 불과한 것이었다. 방 한 칸에 10만 원씩 받는다고 해도 비수기는 너무 길고 성수기는 너무 짧았다.

내가 숙부를 똥푸라우라고 부르게 된 건 순전히 그의 속물근성 때문이었다. 나이가 쉰이 넘은 인간이 악착같이 젊은 여자들을 밝히고, 밝히는 것도 모자라 펜션을 아예 자신의 아방궁으로 만들고 싶어 한 때문이었다. 니코틴이 누렇게 들러붙은 치아를 드러내고 히죽거리며 그는 때마다 자신의 꿈을 입에 올리곤 했다.

"젠장, 내 꿈이 뭔지 아냐? 저 객실 모두에 내 계집들을 들어앉혀 놓고 밤마다 마음 내키는 년한테 나들이를 하는 거야. 너 혹시 「홍등」이라는 중국 영화 봤냐? 계집 여럿을 데리고 사는 놈이 밤마다 다른 여자를 골라 행차를 하는데 님을 보게 된 여자의 집 앞에는 붉은 등이 내걸리는 거야. 정말 낭만적이지 않냐? 자고로 사내새끼들이란 유목민의 유전자를 받고 태어난 족속들이야. 그래서 민들레 홀씨처럼 자기 씨를 멀리멀리 퍼뜨리고 싶어 하는 거지. 그런데 농경민 유전자를 타고난 여자들은 남자만 만나면 자빠뜨려 발에 족쇄를 채워 밭 갈고 씨 뿌리게 만들려고 기를 쓴다구. 한자로 남(男)자가 뭐냐? 밭〔田〕에서 힘〔力〕 쓰는 놈이잖아. 그러니 여자들 꾐에 빠져 말에서 떨어지는 그 순간부터 남자들은 오직 말 타고 도망갈 궁리만 하는 거야. 타고난 걸 어쩌겠냐. 멀리멀리 민들레 홀씨 되어 끝없이 날아가고 싶은 본능을 타고난 걸 말이다!"

젊은 여자들 몇 명이 저희끼리 펜션으로 놀러 오기라도 하면 그날은 똥푸라우가 완전히 똥돼지로 변하는 날이었다. 여자들의 환심을 사기 위해 바비큐까지 직접 구워 제공하고 나중에는 자기가 소장하고 있는 외제 양주까지 들고 나와 폭탄주 게임을 벌이기 일쑤였다. 그렇게 모든 인간들이 취중 몰아지경에 빠질 때 나는 똥돼지가 식인 돼지로 변신하는 걸 몇 번이나 지켜보았다. 하지만 이상한 일이지만, 정말 이상한 일이지만 그렇게 잡아먹힌 계집애들은 다음에 제 발로 혼자 찾아오는 경우가 많았다. 그럴 때는 객실이 아니라 아예 똥푸라우가 기거하는 프런트 건물에서 며칠씩 함께 머물다 가곤 했다. 미향이처럼 이해할 수 없는 미친것들이 세상에는 의외로 많은 모양이었다.

라면 상자에 장작과 고구마를 담아 다시 객실로 올라가자 남자와 여자가 나란히 창가에 서서 밖을 내다보고 있었다. 불을 밝히지 않은 어둑한 공간에 우두커니 서 있는 두 사람의 모습이 한 쌍의 청동 조각처럼 보여 묘하게 가슴을 찔렀다. 가져온 가방이 없으니 갈아입을 옷도 없을 터였다.

나는 라면 상자에 담아 온 장작을 벽난로 바닥에 서로 어긋나게 얹고 밑에 불쏘시개를 넣었다. 장작이 잘 말라 불은 어렵지 않게 붙었다. 나는 호일에 싼 고구마를 꺼내 벽난로 앞에 놓았다. 먹고 싶을 때 구워 먹으라는 뜻이었다. 주방 용기가 모두 구비돼 있었으나 그들로서는 준비한 먹을거리가 없으니 고구마로 저녁을 대신할 수밖에 없을 터였다. 그들이 돈을 내겠다고 해도 비수기라 바비큐를 위시해 제공할 수 있는 음식이 아무것도 없었다. 음식뿐 아니라 술도 없었다.

"고구마는 불이 피고 숯이 발갛게 달 때 구워 드시면 맛있습니다."

나의 말에 여자가 등을 돌리며 네, 하고 대답했다. 나는 그들을 창 앞의 어둠 속에 남겨 두고 출입문을 닫았다. 왠지 그들이 끝끝내 실내의 불을 밝히지 않을 것 같다는 생각이 들었다. 저 나이의 사람들이 이런 비수기에 짝퉁 융프라우로 찾아든 이유가 무엇일까. 나에게는 그것이 이해할 수 없는 해프닝처럼 여겨졌다.

장작비를 건네기 위해 프런트 건물로 내려가자 똥푸라우가 휘파람으로 요들송을 부르며 외출 준비를 하고 있었다. 붉은 산악용 파커에 방한용 바지, 그리고 얼룩덜룩한 털모자까지 쓰고 거울 앞에 서서 가위로 수염을 다듬고 있었다. 내가 말없이 만 원을 건네자 곁눈질하듯 나를 보며 어, 그거? 너 용돈 써! 하고 말했다. 그의 치장과 표정으로 미루어 나는 그가 외출이 아니라 외박 준비를 하고 있다는 걸 알았다. 가끔 그는 돈이 생길 때마다 읍내로 나가 외박을 하고 다음 날 늦은 오전에 돌아오곤 했다.

수염을 다듬는 그를 물끄러미 보며 나는 세상 떠난 아버지를 떠올렸다. 간암으로 갑작스럽게 세상을 떠난 아버지와 숙부는 달라도 너무 다른 사람들이었다. 구청 공무원으로 재직하던 아버지의 원래 꿈은 신부나 목사가 되는 것이었다. 하지만 어려운 가정 형편 때문에 대학을 포기하고 공무원 시험을 치러 일찍부터 가장 노릇을 시작할 수밖에 없었다. 숙부는 아버지의 뒷바라지로 대학을 졸업했고, 오직 부잣집 외동딸을 잡겠다는 일념으로 돌아치다 약국집 딸인 숙모를 만나 결혼에 골인했다. 참으로 어처구니없는 모순이지만, 인생이란 그런 것인 모양이었다. 참뜻을 가진 자의 허리를 꺾어 허랑방탕한 자의 허리를 세우는 것.

"야, 아까 들어온 그치들, 혹시 먹을 거 되냐고 묻지 않던?"

문득 생각난 듯 동작을 멈추고 뚱푸라우가 물었다.

"아뇨…… 아무 말도."

"혹시 나 없을 때라도 뭐 먹을 거 안 되냐고 묻거든 초장에 잘라라. 저런 인간들은 오다가다 우연하게 들어온 것들이라 단골될 가능성이 1프로도 없어. 그러니 무시해도 괜찮아."

"내가 먹을 건 있나요?"

나는 프런트 건물의 주방 상태가 의심스러웠다. 라면도 거의 다 떨어져 가고 쌀도 바닥이 났을 터였다. 주식이 없으니 부식은 물으나마나였다.

"인마, 그래서 내가 나가는 거잖아. 필요한 만큼 사 올 테니 오늘 저녁만 라면으로 때워. 내가 돼지 목살 사 올 테니 그거 구워서 내일 소주나 한잔하자구. 불만 없지?"

나는 건물 밖으로 나와 어둠에 덮여 가는 호반을 내려다보았다. 이렇게 날이 저무는 시간이 되면 나도 모르게 가슴이 저리고 아려 온다. 전생에서 가져온 지병이라도 도지는 것처럼 견디기 힘든 시간이다. 산자락에서 밀려 내려온 어둠이 빙판을 덮고, 빙판을 덮은 눈이 어둠 속에서 은은하게 빛을 발할 때마다 온몸이 저려 온다. 그런 시간에는 도무지 내 삶이 느껴지지 않는다. 산 것도 아니고 죽은 것도 아닌 상태, 요컨대 중음(中陰)의 시간이기 때문이다.

날이 완전히 어두워진 뒤, 나는 어둠이 빼곡 들어찬 방 안으로 스며든다. 똥푸라우가 외출하고 난 뒤 프런트 건물의 주방에서 라면을 끓여 먹고 소변까지 보고 올라와 온밤 내내 죽어지낼 준비를 마친 상태이다. 방 안을 밝히는 빛은 오직 하나, 인터넷이 연결된 노트북 모니터뿐이다. 나는 숨을 죽이고 침대에 엎드려 인터넷 세상으로 잠수한다. 마우스를 클릭할 때도 소리가 날까 봐 손가락을 움직여 노트북에 달린 터치패드를 조작한다. 무덤 속이 따로 없다.

티딕, 탁!

옆방의 벽난로에서 장작이 타는 소리가 들린다. 하지만 남자와 여자의 말소리는 들리지 않는다. 밖이 완전히 어두워진 뒤이니 지금까지 창가에 서서 풍경을 감상하고 있지는 않을 것이다. 고구마를 구워 먹을 것 같지도 않고, 섹스를 할 것 같지도 않다. 왠지 처음 보던 순간부터 그들에게서는 그런 느낌이 전해졌다. 그때가 되어서야 비로소 나의 뇌리에 남자의 얼굴이 선명하게 떠오른다. 그의 깊은 눈매에서 느껴지는 묘한 기운은 마주 보는 사람의 생각을 신비롭게 감싸 주는 것 같았다. 꿰뚫어 보는 것 같으면 불쾌할 터인데 묘하게 감싸 주는 것 같아 오히려 안온한 느낌을 주는 눈.

그때 한껏 낮게 가라앉은 여자의 목소리가 들린다.

"그때 당신이 내 앞으로 차를 가져오지 않았다면……."

"그럼 뭔가 달라졌을 것 같아?"

"생각해 봐요. 20년이잖아요. 달라져도 너무 많이 달라졌겠죠."

"그래, 그때 내가 당신 앞으로 차를 가져가지 않았다면 만나지도 못했겠지."

"그 한순간 때문에 이렇게 인생이 달라졌다는 게 참 신기해요."

"우연인 것 같아?"

"아뇨. 그때가 아니더라도…… 다른 방식으로 또 부딪쳤겠죠. 운명이니까."

"아냐. 아무리 그래도 20년은 너무 가혹해."

"가혹하긴요. 난 내 인생에 만족해요. 그리고 지금 이 순간까지 당신과 함께 있잖아요."

"이렇게 가까이 있으면서 그렇게 먼 삶을 산다는 게……."

"쉿, 더 이상 말하지 마요. 의사가 마음을 편안하게 가져야 한다고 했잖아요."

"술을 마시고 싶은데……."

"술도 안 된다고 했어요. 의사의 말을 따라야죠."

"그런 게 다 무슨 소용이야. 난 삶에 아무런 집착도 없어. 나를 가장 괴롭게 만드는 건 언제나 당신에 대한 연민이야. 병보다 연민 때문에 먼저 죽게 될 거야."

"내가 당신보다 당신을 더 잘 알아요. 당신은 심성이 너무 곱고 착해서 탈이에요."

"바보지, 뭐."

"바보라도 상관없어요. 내가 아는 당신이 나에겐 전부니까."

몸을 움직이는 기척과 함께 말이 끊긴다. 바람이 불고 뒷산의 나뭇가지들이 스악스악 몸을 부딪는 소리가 들린다. 어둠 속에서 그들은 서로를 껴안고 있는 모양이다. 나는 그들의 침묵 속에서 아주 깊게 절제된 아픔을 느낀다. 그들의 내면에 거대한 허무의 동공이 자리 잡고 있는 것도 동시에 느낀다. 어둠 속에 누워서 남의 말을 엿들으면 발설하는 사람의 내면까지 투명하게 들여다보인다. 하지만 젊은것들이 투숙해 밤새도록 섹스를 해 댈 때는 나도 인간이라 견딜 도리가 없다. 어둠 속에서 옆방의 신음 소리를 들으며 미친 듯 수음을 하고 눈물을 적신 적도 있다. 어떤 때는 강으로 내려가 수영을 하기도 하고, 호수를 끼고 밤길을 미친 듯이 달린 적도 있다. 아무려나 나는 중음에 갇힌 인간이니까.

노트북을 열고 메일을 확인한다. 예상대로 미향에게서 메일이 날아와 있다. 메일 보관함에는 오직 그녀에게서 날아온 메일밖에 없다. 하지만 나는 메일을 선뜻 열지 못한다. 나의 감정은 아직도 그녀에 대해 아무런 결정을 내리지 못하고 있다. 그녀는 나의 전생도 아니고 미래도 아니다. 그렇다고 현생이라고 말하기도 어렵다. 이게 뭔가. 망설임이 지겨워 결국 메일을 연다. 그러자 지옥에서 날아온 저주의 전언이 펼쳐진다.

이혼을 하면 내가 분식집에 가서 오빠 엄마를 도울 거야.
아무리 기를 써도 오빠는 나를 피할 수 없어.
해결하기 어려운 문제는 차라리 껴안아 버려.
난 내 인생을 위해, 그리고 내 운명을 위해 살 거야.
그게 오빠와 나의 차이야.
오빠는 지금 오빠가 받아들여야 할 인생을 거부하고 있는 거야.
병신이니까.
나를 피해 도망간 거라고 해도 상관없어.
그러니 답답한 도피 생활이 싫증 나면 언제든 돌아와.
돌아오지 않으면 오빠 인생은 영원히 다시 시작되지 않을 거야.
어차피 나를 거치지 않고는 세상으로 나갈 수 없을 테니까.

노트북을 덮고 침대에 반듯하게 눕는다. 그래, 나도 내 인생을 살고 싶다. 하지만 인생에 대한 의구심이 도무지 스러지지 않는다. 아버지처럼 착한 사람은 왜 뼈 빠지게 고생만 하다가 간암으로 세상을 떠나고, 어머니처럼 성실한 사람은 왜 아버지 같은 남자를 만나 늙어서도 고생을 하나. 똥푸라우 같은 인간은 그토록 한심하게 살면서 어째서 희희낙락하고, 미향이처럼 인생을 마구잡이로 사는 계집애는 왜 정신병원에 갇히지 않는 건

가. 도대체 그들 중 누가 자신의 인생을 제대로 산다고 말할 수 있는 건지 나로서는 알 수가 없다.

"……배고프지 않아?"

"아뇨, 오히려 편안해요. 당신은…… 좀 고프죠?"

"아니, 나도 괜찮아. 정 고프면 이따가 저 고구마나 구워 먹지, 뭐."

"좋은 음식을 만들어 주고 싶은데…… 나는 항상 당신을 위해 마음으로만 요리를 해요."

"그래, 20년 동안 나도 마음으로 당신 요리 많이 먹었어."

"……."

"그게 없었다면 오늘까지 견디기 힘들었을 거야."

"……."

"당신하고 내가 결혼을 해서 사는 걸 상상해 봐."

"……그런 상상하면 웃겨요."

"웃기는 게 아니라 슬픈 거지. 해도 슬프고 안 해도 슬프고…… 다 슬퍼."

"그래서 난 항상 지금이 가장 나은 상태라고 생각해요."

"왜?"

"지금 우리는 같이 있잖아요. 지금 이 순간, 이것보다 더 좋은 게 뭐가 있겠어요."

"후, 당신은 너무 관념적이야."

미향이 결혼했다는 걸 내가 알게 된 건 첫 휴가를 나왔을 때였다. 어머니가 그 사실을 나에게 알려 주었다. 어느 날 밤, 미향이 찾아와 한동안 울더니 다른 남자하고 결혼을 하게 됐다며 용서를 빌더라는 것이었다. 어머니도 충격이 컸지만 자초지종을 묻지 못하고 기왕 하는 결혼이니 행복하게 잘 살라고 했는데, 그랬더니 더욱 서럽게 울며, 결혼했다가 오빠 생각이 나 도저히 못 살겠으면 다시 돌아오겠다는 말까지 덧붙이더라는 것이었다. 미친년! 그때도 나는 그녀를 욕했다. 달리 떠오르는 말이 없어서였다.

미향이 결혼한 남자는 도예를 하는 사람이라고 했다. 집안끼리 결정한 일이라서 자신이 물리칠 수 없었다고 그녀는 뒤에 변명했지만 그렇다고 해도 달라질 건 아무것도 없었다. 하지만 첫 휴가가 끝나 갈 무렵 나는 술에 취해 그녀에게 전화를 걸었다. 그리고 울면서 말했다.

"왜 그렇게 한 거야? 다른 방법도 많은데…… 네가 그렇게 하면 내가 인간으로 남아 있을 자리가 없잖아. 나에게는 아직도 남겨진 날들이 창창한데…… 내가 어떻게 인간으로 버티라고 너는 그렇게……."

그때 미향은 내 말뜻을 알아차리지 못했다. 말을 하는 나로서도 내 심중을 명확하게 파악하지 못하고 있었으니 그녀가 그것을 알아차리지 못하는 건 너무나도 당연한 일이었다. 요컨대 내가 그녀에게 말하고 또한 항변하고 싶었던 건 나라는 존재의 입지였다. 앞으로 세상을 살아가면서 내가 설 자리, 그리고 그동안 세상을 살아오면서 내가 머물렀던 자리…… 그런 걸 모조리 박탈당했다는 느낌 때문에 나는 견디기가 힘들었다. 그때도 힘들었고, 그 뒤로도 힘들었고, 지금도 여전히 힘들 수밖에 없다. 박탈감, 그리고 분노. 나는 그것 때문에 청춘과 인생을 동시에 상실하고 중음의 인간이 되어 버린 것이었다.

"……보여요?"

"아무것도 안 보여. 보안등도 계단만 비추잖아."

"그럼 상상해요."

"그래, 그런 건 얼마든지 할 수 있지. 저 얼어붙은 호수 밑으로 흐르는 물이 언젠가는 융프라우에도 가고, 아프리카에도 가겠지. 모든 건 돌고 도니까 말이야."

"얼음이었다가 물이었다가 수증기였다가…… 강이었다가 만년설이었다가 빙하였다가…… 계곡이었다가 바다였다가…… 다시 얼음이었다가 물이었다가 수증기였다가……."

"그래, 어디선가 그런 글을 읽은 기억이 나. 우리 몸을 구성하는 원소가 우주를 수도 없이 순환했을 거라는 말……. 그러니까 상태도 공간도 별로 의미가 없는 거야."

"할 수 있다면 융프라우에 가 닿았으면 좋겠어요."

"염원하면 이루어지겠지. 이제부터 마음속으로 융프라우, 융프라우, 하고 주문을 외워 봐."

"결국 모든 게 돌고 도는 과정 중 하나겠죠?"

"그렇겠지. 물이었다가 구름이었다가 얼음이었다가 다시 물이었다가 얼음이었다가 구름이었다가…… 그렇게 끝도 없이…… 상태와 공간만 달라지는 거겠지."

"융프라우는 어떤 곳일까요?"

"글쎄, 나도 모르지. 가 보지 못했으니까."

"그럼 당신도 지금부터 주문을 외워요. 나와 함께 가야 하니까."

"알았어…… 그럴게."

말이 들리는 위치로 보아 나는 남자와 여자가 창가에 서 있다고 단정한다. 얼어붙은 호반과 산이 내다보이지는 않지만 그들은 서로의 상상에 의지해 자신들에게 필요한 풍경을 만들고 있다. 그들이 만들어 내는 풍경이 아니라 그들이 주고받는 말이 아름답다. 하지만 아름답다는 느낌이 고스란히 고통으로 느껴져 발바닥으로부터 상체로 빠르게 열이 오른다. 가슴이 답답해지고 호흡이 가빠 온다. 이윽고 머리에까지 열이 들어차 온몸이 불덩어리처럼 달아오른다.

순간, 여자가 흐느끼는 소리가 들린다. 창호지를 찢듯 쿡, 크흑, 하는 묘한 압축음이 어둠에 뚜렷한 흔적을 남긴다. 하지만 남자는 어떤 말로도 여자를 위로하지 않는다. 나는 나 자신이 편안해지기 위해 아마도 남자가 창가에서 여자를 안아 주며 머리나 등을 쓰다듬고 있을 거라고 상상한다. 구체적인 맥락을 알 수 없어서인지 슬픔의 여운은 더 깊고 더 오래 지속된다. 여자의 울음으로 인해 촉발된 나의 증세는 가까스로 지탱해 온 모든 것을 허물어뜨린다. 하지만 남사와 여자의 사연 같은 건 나에게 아무런 의미가 없다. 나는 더 이상 나를 견딜 수 없을 뿐이다. 인간으로 남아 있을 자리가 보이지 않을 때…… 그래, 그럴 때마다 나도 흐르고 흘러 융프라우로 가고 싶어지는 것이다.

나는 소리 나지 않게 침대에서 몸을 일으킨다. 증세가 도졌다는 걸 인정하고, 더 이상 견디는 걸 인정하지 않는다. 나는 호흡을 멈추고 무릎으로 기어 출입문 앞으로 간다. 그리고 소리가 나지 않게 틈새에 스펀지를 붙여 둔 출입문을 숨죽여 열고 밖으로 나간다. 신발을 들고 계단을 맨발로 내려가 우측의 어둠을 이용해 본동 건물 뒤편으로 돌아간다. 그리고 다시 본동 건물 앞으로 난 계단을 내려가 프런트 건물 옆의 창고로 들어간다. 거기서 곡괭이를 집어 들고 융프라우를 내려온다.

굽은 도로를 건너 얼어붙은 호반으로 내려간다. 얼마 전에도 깊은 새벽에 맨발로 뛰어 내려와 빙판 위를 나뒹군 적이 있었다. 도로에는 오가는 차량도 없고 인가의 불빛도 없다. 모든 것이 얼어붙어 태고처럼 사방이 고요하다. 죽을 수 있다면 이런 고요 속에서 죽고 싶다. 육신도 얼어붙고, 숨결도 얼어붙고, 영혼까지 얼어붙어 영원히 녹지 않는 만년빙 속에 남겨질 수 있다면.

빙판을 30보쯤 걸어 나가 미친 듯 곡괭이질을 시작한다. 퍽, 퍽, 하는 소리와 함께 어둠 속으로 잘게 부서진 얼음 조각이 튀어 오른다. 결빙에 결빙이 겹쳐 곡괭이 날이 튕기거나 빗나갈 때가 많다. 하지만 나는 뜨겁게 달아오른 몸으로 오직 얼음장 밑으로 흐르는 시린 강물만 떠올린다. 그것을 따라 흐르고 흐르다 보면 언젠가 나도 융프라우에 당도할 수 있겠지. 융프라우는 아닐지라도 똥푸라우 같은 인간들이 없는 곳에는 이를 수 있겠지.

이윽고 결빙의 심장이 뚫리자 쿨럭하는 소리를 내며 물이 샘솟기 시작한다. 하지만 구멍을 넓히기 위해 나는 더욱 세찬 동작으로 곡괭이질을 한다. 얼음낚시를 하기 위해 펜션을 찾아와 곡괭이질을 부탁하는 족속들 덕분에 얼음장을 두들겨 깨는 일에도 나는 이력이 나 있다. 그것은 얼음을 깨는 일보다는 우물을 파는 일과 흡사했다. 다만, 물이 샘솟기 시작하면 우물은 더 깊이 파 내려가지만, 얼음장에서는 더 넓게 파야 한다. 번거롭게 이 구멍 저 구멍 파는 것보다 한 구멍 넓게 파서 여러 놈 낚싯줄 드리우게 하는 게 훨씬 효과적이니까 말이다. 옆에다 모닥불이라도 피워 주면 살아 퍼덕이는 빙어를 초장에 찍어 소주와 함께 넘기며 이게 인생 사는 진짜 맛이야, 진짜 맛! 하고 낄낄거리는 인간들……. 융프라우가 똥푸라우가 되고, 똥푸라우가 융프라우가 되는 기막힌 이치를 어느 누가 알고 살겠나.

나는 내 몸이 들어가고도 남을 만큼 넓은 얼음 구멍을 내고 옷을 벗는다. 곡괭이질로 땀이 난 상체에서 무럭무럭 수증기가 피어오른다. 하지만 내부에서 이글거리는 열이 오장육부를 녹이는 것 같아 나는 서둘러 얼음 구멍 속에 몸을 담근다. 좌우로 팔을 벌려 몸이 물속으로 가라앉지 않게 균형을 유지한다. 처음에는 차가운 줄 모르지만 서서히 온몸의 감각이 마비된다. 그런 상태로 몇 분을 견디면 온몸이 동태처럼 딱딱해져 얼음장 밑으로 흘러가기 맞춤한 상태가 될 것이다. 하지만 그 마지막 고비에서 나는 항상 나에게 먼저 죽는다. 너는 이미 죽었으니까 더 이상 죽을 필요가 없어! 누군가 나에게 그렇게 소리친다. 얼음 구멍 밖으로 나가서야 그것이 나의 목소리라는 걸 알아차린다. 죽음을 모면하는 방법도 가지가지다.

언제 떠나나.

옷을 입으며 문득 융프라우를 떠날 날을 생각해 본다. 말장난 같지만 융프라우를 떠나는 날이 융프라우로 가는 날이라는 생각이 든다. 이 견딜 수 없는 짝퉁의 세상, 똥푸라우와 융프라우를 동일시하며 사는 일도 진절머리가 난다. 살고 싶다, 정말 살고 싶다, 누군가 절규하는 소리가 들린다. 하지만 지상에서 똥푸라우와 융프라우의 진실은 영원히 밝혀지지 않을 것이다. 미향에 대한 내 감정이 사랑인지 증오인지 구분하지 못하는 것처럼 모든 문제는 결국 나의 운명으로 귀결될 것이다. 그리고 그것으로 인해 나는 똥푸라우와 다를 바 없거나 그보다 못한 인간으로 전락할 것이다. 인생이라는 이름의 모순이 나에게 가르친 것……. 밤하늘을 올려다보자 뜨거운 물줄기가 기다렸다는 듯 뺨을 타고 흘러내린다.

미친놈!

융프라우로 올라가자 프런트 건물 앞에 남자와 여자가 서 있다. 그들과 나는 서로를 발견하고 동시에 동작을 멈춘다. 자정이 가까워지는 시각에 곡괭이를 어깨에 메고 젖은 머리로 비탈길을 올라왔으니 더 이상의 엽기가 없을 터. 여자는 경계심이 가득한 눈빛으로 나를 보며 남자의 팔을 잡는다. 남자가 코트 주머니에서 손을 빼며 잔뜩 긴장한 어조로 묻는다.

"이 밤에 곡괭이를 들고 어딜 다녀오는 건가요?"

"……그냥 몸에 열이 너무 나서 얼음을 깨고 냉수마찰을 하고 오는 길입니다."

"이 추운 겨울밤에…… 믿기지가 않는군요."

남자가 벙긋 입을 벌리고 어이가 없다는 듯 머리를 흔든다.

"근데 이 시각에 왜 나오신 건가요?"

"혹시 펜션에 술이 있는지 알아보려고 객실 전화로 프런트 호출을 했는데 아무런 응답이 없어 여기까지 내려왔습니다."

"술은 없는데…… 어쩌죠?"

"많이 필요한 건 아닌데……."

사뭇 낭패스럽다는 표정으로 남자가 말끝을 흐린다.

"죄송합니다. 비수기라서 아무것도 준비가 되어 있지 않네요."

나의 대답에 여자와 남자는 난감한 표정으로 서로의 얼굴을 본다. 그러다가 남자가 결심한 듯, 그럼 저희가 나가서 사 오죠, 하고 단호한 어조로 말한다. 나는 아무 대꾸도 하지 않고 창고로 들어가 곡괭이를 내려놓고 다시 밖으로 나온다. 그러자 남자가 여자의 어깨를 감싸고 조심스럽게 비탈길을 내려가는 모습이 보안등 불빛 속으로 떠오른다. 나는 이가 맞부딪는 것도 잊은 채 물끄러미 그들의 뒷모습을 지켜본다. 댐 입구에 가면 구멍가게가 있긴 하지만 이 추운 겨울밤에 거기까지 걸어가서 술을 사 온다는 게 나로서는 도무지 납득할 수 없는 일처럼 여겨진다. 하지만 얼마나 술이 마시고 싶으면 저럴까 싶어 차라리 똥푸라우가 아끼는 양주라도 내줄 걸 그랬나 싶기도 하다.

남자와 여자가 어둠 속으로 사라진 뒤, 나는 당당하게 내 방으로 올라간다. 그리고 한껏 얼어붙은 몸을 녹이기 위해 침대에 누워 머리끝까지 이불을 뒤집어쓴다. 얼어붙었던 혈관이 녹자 온몸으로 스멀스멀 피가 돌며 체온과 감각이 되살아나기 시작한다. 잠시 머리가 지끈거리다 이내 몽롱해지며 눈이 감긴다. 하지만 눈을 감은 뒤에도 융프라우를 떠나는 날과 집으로 돌아갈 날이 다르다는 생각 때문에 나는 마음이 편치 않다. 여길 떠난다고 해도 곧바로 집으로 돌아가고 싶지는 않다. 기회가 된다면 진짜 융프라우에 가 보고 싶다. 거기, 만년설에 뒤덮인 산봉우리와 빙하 협곡과 호수가 있는 곳……. 나도 빨간 산악 열차를 타고 해발 3000미터가 넘는 곳까지 올라가 보고 싶다. 나라고 왜 그곳에 갈 수 없겠는가.

나는 융프라우의 카페테라스에 앉아 빙하 협곡을 내려다보고 있다. 내 앞에는 눈이 부시게 푸른 파커를 입은 미향이 검은 선글라스를 끼고 앉아 허브 차를 마시고 있다. 그녀와 나의 신혼여행…… 내가 군에서 제대한 직후이다.

"오빠, 내 덕분에 유럽의 지붕이라는 융프라우 구경도 하네."

"그게 왜 네 덕분이야?"

"신혼여행 경비는 전적으로 내가 부담했잖아. 군에서 갓 제대한 사람이 무슨 돈으로 날 이런 곳까지 데려오겠어. 고무신 거꾸로 신지 않고 얌전하게 기다려 준 것만도 감지덕지해. 그것도 모자라 이렇게 멋진 곳으로 신혼여행까지 데려오다니, 세상에 나만큼 착하고 예쁜 신부 있으면 나와 보라 그래."

그 순간, 갑자기 해발 3000미터가 넘는 융프라우가 전체적으로 흔들리기 시작한다. 사방의 봉우리에서 만년설이 무너져 엄청난 눈사태가 나고 울긋불긋한 등산복 차림의 여행객들이 빙하 협곡으로 휩쓸려 간다. 눈 깜짝할 사이에 내 앞에 앉아 있던 미향은 눈 더미 속에 파묻히고 나는 두어 번 바위에 부딪힌 뒤 협곡으로 빠르게 미끄러진다. 그런데 그런 종말의 와중에도 스키를 타고 눈사태를 즐기는 인물이 있다. 녹색 머플러와 검은 고글을 쓰고 쏜살같이 달려오는 인물…… 놀랍게도 그는 똥푸라우다. 그가 허공으로 날아간 뒤, 나는 호수까지 미끄러져 얼음을 깨고 물속으로 처박혀 버린다.

놀랍게도 물속에는 엄청나게 많은 사람들이 둥둥 떠다니고 있다. 하지만 그들은 모두 살아 있는 사람들이 아니다. 살아 있지만 동면 상태에 있는 건지도 모를 일이다. 내 앞쪽에서 둥둥 떠다니는 남녀는 손을 맞잡은 채 한 쌍으로 얼어붙어 있다. 처음에는 몰랐는데 내 곁으로 바투 밀려온 뒤에야 나는 그들이 펜션에 투숙했던 남녀라는 걸 알아차린다. 술을 사러 간다더니 어떻게 융프라우까지 흘러온 것일까. 내가 그들을 눈여겨보고 있을 때 갑자기 여자가 두 눈을 치뜨고 벽력같이 소리를 내지른다.

"말해, 사랑했잖아!"

눈을 뜨자 온몸에 진땀이 배어 있다. 손목시계를 보니 어느덧 아침 8시 가까운 시각. 밝은 빛살이 창으로 밀려들지만 머리가 지끈거려 선뜻 몸을 일으키기 어렵다. 코가 막히고 편도도 부어 있다. 하지만 나는 소리 나지 않게 방을 빠져나와 프런트 건물로 내려간다. 혹시라도 그사이 똥푸라우가 돌아왔을지도 모르겠다는 생각이 들어서다. 하지만 프런트 출입문은 여전히 잠겨 있다.

잠시 프런트 건물 앞에 우두커니 서서 호반을 내려다본다. 부신 아침 햇살이 온 세상을 뒤덮어 빙판 위에서 물안개가 스멀거리고 맞은편 산봉우리에는 이제 막 해가 솟아 긴 산 그림자를 만들어 내고 있다. 하지만 그 모든 것들을 물리치고 압도적으로 나의 눈길을 사로잡은 것은 얼어붙은 모든 것들의 심장, 지난밤에 내가 파 놓은 커다란 얼음 구멍이다. 흰 눈에 덮인 빙판 한가운데 뚫린 커다란 구멍은 검은빛으로 도드라져 유혹의 입처럼 번들거리고 있다.

"헐, 또 얼음판에 나가서 생지랄을 했구먼!"

똥푸라우가 저걸 보면 보나마나 입 언저리를 일그러뜨릴 거라 생각하며 나는 등을 돌린다. 부신 아침 햇살을 받으며 허공에서 흰 망사가 펄럭인다. 무심코 허공을 응시하다가 나는 그것이 남자와 여자가 투숙한 방의 두 겹 커튼 중 하나라는 걸 알아차린다. 베란다 문이 반쯤 열려 있고 커튼의 일부가 밖으로 밀려 나와 펄럭이고 있다. 환기를 위해 아침에 열어 둔 것인가, 지난밤에 술을 마시고 열어 둔 것인가.

계단을 올라가 남자와 여자가 투숙한 객실 아래까지 가자 철제 출입문이 활짝 열려 있는 게 보인다. 나는 뛰듯이 계단을 올라가 내부를 들여다본다. 순간, 객실 안으로 부신 돋을볕이 가득 밀려들어 아무것도 식별할 수 없다. 맞은편 산봉우리로 솟아오른 태양이 오직 그 방만을 집중적으로 조명하는 것 같다. 나는 그것이 언뜻 융프라우 정상으로 솟아오른 아침 햇살 같다는 생각을 한다.

신발을 벗고 안으로 들어가 보았지만 객실에는 아무도 없다. 언뜻 보기에 사람이 투숙하지 않았던 방처럼 변화가 없어 보인다. 변화라면 한 무더기의 장작이 타 버려 고스란히 재로 변했다는 것, 그리고 베란다 앞에 반쯤 비운 소주병이 남아 있다는 것뿐이다. 나는 베란다 앞으로 걸어가 푸른 소주병을 들어 본다. 안주도 없이 소주 한 병만 달랑 사 들고 와 반쯤 마신 모양이다. 그렇게라도 마시지 않으면 안 될 사연은 무엇이었을까.

나는 푸른 소주병을 들고 베란다로 나가 호반을 내려다본다.

아침 햇살의 그늘에 가려 얼음 구멍이 보이지 않는다. 얼음 구멍이 보였다면 나는 남자와 여자를 의심했을 것이다. 하지만 의심을 한다고 해도 달라질 건 아무것도 없다. 얼음 구멍은 어디에나 있을 것이고, 이런 방식으로 펜션을 떠나는 인물들도 얼마든지 있을 터이다. 설령 그들이 얼음 구멍으로 들어가 융프라우로 갔다고 해도 나로서는 어쩔 수 없는 일이다. 삶은 돌고 도는 게 아니라 끊고 끊는 일일 뿐이니까. 그리고 아무리 끊어도 끝끝내 끊어지지 않는 것이니까.

그때 산모퉁이를 돌아 똥푸라우의 흰 지프가 나타난다. 그것을 보자 비로소 현실감이 되살아난다. 나는 손에 들고 있던 소주병을 들어 올려 반쯤 남은 술을 단숨에 비워 버린다. 소주를 반병쯤 마시고 인생을 결정 낼 수 있다면 나도 그러고 싶다. 그게 아니라면 반쯤 취한 정신으로 또다시 똥푸라우와 지지고 볶으며 하루를 살아야 할 터이다. 그가 사 온 찬거리를 받아 아침을 하고, 청소를 하고, 장작을 패고, 시간이 나면 인터넷에 접속해 미향의 메일도 읽어야 할 터이다. 아무리 끊어도 끝끝내 끊어지지 않는 것…… 어차피 인생은 그런 거니까.

인생 작법

인생 작법

나는 의뢰받은 글을 쓸 때마다 인생 작법을 생각한다. 내가 구상하고 내가 설계한 세상에 인물을 세우고 그들로 하여금 정해진 대로 움직이게 하는 일. 그럴 때마다 나는 창조자의 솜씨와 창조자의 의도를 염두에 둔다. 물론 내가 하는 일은 창조가 아니라 창작이다. 창조는 무에서 유를 만들어 내지만 창작은 세상에 없던 것을 첫 번째로 만들어 내는 일이다. 그런 의미에서 창작은 창조의 그늘에 기생하는 아류에 불과하다. 그런 걸 생각하면 기분이 나쁘다. 그래서 창작을 할 때에도 나는 창조자의 기분으로 작업을 한다. 대개의 사람들은 창조자의 존엄이 인간을 만들어 낸 데 있다고 생각하지만 그것이야말로 나무를 보고 숲을 보지 못하는 한심한 착각이거나 착시에 불과하다. 창조자가 염두에 두고 있는 건 인물이 아니라 인물들이 겪는 일일 뿐이다. 그들이 어떤 일을 겪고 어떤 과정으로 그것을 처리하느냐에 따라 사람의 격이 달라지기 때문이다. 인간들은 생물학적 특성상 인형이나 기계적인 존재에 불과하다. 그들에게 인생의 대본이 주어지지 않는다면 그들은 죽어 있는 존재와 하등 다를 게 없다. 그런 의미에서 나는 창조자의 그늘에 살며 창조자를 흉내 내는 숨은 창조자다. 고스트 갓(Ghost God) — 인터넷에서 나의 닉네임은 GG로 통한다. 관심 있는 분들은 연락하기 바란다. 나는 당신의 인생을 당신이 원하는 대로 창조해 주는 전지전능한 모조 신이다. 물론 나의 인생도 창조자가 만들어 낸 다양한 작품 중 하나일 뿐이니 문제의 화살을 나에게 돌리지 마시라.

*

빗줄기가 사선으로 밀린다.

편의점 네온사인과 가로등 불빛이 흔들리고, 강풍은 방향을 예측할 수 없을 정도로 격한 소용돌이를 이룬다. 바람의 행로는 오직 바람에 시달리는 것들을 통해 판별할 수 있을 뿐이다. 길이 끝나는 지점, 버스가 돌아 나가는 정류장 주변에 심긴 플라타너스 잎들이 미친 듯 바람에 휩쓸린다. 강풍이 밑에서 위로 치솟아 우듬지가 부챗살처럼 펴지는 믿기지 않는 순간도 있다. 사선으로 밀리던 빗줄기가 허공에서 소용돌이를 이루다 돌연 무리를 잃고 스러지기도 한다. 바람이 빠져나갈 통로가 차단된 때문이다.

남자는 핸들에 손을 얹은 채 골목 입구를 내다본다.

남자가 탄 흰 지프는 20여 미터의 골목 중간 지점에 정차돼 있다. 전조등도 꺼진 채 와이퍼만 작동하고 있다. 그것마저 작동하지 않는다면 전면 유리를 덮어 오는 빗물 때문에 바깥이 전혀 내다보이지 않을 터이다. 지프가 정차된 10여 미터쯤 뒤쪽, 골목이 끝나는 지점에 커다란 철문이 가로막혀 있다. 골목은 오직 그 대문으로 출입하는 사람들을 위해 만들어진 듯 다른 대문은 전혀 보이지 않는다.

남자는 양쪽 엄지손가락으로 지그시 관자놀이를 누른다. 두 눈을 부릅뜨고 초점을 맞추듯 미간을 찌푸리기도 한다. 외부에서 밀려드는 희미한 불빛에 초췌한 얼굴과 긴장한 눈빛이 드러난다. 양 손바닥을 두서너 번 마주 비비고 나서 이번에는 얼굴을 쓸어내린다. 세차게 머리를 흔들고는 대시보드의 계기판에 부착된 디지털시계를 노려본다.

9:23

그때 골목 입구로 버스 한 대가 지나가는 게 보인다. 세찬 비바람의 방해로 엔진 소리도 제대로 들리지 않는다. 버스는 이내 모습을 감추지만 몇 초 뒤 반원형으로 마감된 도로 차단 지점을 돌아 편의점 앞의 정류장에 다시 모습을 드러낸다. 젖은 허공에 뿌옇게 번진 편의점 불빛이 수정막처럼 한없이 얇게 느껴진다. 양복 차림의 사내 하나가 버스에서 내려 미친 듯 편의점 안으로 뛰어 들어간다. 버스가 떠나자 이내 종말적인 풍경이 되살아난다. 아무런 변화도 아무런 저항도 용납하지 않겠다는 완강한 의지가 느껴지는 풍경이다. 남자의 입에서 푸, 하고 바람 빠지는 소리가 난다.

남자는 상체를 좌우로 흔들고 나서 조수석에 놓아둔 몇 가지 물품을 내려다본다. 등산용 칼, 접착테이프, 도로 지도, 생수 두 병. 잠시 그것을 내려다보던 남자는 희끄무레한 어둠 속에서도 완연하게 은빛을 드러내는 등산용 칼을 집어 든다. 20센티미터 정도의 대검에 숨어 있던 선뜩한 위용이 드러나는 것 같다. 남자는 그것을 자신의 목에 들이대고 전방을 노려본다. 목에 댔던 칼을 다시 뺨에 대고 남자는 움직임을 멈춘다.

골목 바깥에 택시 한 대가 정차한다. 곧이어 택시의 실내등이 밝혀지지만 강풍에 휩쓸리는 폭우 때문에 사물을 제대로 식별하기 어렵다. 택시 뒷좌석 문이 열리고 희끄무레한 상의를 걸친 여자가 나오는 게 보인다. 우산이 없는데도 여자는 전혀 서두르는 기색이 없다. 손을 들어 비를 가리는 시늉도, 어깨를 움츠리고 뛰려는 기색도 보이지 않는다. 애초부터 비를 피하지 않기로 작정한 사람처럼 태연하게 문을 닫고 골목 쪽으로 돌아선다. 훤칠하게 큰 키에 긴 머릿결이 자연스럽게 물결치는 검은 실루엣이 건너편 편의점 불빛을 등지고 움직이기 시작한다.

순간, 남자는 확신에 찬 표정으로 등받이에 기댔던 상체를 곧추세운다. 검은 실루엣은 아주 느린 걸음걸이로 골목으로 접어든다. 한 걸음 한 걸음, 마치 비바람을 음미하듯 고개를 숙이고 다가온다. 남자는 와이퍼 작동을 정지시키고 나서 왼손에 들고 있던 칼을 오른손으로 바꿔 든다. 순간, 거대한 유리가 깨지는 듯한 파열음이 강풍에 뒤섞인다. 왼손 검지를 문 손잡이에 건 채 남자는 재빨리 골목 뒤쪽으로 고개를 돌린다. 골목이 끝나는 지점의 저택은 여전히 깊은 어둠에 잠겨 있다. 다시 고개를 전방으로 돌리자 검은 실루엣이 지프 앞까지 바투 다가와 있다. 비로소 실체가 드러난 여자는 인디언 문양의 헐렁한 셔츠와 청바지 차림에 커다란 숄더백을 걸치고 있다.

여자가 지프의 운전석을 지나치는 순간, 남자는 문을 열고 재빨리 밖으로 나선다. 운전석 등받이가 앞으로 접히도록 레버를 잡아당기고 나서 남자는 등 뒤에서 여자를 낚아챈다. 뒤쪽에서 여자의 입을 틀어막고 상체를 뒤로 당기자 여자가 허리를 비튼다. 순간, 어깨에 걸치고 있던 여자의 숄더백이 땅바닥으로 떨어진다. 남자는 개의치 않고 여자를 지프 뒷좌석으로 거칠게 처박아 버린다. 땅에 떨어진 숄더백을 집어 조수석으로 던지고 나서 남자는 다시 한번 주변을 살핀다. 그 짧은 동안 남자의 흰 티셔츠와 낡은 청바지가 빈틈없이 비에 젖는다. 휘몰아치는 비바람과 종말적인 어둠이 모든 걸 삼켜 버린 뒤.

남자는 뒷좌석으로 들어가자마자 문을 닫는다. 옆으로 몸을 뒤집던 여자가 반사적으로 상체를 일으키려 하지만 남자가 여자를 밀어 다시 한번 나동그라지게 만든다. 여자가 뒷좌석에 반듯하게 눕자 남자가 무릎 꿇은 자세로 여자의 배 위에 앉아 움직임을 통제한다. 조수석에 놓여 있던 접착테이프를 집어 들고 남자는 차분한 동작으로 여자의 입을 봉하고 발과 무릎을 묶는다. 이마에서 연신 흘러내리는 땀을 손등으로 훔친 뒤, 남자는 다시 한번 여자의 몸을 뒤집어 이번에는 뒤에서 손을 묶는다. 온몸을 포박당한 여자를 모로 뉘고 나서 남자는 허리를 굽혀 여자의 얼굴을 들여다본다.

"죽고 싶지 않으면 얌전히 굴어."

남자의 속삭임에 여자의 동공이 한껏 확대된다. 하지만 남자는 혼돈이 가득한 여자의 눈빛을 무시한 채 운전석으로 넘어간다. 와이퍼를 작동시키고 사이드브레이크를 내릴 때, 골목 바깥쪽으로 경광등을 밝힌 경찰 패트롤카가 지나간다. 남자는 기어 변속기를 손에 잡은 채 브레이크 페달에서 재빨리 발을 뗀다. 끝을 알 수 없는 공간으로 비바람이 빠져나가는 소리가 쇄아, 쇄아, 함성처럼 안으로 밀려든다. 남자는 긴장이 한껏 고조된 표정으로 차량의 어둠 속에서 숨을 죽이고 밖을 내다본다. 빗줄기가 나선형으로 치솟아 오르며 사방팔방으로 너울이 퍼져 나간다.

패트롤카는 골목의 열린 공간을 지나쳐 이내 우측으로 모습을 감춘다. 하지만 잠시 뒤, 편의점 앞에 다시 모습을 드러내고는 비상 경광등을 켠 채 도로변에 정차한다. 정복 차림의 경관 하나가 차에서 내려 상체를 잔뜩 숙인 채 재빨리 편의점 안으로 뛰어 들어간다. 계산대의 점원에게 뭔가 짧게 말을 하고 나서 물품 진열대를 향해 가는 경관의 모습이 밖에서도 보인다. 몇 초 뒤, 무슨 물건인지는 알 수 없으나 경관은 계산을 하지 않고 물건만 들고 곧장 밖으로 나와 다시 패트롤카로 달려간다. 반짝 반짝, 일성한 간격으로 경광등을 점멸하며 비바람을 뚫고 나가는 패트롤카가 소형 잠수정처럼 보인다.

패트롤카를 지켜보던 남자가 경직돼 있던 자세를 풀며 지그시 아랫입술을 깨문다. 빗물과 땀으로 번들거리는 얼굴, 극도의 긴장과 갈등에 압도당한 표정. 등산용 칼과 접착테이프를 글러브 박스에 집어넣은 뒤 남자는 조수석에 놓여 있던 생수를 마신다. 기갈에 시달리던 사람처럼 반병 정도의 물을 단번에 마시고 나서 남자는 뒷좌석의 여자를 내려다보며 낮고 은밀한 어조로 말한다.

"먼 길을 가야 하니까 편안한 자세로 누워 있어. 태풍 때문에 날이 밝을 때까지 달려야 목적지에 당도할 수 있을 거야. 사람 피곤하게 하면 서로 좋을 게 없으니까 조용히 가자구. 무슨 말인지 알겠지?"

여자가 몸을 좌우로 흔들며 뭐라고 끙끙 소리를 낸다. 하지만 남자는 들은 체 만 체 여자의 몸짓을 무시하고 전조등을 밝힌 뒤 브레이크 페달을 밟는다. 기어 변속기를 주행으로 옮기고 브레이크 페달에서 발을 떼자 서서히, 영원히 움직이지 않고 어둠 속에 웅크려 있을 것처럼 보이던 지프가 움직이기 시작한다.

골목을 빠져나가자 비바람이 사방에서 들이친다. 와이퍼가 가상 빠른 간격으로 작동되지만 앞 유리를 쉼 없이 덮어 오는 빗물을 제거하진 못한다. 골목을 빠져나간 지프가 반원형의 커브를 돌아 편의점 앞을 지나는 동안 뒷좌석의 여자는 계속해서 끙끙 소리를 낸다. 하지만 남자는 한껏 긴장한 표정으로 전방을 노려볼 뿐이다. 곧게 뻗어 나간 2차선 도로가 끝나는 지점, 거기가 도심을 관통하는 주도로와 연결되는 지점이다.

남자는 좌회전 방향 지시등을 켠다. 뒷좌석의 여자가 계속해서 끙끙거리며 소리를 낸다. 남자는 주도로를 질주하는 차량들이 흰 물보라를 일으키며 달리는 장관을 지켜본다. 몇 시간 동안 쏟아진 폭우로 어느덧 노면 전체가 빗물에 덮여 있다. 남자는 카 오디오의 파워 버튼을 누른다. 가요가 나오자 재빨리 자동 선국 버튼을 누른다. 좌회전 신호가 들어올 때 뉴스를 진행하는 방송이 잡힌다. 태풍을 동반한 폭우, 남부 지방을 거쳐 현재 중부 지방에 집중호우, 산사태로 인한 인명 피해, 교량 침수 및 도로 유실…… 이런 상태로 집중호우가 계속되면 밤사이 피해 상황이 엄청나게 커질 것이라고 재해대책본부에 나가 있는 기자는 한껏 격앙된 어조로 속보를 전한다. 언제쯤 태풍이 빠져나갈 것 같으냐고 앵커가 묻자 오늘 밤을 고비로 내일 새벽쯤이면 세력이 약화돼 오전이나 정오 무렵쯤 동해안으로 빠져나갈 것 같다고 기자는 덧붙인다.

지프가 한강을 건널 때, 남자는 파워 버튼을 눌러 라디오를 꺼 버린다. 한강을 건너자마자 통행하는 차량이 현격하게 줄어든다. 황색 나트륨등의 조명을 받으며 비바람이 황홀한 군무를 연출한다. 크고 부드러운 율동으로 너울거리다 돌연 허공으로 치솟거나 곤두박질치며 빗줄기가 사방팔방으로 흩어지기도 한다. 올림픽대로로 접어들 때 뒷좌석의 여자가 다시 한번 끙끙 소리를 내며 몸을 뒤틀어 댄다. 남자가 갑자기 악을 쓰며 주먹으로 핸들을 두들긴다.

"소리 내지 마, 제발!"

남자의 악다구니 때문인가, 갑자기 뒷좌석이 조용해진다.

"지금 네가 처한 상황을 몰라서 이러는 거야?"

남자의 말을 듣고 여자가 더욱 심하게 낑낑거리며 몸을 좌우로 비틀어 댄다. 거푸 허공에서 너울거리는 빗물의 장막을 내다보며 남자가 다시 입을 연다.

"넌 지금 나한테 납치된 거야."

납치된 거라는 말을 듣고 나서 여자는 더 이상 낑낑거리지 않는다. 올림픽대로로 접어든 직후, 빗줄기의 공중 난무는 더욱 거칠어진다. 오후부터 비가 내린 때문인가, 통행 차량이 눈에 띌 정도로 적다. 비상 경고등을 밝힌 2.5톤 트럭과 탱크로리 차량이 2차선과 3차선 도로를 나란히 질주하는 모습이 인상적이다. 기역 자 수은등이 밝혀진 구간에서는 빗줄기가 전위 무용처럼 파격적인 율동을 과시한다. 플라타너스 잎들이 닥치는 대로 몸을 뒤섞는 도로변 풍경 — 바람의 진로가 돌발적으로 바뀌기 때문에 운전자가 도무지 집중을 하기 힘든 상황이다.

남자는 한껏 긴상한 표정으로 전방을 주시한다. 중부고속도로 진입 표지판이 연해 차창을 스쳐 간다. 미간을 찌푸리며 젠장, 젠장, 남자는 부정적인 표정으로 중얼거린다. 순간, 진행 차선과 진입 차선이 분리되는 지점이 육안으로 밀려든다. 남자는 사이드미러를 보며 우측 방향 지시등을 켠다. 뒤따르는 차량이 한 대도 없다. 핸들을 우측으로 꺾을 때, 빗물이 우측에서 좌측으로 앞 유리를 핥듯이 스쳐 간다.

중부고속도로, 대전 방면.

동서울 만남의 광장을 지나칠 때, 뒷좌석의 여자가 다시 끙끙 소리를 낸다. 발성되지 않는 소리가 미미한 파장을 만들며 고조되다가 오히려 속으로 깊어진다. 2분쯤 지난 뒤, 지프는 동서울 톨게이트로 진입한다. 통행권 자동 발매기에서 티켓을 뽑고 나서 남자는 힐끗 룸미러로 뒷좌석을 본다. 탁한 어둠에 파묻힌 여자가 알아들을 수 없는 소리로 끙끙거리며 목을 흔든다. 입을 막은 접착테이프가 허파 운동을 하듯 들쭉날쭉한다. 하지만 남자는 본 체 만 체 전방을 노려보며 가속페달을 밟는다.

"내가 누구인지 궁금해서 그래? 그렇게 누워 있는 게 힘들고 고통스러우면 그걸 화두로 삼아 봐. 난 말이야, 나 자신도 뭐라고 말할 수 없을 만큼 특징이 없는 인간이야. 어쩌면 너를 납치한 게 내 인생에서 가장 큰 특징이 될지도 몰라. 특징 없는 인생이 얼마나 외롭고 고독한지 알기나 해?"

아치형의 터널이 나타난다. 터널 상단 좌우에 배열된 불빛이 터널 내부를 비현실적이고 몽환적인 느낌으로 채색한다. 안으로 진입하자 전면 유리로 쉼 없이 밀려들던 빗줄기가 멎고 돌연 레몬옐로의 젖은 색감이 실내로 밀려든다. 남자는 짧게 한숨을 내쉬고 나서 어이가 없군, 하고 중얼거린다. 하지만 터널을 벗어나자마자 어둠과 빗물과 바람의 광란이 기다렸다는 듯 재연된다. 제기랄, 남자는 다시 한번 중얼거리고 나서 룸미러로 뒷좌석의 여자를 살핀다. 여자가 무릎을 접었다 펴며 몸을 나선형으로 움직인다.

"나는 너를 다른 차원의 공간으로 인도하는 마법사야. 그러니까 자신을 괴롭히지 말고 주어진 상황을 즐겨. 실시간으로 진행되는 현실 상황이니까 기막히게 드라마틱하고 스릴 있잖아. 호환성이 없다는 게 문제이긴 하지만, 아무튼 이건 황당무계한 사이버 게임과는 차원이 다르니까 짜릿하게 즐기라구."

도로 정보 전광판이 나타난다. 고속도로 전 구간이 태풍의 영향권에 들어 있으니 감속 운행하라는 오렌지 빛 문자 메시지가 위에서 아래로 연해 흘러내린다. 남자는 가속페달을 밟으며 희미하게 미소가 번진 얼굴로 한없이 음험해 보이는 전방을 노려본다. 빗물과 와이퍼의 치열한 쟁투 사이로 암시처럼 막막한 공간이 짧게 열렸다 닫히곤 한다. 그때 여자가 다시 낑낑거리며 몸을 뒤틀어 댄다. 거의 동시에 호법 분기점 표지판이 나타나고, 곧이어 강릉-이천 방면의 영동고속도로 표지판이 나타난다. 여자의 낑낑거리는 소리를 무시한 채 남자는 분기점 진입로로 접어들기 위해 우측으로 핸들을 꺾는다. 10여 미터쯤 앞에서 강릉-수원 갈림길이 나타나자 다시 핸들을 좌측으로 꺾는다. 순간, 뒷좌석에서 둔탁한 울림이 넘어온다. 동시에 여자의 낑낑거리는 소리가 한껏 고조돼 예리한 신음으로 변한다. 하지만 남자는 좌측 방향 지시등을 켜고 사이드미러와 룸미러를 동시에 보며 영동고속도로로 진입한다. 여자가 좌석에서 굴러 앞좌석과 뒷좌석 사이의 좁은 공간에 처박혀 있다.

4~5분쯤 지난 뒤, 남자는 갓길에 차를 세운다. 비상 경고등도 켜지 않고 차의 모든 등을 다 꺼 버린다. 캄캄한 무인 지대, 통행 차량도 거의 없어 혼돈의 중심에 고립된 것 같다. 어둠 속에서 남자는 운전석 옆의 레버를 당겨 의자를 앞으로 접히게 하고 장님처럼 어둠을 더듬어 여자의 위치를 파악한다. 왼쪽 손바닥에 여자의 젖은 머리카락과 이마, 뺨과 코가 만져진다. 오른쪽 손바닥에는 여자의 젖은 상의와 청바지의 거친 감촉이 느껴진다. 체온 때문인가, 젖은 옷에서 미미한 온기가 느껴진다.

남자는 왼손을 움직여 여자의 목 밑으로 먼저 손을 들이민다. 그런 다음, 상체를 좀 더 굽히고 여자의 허벅지 밑으로 오른손을 밀어 넣는다. 그때 습자지처럼 희뿌옇게 분해된 전조등 불빛이 뒷유리로 밀려든다. 남자는 상체를 굽히고 동작을 멈춘다. 순간적으로 여자 몸의 굴곡이 드러난다. 하지만 빠르게 밝아지던 전조등 불빛이 극점을 지나치듯 짧게 지프를 스쳐 가자 다시 사방이 캄캄해진다.

남자는 양팔에 힘을 주어 여자를 들어 올린다. 하지만 불안정한 자세 때문에 남자는 허망하게 중심을 잃고 만다. 좌석과 좌석 사이의 협소한 공간으로 여자는 더욱 깊이 쑤셔 박히고 남자는 여자의 젖가슴에 얼굴을 묻는다. 여자가 허리에 힘을 주고 꿈틀거리자 빌어먹을, 하고 중얼거리며 남자가 신경질적인 동작으로 상체를 일으킨다. 여자가 자신의 의사를 전하려는 듯 알아들을 수 없는 소리를 밀어낸다. 남자가 짜증 섞인 어조로 못을 박는다.

"제발, 입 좀 닥쳐!"

끙, 소리를 내며 남자는 상체를 굽히고 다시 한번 여자를 들어 올린다. 양팔에 힘을 가하며 상체를 일으키자 협소한 공간에 처박혀 있던 여자의 몸이 가까스로 들어 올려진다. 하지만 2~3초도 버티지 못한 채 남자는 다시 중심을 잃고 앞으로 무너진다. 남자의 얼굴이 다시 한번 여자의 젖가슴에 묻힌다. 하지만 이번에는 좌석과 좌석 사이의 공간이 아니라 뒷좌석에 안착, 여자의 젖가슴에 얼굴을 묻은 채 남자는 몇 초 동안 꼼짝도 하지 않는다.

잠시 남자가 호흡을 가다듬는 동안 여자가 다시 허리를 들썩인다. 남자가 얼굴을 들자 웅웅잉잉, 여자가 다시 알아들을 수 없는 소리를 밀어낸다. 남자가 어둠 속에서 길게 한숨을 내쉬고 나서 도대체 뭐가 어쨌다는 거야, 하고 짜증스러운 어조로 중얼거린다. 여자가 허리를 들썩이며 요동하자 남자가 다시 양손을 내밀어 여자의 얼굴 부위를 더듬는다. 입을 봉한 접착테이프가 만져지자 다시 가장자리를 찾아 오른손 엄지와 검지로 그것을 단번에 떼어 낸다. 짝, 하는 소리와 악, 하는 여자의 비명이 거의 동시에 터진다. 어둠을 내려다보며 남자가 말한다.

"짧게 말해. 용건이 뭐야?"

"제발, 나 손 좀 풀어 줘. 뒤로 너무 접혀서 피가 통하지 않아. 아무 감각도 없단 말야."

"왜 반말이냐?"

"그걸 왜 나한테 물어. 너도 반말하잖아."

"그래, 예절이 필요한 시간은 아니니까 상관 않겠다. 하지만 손을 풀어 주는 건 곤란해."

"왜, 내가 도망이라도 갈까 봐 그래?"

"갈 길이 너무 멀어."

"갈 길이 머니까 풀어 줘야 하는 거 아냐? 풀어 주는 게 그렇게 곤란하면 앞으로 묶어 줘. 그리고 입은 봉하지 말고 그냥 앉아 있게 해 줘. 그럼 시키는 대로 조용히 있을게."

"이봐, 넌 지금 나하고 여행을 가는 게 아냐. 넌 나한테 납치된 거라구. 그런데 도대체 뭘 믿고 그렇게 네 멋대로 지껄이는 거지?"

"나쁜 새끼야, 넌 왜 네 멋대로 날 납치했니? 네 멋대로 날 납치했는데, 내가 너한테 예절 바르고 고분고분하게 굴어야 해?

넌 세상을 그렇게 살았니?"

"……."

"오줌 마려워."

"……."

"오줌 마렵다니까!"

순간, 어둠에 쐐기를 박듯 날카로운 마찰음이 터진다. 찰싹! 단박에 기가 꺾인 듯 따귀를 맞은 여자는 더 이상 입을 열지 않는다. 남자가 손에 들고 있던 접착테이프로 다시 여자의 입을 봉해 버린다. 그러자 여자가 발작적으로 몸을 뒤틀어 댄다. 간질병 환자처럼 요동질이 너무 심해 남자는 잠시 어둠 속에서 여자를 주시한다. 몇 초 뒤, 길게 한숨을 내쉬고 나서 남자는 다시 여자의 입에 붙였던 접착테이프를 걷어 내고 묻는다.

"좋아, 오줌은 누게 해 줄 테니까 좀 기다려. 정 못 참겠거든 옷에다 싸도 돼. 시트 같은 건 버려도 상관없으니까 부담 갖지 말라구."

"얼마나 참으라는 거야, 도대체?"

"네가 날 납치했다면 이런 갓길에서 오줌 싸게 하겠니?"

"차 옆에서 하면 안 돼?"

"……사람 환장하게 하는군."

젠장, 하고 길게 한숨을 내쉬고 나서 남자는 여자의 입을 다시 테이프로 봉한다. 운전석으로 돌아앉자 전방의 어둠과 비바람이 난잡한 교접을 벌이듯 앞 유리로 질탕하게 빗물이 흘러내린다. 남자는 가볍게 머리를 흔들고 나서 전조등과 좌측 방향 지시등을 켜고 사이드미러를 본다. 어둠에 파묻힌 후방 전체가 깊고 음험한 동굴처럼 보인다. 그곳에서 필사적으로 탈출하려는 듯 남자는 도로로 진입하자마자 가속페달을 힘주어 밟는다.

몇 분 뒤, 도로 공사 구간이 나타난다. 흰 야광 밴드를 붙인 여러 개의 붉은 플라스틱 통, 파헤쳐진 흙더미 속에 그대로 방치된 포클레인, 그리고 좌측으로 방향을 꺾으라는 야광 유도 표지판 따위가 시야를 한껏 어지럽게 만든다. 공사 구간을 빠져나간 지프가 여주 휴게소를 지나칠 때, 계기판에 부착된 디지털시계가 11시 29분을 가리킨다.

도로 양옆으로 황색 나트륨등이 늘어선 구간을 지나자 문막 분기점 표지가 나타난다. 분기점 표지를 지나 2분쯤 달리자 휴게소가 나타난다. 휴게소의 희부연 형광등 불빛이 빗줄기의 장막에 가려 심하게 일렁거린다. 남자는 휴게소 쪽으로는 눈길도 주지 않고 전방만 주시한다. 여주-문막을 지나치는 동안 여자는 잠잠하다. 원주-횡성 분기점을 지나고 소사 휴게소를 지나칠 때까지도 변함없이 잠잠하다. 남자는 미심쩍은 표정으로 가끔씩 룸미러로 뒤를 살핀다.

12시 29분, 지프는 둔내 분기점을 지난다. 44분에는 평창-장평 분기점을 지나고 51분에는 속사 분기점을 지난다. 곧이어 과속 단속 구간이 나타나고, 몇 분 뒤에는 터널이 나타난다. "터널 내 차로 변경 금지", "터널 내 추월 금지", "출구 감속" 따위의 문자 메시지가 터널 입구의 전광판에서 연해 점멸한다. 터널을 빠져나가자 곧이어 다시 터널이 나타난다. 길고 짧은 일곱 개의 터널을 모두 빠져나가자 경사지 미끄럼 방지를 위한 긴급 제동 시설이 나타나고, 곧이어 우측으로 옛 대관령 휴게소 불빛이 나타난다. 거리가 지척인데도 영원히 당도할 수 없는 공간처럼 한없이 아득해 보인다.

1시 16분, 지프는 영동고속도로를 벗어나 속초-주문진과 동해-강릉이 분리되는 65번 도로로 접어든다. 속초-주문진 방면의 우회도로로 직진하자 전방이 넓게 열리며 좌우의 어둠이 더욱 드넓고 깊게 느껴진다. 가드레일을 경계로 도로 안쪽과 바깥쪽이 전혀 다른 세상처럼 판이하다. 좌우 가드레일 바깥쪽에서 몰려든 비바람이 우회도로 상공에서 세차게 맞부딪칠 때 믿기지 않는 소용돌이가 만들어진다. 서로 비껴갈 경우에는 상승과 하강을 동시에 보여 주는 절묘한 율동이 장관을 이룬다.

연곡을 통과할 무렵, 여자가 다시 낑낑거리기 시작한다. 남자가 여자를 까맣게 잊고 있었다는 표정으로 문득 룸미러를 본다. 곧이어 자동차전용도로 종점을 알리는 도로 표지판이 나타난다.

2킬로미터 전방, 7번 국도 분기점.

남자는 당황하고 긴장한 표정으로 제발, 제발, 하고 연해 중얼거린다. 우측으로 핸들을 꺾으며 분기점으로 접어들자 20여 미터 전방에 현남 톨게이트가 나타난다. 선바이저에서 만 원권

지폐와 도로 통행권을 꺼내 들며 남자는 뒷좌석의 여자에게 은밀한 어조로 못을 박는다.

"톨게이트 빠져나가면 오줌 누게 해 줄 테니까 조용히 입 다물고 있어."

두 개의 게이트 중 왼편으로 접어들며 남자는 운전석 윈도를 3분의 1쯤 내린다. 그러자 눈에 졸음이 가득한 20대 후반쯤의 여직원이 어서 오세요, 하고 표정 없는 얼굴로 말한다. 남자가 지폐와 통행권을 건네자 만 원 받았습니다, 하고 나서 여직원은 등록기의 자판을 두들긴다. 사이, 남자는 은밀한 눈빛으로 룸미러를 살핀다. 톨게이트의 형광등 불빛이 밀려들어 뒷좌석에 누운 여자의 형체가 완연히 드러난다. 하지만 통행료를 징수하는 여직원의 위치에서는 식별이 용이하지 않을 터이다. 조명이 문제가 아니라 각도가 맞지 않기 때문이다. 곧이어 안녕히 가십시오, 하며 여직원은 거스름돈과 영수증을 창구 밖으로 내민다. 남자는 그것을 건네받으며 여직원의 얼굴을 주시한다. 윈도를 올리고, 브레이크 페달에서 발을 떼는 순간에도 시선을 거두지 않는다. 하지만 여직원의 표정에는 아무런 변화의 기미도 엿보이지 않는다.

톨게이트를 벗어나자 입체 교차로가 나타난다. 양양-속초 방면으로 좌회전하자 비로소 7번 국도가 열린다. 그때 뒷좌석의 여자가 흠음흠, 하는 소리를 내며 다시 요동치기 시작한다. 남자는 도로 우측을 살피지만 마땅히 진입할 만한 공간이 나타나지 않는다.

과적 차량 검문소를 지나자 남애리로 접어드는 좁고 어두운 샛길이 나타난다. 불빛은 보이지 않지만 어둠 속에 가라앉은 낮은 지붕들로 미루어 어촌이라는 걸 쉽사리 알 수 있다. 남자는 서행하며 남애리 진입로를 지나친다. 몇 미터 더 나아가자 다시 우측으로 접어드는 샛길이 나타난다. 야산의 검은 윤곽선 위로 교회 첨탑이 날카롭게 솟아 있다.

1시 34분, 남자는 우측으로 핸들을 꺾는다. 완만하게 경사진 길을 내려가자 우측과 좌측으로 다시 길이 갈라진다. 우측은 마을로 이어진 길이고 좌측은 교회로 이어진 산길인 듯싶다. 남자는 한껏 서행하며 좌측으로 다시 핸들을 꺾는다. 곧이어 경사가 끝나고 오르막이 시작되는 지점이 나타난다. 남자는 경사가 끝나는 지점에 지프를 세우고 잠시 주변을 살핀다. 아무것도 볼 수 없고, 아무것도 보이지 않는 지점. 남자는 몇 초 동안 헤드레스트에 머리를 기대고 있다가 돌연 자세를 바꾸고 뒷좌석으로 넘어간다.

깊은 어둠 속에서 파도 소리가 들린다. 하지만 모든 방향에서 동시에 밀려오는 것처럼 선뜻 소리의 향방을 가늠하기 어렵다. 바람 소리보다 낮은 층위에서 터져 오르는 격렬한 파열음을 들으며 남자는 조심스레 손을 뻗어 여자의 얼굴을 더듬는다. 얼굴이 아니라 입, 입이 아니라 접착테이프를 찾는 것이다. 남자의 손이 여자의 머리와 얼굴을 더듬자 거부의 기색이 완연하게 여자가 몸을 꿈틀거린다. 테이프의 가장자리를 잡자마자 남자는 단호하게 그것을 걷어 낸다. 여자가 푸, 하고 숨을 내쉬자 남자가 여자의 어깨를 잡으며 입을 연다.

"이제 고민을 해결할 시간이 왔다. 하지만 날씨와 장소가 엉망이니까 폼 나게 일 볼 생각은 버려. 반항하면 모든 게 엉망이 될 테니 제발 내 인간성을 시험하지 말라구. 알겠어?"

"어서 풀어 주기나 해."

"풀지 않아. 이대로 내가 안고 나간다."

"미친놈아, 이렇게 묶인 채 어떻게 오줌을 누니?"

"말 조심해. 아까 얻어맞고도 아직 정신 못 차렸어?"

"넌 도대체 아이큐가 몇이니? 여자 생식기가 어디에 어떻게 붙어 있는지 알기나 해? 네가 아는 여자들은 다 서서 오줌 누니?"

"잔말 마. 방식으로 말하자면, 이 세상에는 사람 수만큼의 방식이 있어. 정말 급하면 거꾸로 매달아 놔도 나올 건 다 나온다구. 여기선 네 방식이 아니라 내 방식대로 하는 거니까 모르면 배워!"

남자가 모로 누운 여자의 목 밑으로 손을 넣어 상체를 일으킨다. 자세를 바르게 해 좌석에 앉게 하자 여자가 낑, 하고 소리를 낸다. 남자가 왼손으로 여자의 어깨를 잡고 오른손으로 운전석 옆의 레버를 당겨 밖으로 나갈 통로를 만든다.

뒷문이 없는 투 도어 지프, 운전석 문을 열자마자 세찬 비바람이 덮치듯 안으로 들이친다. 남자가 머리를 숙이고 먼저 밖으로 나가 여자의 겨드랑이에 양손을 넣고 상체를 당긴다. 여자가 안기는 모양새로 넘어오자 남자가 뒷걸음질 치며 여자를 밖으로 끌어낸다. 그사이, 비바람이 소용돌이를 이루며 미친 듯이 남자의 등판을 후려친다.

남자가 여자를 안아 지프 옆에 세운다. 하지만 발목과 무릎, 손이 뒤로 묶인 상태라 스스로 중심을 잡지 못한다. 남자가 손을 떼면 비바람이 몰리는 방향으로 이내 나동그라질 것 같다. 여자를 세워 놓고 서서 남자는 잠시 뭔가를 궁리하는 표정이다. 바다 쪽에서 밀려온 비릿한 비바람이 연해 얼굴을 후려쳐 두 사람은 얼굴을 제대로 들지 못한다. 여자가 얼굴을 모로 돌리고 발악하듯 소리친다.

"어쩌란 말야, 이런 자세로 뭘 어쩌라구!"

"앉아서 싸. 내가 청바지 내려 줄게."

남자가 여자의 어깨를 잡고 악을 쓴다. 그러자 여자가 미친놈, 변태 같은 개새끼야, 하고 발악하듯 온몸을 뒤틀어 댄다. 여자가 먼저 중심을 잃고 넘어지자 남자가 여자를 잡으려다 함께 옆으로 나동그라진다. 경사지에서 흘러내린 흙탕물이 질펀거리는 땅바닥을 마구 나뒹굴며 여자가 미친 듯 악을 써 댄다. 하지만 손을 뒤로 결박당하고 발목과 무릎이 묶인 탓에 여자의 몸짓은 뒤집힌 자라처럼 부자연스럽다. 버둥거리는 여자의 어깨를 당기며 이번에는 남자가 악을 쓴다.

"어차피 이젠 다 버린 몸이야! 이런 흙탕물이나 오줌이나 다를 게 뭐지?"

"풀어 줘, 제발 풀어 달란 말야!"

"지랄하지 말고 그냥 싸!"

"풀어 주지 않으면 죽어도 싫어!"

"후회하지 마! 난 너에게 관대해야 할 하등의 이유가 없는 인간이야!"

"더러운 변태 새끼!"

흙탕물에 한쪽 무릎을 박고 나머지 무릎을 세운 자세로 남자가 여자를 들어 올린다. 모로 누워 버둥거리던 여자의 몸이 단번에 남자의 어깨 위에 걸쳐진다. 그때 7번 국도로 대형 트레일러트럭이 지나간다. 남자는 여자를 어깨에 걸친 채 잠시 움직임을 멈춘다. 밑에서 올려다보기에 트럭은 어둠을 뚫고 달리는 화물열차처럼 보인다.

트럭이 지나가자마자 남자가 단번에 몸을 일으킨다. 바다 쪽에서 불어오는 비바람에 밀려 순간적으로 중심이 흔들린다. 왼손으로 재빨리 지프의 차체를 짚고 오른손으로 여자의 허벅지를 잡는다. 반원을 그리듯 여자를 뒷좌석에 처박고 남자는 아무 미련 없다는 표정으로 곧바로 운전석으로 들어간다. 좁고 어두운 샛길에서 간신히 차를 돌려 다시 7번 국도로 올라서자 도로 왼편에서 휘몰아친 강풍이 주행 중인 차체까지 흔들어 댄다.

"왜 입을 봉하지 않지?"

2시 14분, 지프가 인구리를 지날 때 여자가 묻는다. 남자가 아, 하고 놀라는 표정을 지을 때 '잡소봤수? 해물칼국수!'라는 우스꽝스러운 식당 표지판이 전조등 불빛에 드러난다. 남자는 룸미러로 재빨리 뒷좌석을 살핀다. 모로 처박힌 여자가 다시 입을 연다.

"여자 오줌도 제대로 못 싸게 하는 위인이 나 같은 여자를 어떻게 감당하려고 납치한 거지?"

"난 최선을 다했어."

"최선을 다한 게 고작 이 정도니?"

"납치를 말하는 게 아냐. 네 오줌을 말하는 거야."

"내 오줌이 너한테 뭐 잘못한 거 있어? 왜 오줌도 맘대로 못 누게 지랄이야."

"입 닥쳐!"

남자가 주먹으로 핸들을 후려치며 격하게 소리친다. 무슨 이유에선지 내키는 대로 마구 지껄여 대던 여자가 갑자기 입을 다문다. 38선 휴게소를 지나고 기사문리, 하조대를 지날 때까지 여자는 잠잠하다. 순간, 군경 합동 검문소 표지가 나타난다. 바리케이드로 차선을 유도하는 지점에 이르러 남자는 브레이크 페달을 밟으며 전방을 살핀다. 노상 검문소가 설치돼 있긴 하지만 사람은 전혀 보이지 않는다. 우측의 과적 차량 검문소에서도 게거품처럼 희끄무레한 형광등 불빛이 밀려 나올 뿐 사람의 모습은 보이지 않는다. "화물차는 모두 진입하시오."라는 명령조의 표지판만 비바람에 심하게 흔들리고 있을 뿐이다.

노상 검문소를 지나자 남자는 다시 가속페달을 밟는다. 양양을 지나고, 낙산 해수욕장 입구를 지나치는 동안에도 여자는 여전히 잠잠하다. 한동안 캄캄한 어둠을 빠져나가자 돌연 불야성이 나타난다. 모텔, 카페, 횟집, 스피드 011…… 설악 해수욕장 입구, 물치항, 설악 해맞이 공원 일대에서 수십 개의 대형 네온사인과 광고판이 형형색색 번쩍인다. 하지만 비바람 휘몰아치는 밤, 사람의 모습이 전혀 보이지 않는 야경은 죽음의 이미지를 떠올리게 한다. 사람은 간 곳 없고 사람이 만들어 놓은 구조물만 남아 비바람에 휩쓸리는 종말적인 밤 풍경.

속초를 관통하는 동안 죽음의 이미지는 더욱 깊어진다. 사람의 모습이 보이지 않는 도심에서는 깊은 진공감마저 느껴진다. 휘몰아치는 비바람은 이제 이곳에 생명을 지닌 것들은 살지 않는다, 라고 노골적으로 강조하는 것 같다. 아침이 오기 전에 끝장을 보려는 기세, 영원히 아침이 오지 못하게 하려는 완강한 의지가 도시를 점령하고 있다. 너울너울 장막을 이루는 빗줄기, 도시의 상공에서 거대한 백기가 펄럭이는 것 같다.

2시 59분, 남자는 태풍이 점령한 해안 도시의 살풍경을 벗어난다. 봉포, 하일라비치에서부터 바다를 끼고 달리지만 바다는 전혀 보이지 않는다. 남자는 한껏 깊이 침잠한 표정으로 전방을 주시한다. 좌측의 개활지와 우측의 해송 숲은 어둠 속에서도 뚜렷한 대조를 이룬다. 전조등 조명권으로 하루살이 떼처럼 끝없이 빨려드는 빗줄기……. 남자는 두 눈을 부릅뜨며 세차게 머리를 흔든다. 순간, 차체가 왼쪽으로 쏠리다 반사적으로 중심을 잡는다.

3시 11분, 아야진 해수욕장을 지나친 뒤부터 남자는 주변을 살피기 시작한다. 몇 분 동안 좌우로 개활지가 나타나고 곧이어 삼포가 나타난다. 삼포를 지나자마자 남자가 브레이크 페달을 밟으며 서행하기 시작한다. 2~3분쯤 서행하자 도로 우측으로 낮고 완만한 경사면과 해송 숲이 연결된 지점이 나타난다. 갓길에 차를 세우고 남자는 실내외 등을 모두 끈다. 몇 초, 남자는 어둠 속에서 호흡을 가다듬는다. 그때 여자가 묻는다.

"여기가 목적지야?"

"……."

"여기 차를 세운 이유가 뭐야?"

"……."

"마음의 준비를 해야 하니까 계획을 말해 줘."

"……."

"설마, 변태 같은 짓 하려는 건 아니겠지?"

"……."

순간, 남자가 등을 돌리고 뒷좌석으로 넘어간다. 뭐야, 하고 여자가 화들짝 놀라 상체를 일으키려 한다. 하지만 남자가 먼저 여자의 어깨를 제압한다. 여자를 완전히 엎어 놓고 왼손으로 등을 찍어 누르며 남자가 입을 연다.

"세상에 변태 아닌 인간 있니? 내가 보기엔 너도 보통 변태가 아닌 것 같아."

"……."

"왜 조용해?"

"근데 지금 뭘 하는 거야?"

"이런 데서 변태 같은 짓 말고 달리 할 게 뭐가 있어. 몰라서 물어?"

"흥, 그래…… 첨으로 맘에 들게 하네."

"천만에, 내 만족을 위한 거니까 착각하지 마."

"어딜 만지는 거야, 지금!"

"설마 그사이 옷에다 싼 건 아니겠지?"

"거긴 아냐. 손 치워, 개새끼야!"

남자가 어둠 속에서 손을 움직여 여자의 손과 무릎, 발목에 묶인 접착테이프를 차례로 떼어 낸다. 여자가 팔을 앞으로 돌리며 아, 하고 신음을 터뜨린다. 남자가 여자를 돌아눕게 하고 어깨를 잡아 일으키려 하자 가만, 가만, 아프니까 살살, 하고 여자가 남자의 동작을 제지한다. 남자가 조수석 옆의 레버를 당겨 밖으로 나갈 통로를 만들자 여자가 간신히 몸을 일으키고 중심을 잡는다. 남자가 먼저 밖으로 나가 여자에게 손을 내민다. 하지만 여자는 남자의 손을 뿌리치고 혼자 지프를 벗어난다. 바다 쪽에서 휘몰려 오는 비바람을 등지고 어둠 속에서 남자가 냉정한 어조로 입을 연다.

"여기선 잘못 움직이면 죽어."
"오줌 싸다 죽는단 말야?"
"도망칠 경우."
"왜?"
"해안이 전부 군 통제 지역이니까."
"그게 뭔데?"
"이 시간에 해안으로 들어가면 군인들이 무조건 총을 쏜다구."
"그럼 어디서 하라는 거야?"
"따라갈 테니까 밑으로 내려가."
"안 도망갈 테니까 따라오지 마."
"등 돌리고 있을 거니까 걱정 마."
낮고 완만한 경사를 따라 남자가 먼저 밑으로 내려간다. 자리를 잡고 남자가 손을 내밀자 이번에는 여자가 손을 잡는다. 하지만 밑으로 내려간 여자는 남자가 지정한 장소에서 해송 숲 쪽으로 몇 걸음 더 걸어 들어간다. 남자가 재빨리 따라가 여자의 어깨를 낚아채자 반사적으로 등을 돌리며 여자가 소리친다.
"여기서 너한테 죽으나 저리로 들어가 총에 맞아 죽으나 어차피 죽는 건 마찬가지야. 죽기 전에 오줌도 내 맘대로 못 싸니?"
"……."
남자는 아무런 대꾸도 하지 못한다. 해송 숲을 비집고 바다

쪽에서 들이치는 바람이 시옹시옹 기이한 소리를 내며 즐비한 소나무를 휩쓸고 간다. 여자가 허리띠를 풀자 남자가 재빨리 등을 돌리고 두어 걸음 앞으로 걸어 나간다. 등 뒤에서 몰려오는 바람과 개활지에서 불어오는 바람을 맞으며 남자는 가까스로 중심을 유지한다. 빌어먹을, 빌어먹을, 중얼거리며 얼굴을 숙이고 전방에서 불어오는 비바람을 피한다.

"아직 멀었어?"

3~4분쯤 지난 뒤, 남자가 소리쳐 묻는다. 앞뒤에서 불어오는 비바람 때문에 소리는 앞으로도 뒤로도 가지 못한다. 등을 굽히고 잠시 더 기다렸다가 남자는 등을 돌린다. 등을 펴고 양손으로 이마를 가린 채 남자는 여자가 앉았던 자리를 본다. 여자는 보이지 않는다. 검푸른 허공을 노려보며 남자는 좌우를 살핀다. 왼편, 해송이 밀집한 공간으로 달리는 여자의 검은 실루엣이 언뜻 보인다. 보였다 사라지고, 사라졌다 다시 보이곤 한다.

"빌어먹을!"

남자는 두 눈을 부릅뜨고 정신없이 달리기 시작한다. 비바람이 연신 얼굴을 후려치지만 점멸하듯 나타났다 사라지곤 하는 여자의 모습을 놓치지 않기 위해 남자는 고개를 숙이지 않는다. 단 몇 초 만에 여자의 모습이 뚜렷하게 시야에 잡힌다. 하지만 무슨 이유 때문인가, 해변 쪽으로 달리던 여자가 갑작스럽게 동작을 멈춘다. 어둠 속에 웅크린 야생동물처럼 여자는 꼼짝도 하지 않는다. 남자가 6~7미터쯤 접근했을 때 여자는 돌연 등을 보이고 반대 방향으로 달려 나오기 시작한다. 해송 숲이 끝나는 지점에 설치된 철책을 확인하고 남자는 재빨리 왼편으로 방향을 꺾는다. 순간, 3~4미터쯤 앞에서 7번 국도 방향으로 달려 나가던 여자의 몸이 공중으로 치솟는다. 곧이어 여자를 뒤따르던 남자도 장애물을 비키지 못하고 중심을 잃는다. 지면에 낮게 드리워진 해송 가지에 남자와 여자의 발목이 걸린 때문이다. 넘어진 여자는 엎드린 채 몸을 움직이지 못하지만 남자는 두어 번 몸을 굴려 엎드린 여자 위로 기어오른다. 숨을 가쁘게 몰아쉬며 남자가 여자의 목덜미에 말을 뱉는다.

"내 인간성 시험하지 말라고 했지?"

"……."

여자는 아무런 대꾸도 하지 않은 채 오래오래 숨을 몰아쉰다. 이윽고 남자가 여자의 등판에서 몸을 떼고 일어나 여자를 강제로 돌아눕게 만든다. 여자는 탈진한 사람처럼 남자가 힘을 가하는 대로 흐느적거린다. 남자는 반듯하게 누운 여자의 배 위에 올라앉아 있는 힘껏 뺨을 후려친다. 빗물에 젖은 여자의 얼굴이 반대 방향으로 돌아간다. 반대편 뺨을 후려치자 얼굴이 원래 방향으로 돌아간다. 여자는 식물인간처럼 남자가 힘을 가하는 방향과 힘의 정도에 따라 반응할 뿐 아무런 저항도 하지 않는다. 여자의 무반응에 남자는 미친 듯 발악한다.

"소원이라면 죽어! 차라리 여기서 뒈져 버리라구!"

"……."

"내가 왜 널 견뎌야 하니? 도대체 내가 왜 널 견뎌야 하냐구!"

"……."

"넌 내 인간성을 시험하기 위한 마지막 보루야! 그게 증명되지 않으면 모든 게 끝장날 테니까 알아서 해! 알겠어?"

"……."

남자의 발악에도 여자는 전혀 반응하지 않는다. 얼굴을 모로 돌린 채 혼절한 사람처럼 몸을 늘어뜨리고 있을 뿐이다. 휘몰아치는 비바람 속에서 악을 써 대던 남자가 문득 여자를 내려다본다. 상체를 굽히고 여자의 얼굴에 귀를 가져다 대자 흐음, 실낱처럼 가느다란 신음이 밀려 나온다.

남자가 여자를 어깨에 둘러메고 휘청휘청 위태로운 걸음을 옮기기 시작한다. 지프로 돌아와 뒷좌석에 눕히자 여자가 심하게 몸을 떤다. 남자는 여자를 결박하지 않고 한껏 긴장한 표정으로 지켜본다. 여자의 뺨을 만져 보던 남자가 문득 운전석 쪽으로 고개를 돌린다. 화끈화끈, 여자의 뺨에서 뜨거운 열기가 느껴진다.

3시 52분, 남자는 다시 7번 국도를 달리기 시작한다. 결박하지 않은 채 뒷좌석에 눕혔지만 여자는 아무런 기척도 하지 않는다. 끄응, 끙, 하는 신음이 간간이 들려올 뿐이다. 남자는 등 뒤쪽의 일을 아예 잊어버리려는 듯 한껏 경직된 표정으로 전방을 노려본다.

4시 13분, 간성을 지나고 곧이어 반암 해수욕장을 지난다. 굽이진 고개를 넘자 넓이를 가늠할 수 없는 어둠의 개활지가 나타난다. 간간이 스쳐 가던 민가의 불빛, 먼 데서 어른거리던 등대의 불빛도 더 이상 보이지 않는다. 검푸른 어둠 속에 떠올라 있던 사물의 윤곽도 스러져 어둠이 한껏 깊어 보인다. 날빛이 터지기 직전, 어둠의 위세가 한껏 고조되는 시간이다.

화진포 해수욕장을 지난 뒤부터 우측으로 바다를 끼고 달린다. 지상의 어둠은 여전히 막막하지만 검푸른 창공의 이면에서는 은밀하게 생명의 기운이 꿈틀거리는 것 같다. 길이 좁아지고 바다가 가까워진다. 어느 순간, 파도의 흰 포말이 검푸른 허공으로 튀어 올라 눈꽃처럼 점멸한다. 남자는 세차게 머리를 흔들며 미간에 힘을 준다. 브레이크 페달을 밟아 속도를 줄이며 좌우를 살피자 우측으로 콘도 진입로가 나타난다. 커브를 돌아 2~3미터쯤 서행한 뒤 남자는 왼쪽으로 핸들을 꺾는다. 산자락에 차 한 대가 간신히 진입할 정도의 샛길이 열려 있다.

마차진리.

지프는 완만한 경사를 타고 언덕을 올라간다. 언덕 위에 푸르스름하게 박명이 내려앉아 있다. 좁은 통행로 좌우로 무성하게 자라난 잡풀이 연해 차체에 쓸린다. 언덕 위에 내려앉아 있던 푸르스름한 박명도 잠깐, 내리막길을 내려가자 울창한 잡목림 속에 잠복해 있던 어둠이 불쑥불쑥 고개를 내민다. 젖은 나뭇잎이 연해 차창에 쓸리는 내리막 끄트머리에서 남자는 우측으로 핸들을 꺾는다. 검푸른 어둠이 고여 있는 산자락을 향해 10여 미터쯤 서행하자 돌연 길이 끝난다. 오죽(烏竹)이 무성하게 자란 좌측으로 다시 핸들을 꺾고 5~6미터쯤 진행하자 원시림처럼 울창한 숲이 나타난다. 모든 길이 끝나는 지점, 더 이상 어느 곳으로도 나아갈 수 없는 산간(山間).

남자는 지프를 세우고 헤드 레스트에 머리를 기댄다. 잠시 바람이 잠든 모양, 세상을 적시는 빗소리가 부드럽게 귓전으로 밀려든다. 남자는 눈을 감고 꼼짝도 하지 않는다. 그때 잠잠하던 뒷좌석에서 여자의 기척이 살아난다. 까맣게 잊고 있던 뭔가를 기억해 낸 사람처럼 남자가 아득한 눈빛으로 룸미러를 들여다본다. 여기가 어디야? 하고 울고 난 듯한 어조로 여자가 묻는다. 길게 한숨을 내쉬고 나서 이제 더는 아무것도 숨길 게 없다는 표정으로 남자가 대답한다.

"마차진리…… 길이 끝나는 곳이야."

말을 하고 나서 남자는 천천히 상체를 일으킨다. 뒤로 고개를 돌리자 여자가 바짝 긴장한 눈빛으로 남자를 본다. 순간, 남자가 용수철처럼 몸을 일으켜 뒷자리로 넘어간다. 여자가 기겁한 표정으로 남자를 밀쳐 내지만 남자는 붉게 충혈된 눈으로 여자를 제압한다. 양손을 잡아 팔을 뒤로 돌리고, 한쪽 손으로 세차게 여자의 앞가슴을 열어젖힌다. 인디언 문양의 헐렁한 셔츠가 젖혀지자 여자의 우윳빛 젖가슴이 드러난다. 남자는 광기 어린 표정으로 그곳에다 머리를 처박는다. 여자가 부르르 진저리를 치며 남자의 머리를 감싸 안는다.

바람이 숲을 송두리째 뒤흔든다. 숲의 온갖 나무들이 세찬 비바람에 쏠리며 닥치는 대로 몸을 뒤섞는다. 숲으로 밀려들었다 미처 빠져나가지 못한 바람이 돌개바람처럼 허공으로 곧게 치솟아 오르기도 한다. 지프가 세차게 흔들리고 언뜻언뜻 머리를 뒤로 젖히는 여자의 알몸이 빗물에 젖은 차창으로 드러난다. 순간, 기마 자세로 앉아 있던 여자의 상체가 혼절하듯 뒤로 젖혀진다. 바람 소리, 빗소리, 숲이 절정으로 휩쓸려 가는 소리.

"고마워, 오빠…… 내 부탁 들어주느라 고생 많았지?"

알몸의 여자가 남자의 어깨에 머리를 기대고 나른한 표정으로 묻는다.

"이런 일로 네가 살아 있다는 걸 느낄 수 있다면 언제든 부탁해. 네가 자살하게 놔두는 것보단 백번 낫잖아. 이제 살고 싶다는 생각이 들어?"

남자가 여자의 머리를 쓰다듬으며 담담한 표정으로 묻는다.

"응, 정말 실제 상황 같았어. 그리고 오빠 연기도 대단했어. 근데 이 납치 시나리오는 오빠의 순수 창작품이야?"

"아니 그건…… 말하기 곤란하니까 묻지 마. 그냥 너를 위해 내가 준비한 거라고만 생각해. 내 목표는 뭐랄까, 네가 이 납치 대본에 완전히 몰입해서 현실을 망각하게 해 주고 싶었어. 이런 연극이 너무 진짜 같아서 살고 싶다는 욕구가 한껏 부풀어 오르게 하고 싶었다구."

"그래, 정말 짜릿했어. 이젠 자살 같은 거 생각하지 않고 한동안 살 수 있을 것 같아. 근데 오빤 이걸 직업으로 삼아도 되겠다. 살고 싶은 의욕을 잃어버린 사람들을 납치해서 삶의 의욕을 되찾게 해 주는 일…… 어때?"

눈을 감은 채 여자가 중얼거린다. 남자가 여자의 어깨를 감싸 안으며 피식, 하고 웃음을 터뜨린다. 한잠 자고 서울로 돌아가야 하니까 그만 눈 좀 붙여, 하고 남자가 한껏 졸음에 겨운 어조로 말한다. 커다란 떡갈나무 잎이 처억, 척, 소리를 내며 앞유리를 쓸어내린다.

어느덧 잠이 들었는가, 여자는 남자에게 얼굴을 기대고 고른 숨소리를 낸다. 곧이어 남자도 여자에게 머리를 기대고 잠이 든다. 바람 소리, 빗소리, 숲이 물에 잠겨 가는 소리…… 계곡과 저수지에서 범람한 물이 분지형 숲을 늪으로 만들어 간다. 지프의 반 이상이 물에 잠기고 숲까지 이어진 진입로가 흔적도 없이 물에 잠긴다. 젖은 새 한 마리가 총알처럼 숲으로 날아들어 지프의 지붕을 넘어간다.

아무도 깨어나지 않는 아침.

*

의뢰인들이 마차진리에서 죽었다는 기사를 읽었다. 지프에 탄 채 그들은 물에 잠긴 익사체로 발견되었다고 한다. 어이없고 황당한 일이다. 하지만 내가 만든 대본에는 그들의 죽음이 없었으므로 양심의 가책이나 정신적 괴로움을 느낄 필요는 없다. 하지만 왠지 모르게 불유쾌한 느낌이 남는다. 나의 창작 영역을 창조자에게 침범당한 것 같은 느낌. 그런 것 때문에 마음이 찜찜하다. 나의 창작 영역을 창조의 영역으로 확장하여 결국 죽은 의뢰인들의 인생 대본을 완성하는 절묘한 솜씨! 솔직히 말해 나는 그런 솜씨를 배우고 싶다. 그래서 인형 같고 기계 같은 인간들의 삶에 끝없는 우연과 필연, 그리고 뒤통수를 후려치는 반전을 제공하고 싶다. 남들이 생각하는 정도를 쓴다는 것은 정말 한심한 짓이 아닌가. 내가 창작이 아니라 창조의 영역에 있었다면 처음부터 그들의 죽음을 염두에 두고 반전에 반전을 꾀했어야 마땅한 일일 것이다. 내가 놓친 그것을 결국 창조자가 완성했다는 사실이 찜찜해 신문 기사를 읽고 난 뒤부터 나는 아무 일도 하지 않고 오직 음악만 듣고 있다. Let it be, Let it be, Let it be…… 그대로 두라, 그대로 두라, 그대로 두라……. 그대로 두어도 절로 완성되는 인생 작법은 어디 있는가.

야생동물 이동 통로

야생동물 이동 통로

남자와 여자가 진고개 식당에 당도한 건 저녁 6시 45분경이었다. 며칠째 쏟아지던 장맛비가 잠시 소강상태를 보이는 저녁 무렵, 산길로 접어드는 어귀에는 희미한 골안개가 어른거리고 있었다. 낮은 슬레이트 지붕의 식당 마당에 차를 세우고 여자는 고개를 뒤로 젖혀 몇 번인가 목운동을 했다. 짧은 커트 머리 때문인가, 그녀의 동작은 경쾌하면서도 절도가 있어 보였다. 팽팽한 뺨과 집중력 있는 눈빛은 오랜 운전에도 불구하고 완강한 결기를 느끼게 했다.

목운동을 하고 나서 여자는 상체에 들러붙은 푸른 민소매 셔츠의 젖가슴 부분을 두어 번 잡아당겨 팽팽한 조임을 해소했다. 브래지어를 하지 않아 유두가 암시적으로 드러나고 있었다. 어깨를 한껏 위로 추켜올리고 목을 움츠리며 여자는 아, 하고 짧은 탄성을 터뜨렸다. 그런 뒤에 문득 생각났다는 듯 남자를 돌아보았다.

"뭐 좀 먹고 가자."

조수석에 앉은 남자는 전면 유리를 통해 안개에 휩싸인 먼 산마루를 올려다보고 있었다. 검은 플라스틱 테의 안경과 헐렁한 흰 와이셔츠가 강렬한 대조를 이루고 있었지만 그의 표정은 몹시 애매하고 어정쩡해 보였다. 남자는 여자를 보지도 않았고, 그녀의 말에 응대하지도 않았다. 그러자 여자가 운전석에서 내려 쾅 소리가 날 정도로 세게 문을 닫았다. 가늘게 한숨을 내쉬고 나서 남자도 조수석에서 내려 마당의 젖은 흙을 밟았다. 그때 그들이 타고 온 승용차 트렁크에서 드득, 스스, 티익, 하는 기이한 소리가 들리더니 곧 낑, 끼잉, 꾸욱, 하는 소리가 이어졌다. 남자가 동작을 멈추고 트렁크 쪽을 보았다. 곧이어 여자에게 물었다.

"쟤네들…… 저렇게 놔두고 갈 거야?"

"그럼 밥 먹으러 가는데 개새끼들까지 모셔 가니?"

"저렇게 트렁크에 가둬 둘 걸 뭐 하러 데려와."

"네가 나보다 더 소중하게 생각하는 개새끼들이잖아. 뭐 잘못된 거 있어?"

"쟤들을 구입한 사람이 누군데…… 왜 그렇게 학대해?"

"그래, 내가 산 개새끼들이니까 내가 어떻게 하건 상관 마."

"……."

미담이 출입문을 밀고 식당 안으로 들어서자 민가를 개조한 옹색한 내부가 모습을 드러냈다. 마루와 서너 칸의 방, 그리고 개방형 주방을 갖춰 대충 식당 흉내를 냈음에도 불구하고 곳곳에서 오래된 시골집의 연륜이 묻어났다. 아무리 뜯어고쳐도 끝끝내 사라지지 않는 것. 집 안 구석구석에서 우러나는 퀴퀴한 곰팡내와 나물 삶는 냄새가 영원히 가시지 않을 체취처럼 끈덕진 깊이를 느끼게 했다.

남자와 여자가 안으로 들어서자 마루에 앉아 나물을 손질하던 노파가 낙타 등처럼 굽은 허리를 펴고 천천히 고개를 들었다. 마루에는 앉은뱅이 탁자 네 개가 놓여 있었고, 낡고 기름때가 묻은 벽면에는 몇 가지 메뉴와 소주, 전통주 따위를 광고하는 포스터가 붙어 있었다. 그때 주방에서 황토색 개량 한복을 입은 40대 후반쯤의 깡마른 주인 여자가 나와 무뚝뚝한 표정으로 그들에게 물었다.

"머 드실라고요?"

"그냥 간단히 식사를 하고 싶은데…… 되는 게 있나요?"

여자가 되물었다.

"워낙 손님이 없어서 다른 건 안 되고요…… 곤드레밥만 돼요."

"곤드레…… 밥?"

여자가 처음 들어 보는 말이라는 듯 고개를 갸웃했다. 남자는 낯선 실내 풍경에 적응이 안 된다는 표정으로 미간을 잔뜩 찌푸리고 서 있었다.

"그기 여 특산물인데요…… 참 맛있싸요."

여자가 먼저 신발을 벗고 마루로 올라섰다. 그러자 주인 여자가 칠순 노파에게 방으로 들어가라고 퉁명스럽게 말했다. 딸인지 며느리인지 도무지 분간하기 어려웠지만 노파는 묵묵히 낙타 등을 짊어진 채 기우뚱기우뚱 불안정한 걸음걸이로 주방 옆에 붙은 작은 방으로 들어갔다.

남자와 여자가 벽면에 붙인 탁자를 사이에 두고 마주 앉자 주인 여자가 컵과 생수병을 내왔다. 여자는 더 이상 남자의 의사를 묻지 않고 곤드레밥과 소주 한 병을 주문하고는 곧이어 소주를 먼저 달라는 말까지 덧붙였다. 남자는 고집스러운 표정으로 여자를 외면한 채 벽면에 붙은 '곤드레밥의 유래'를 읽고 있었다. 고려엉겅퀴의 잎이 바람에 흔들리는 모양이 흡사 술 취한 사람의 모습과 비슷하다고 해서 곤드레라 불리게 되었다는 것, 그리고 어린잎과 줄기를 밥에 섞으면 양이 부풀려지는 효과가 있어 보릿고개 시절부터 배고픔을 잊게 하는 중요한 역할을 했다는 것.

유래를 설명하는 문안 위에는 짙은 보라색 꽃과 녹색 잎이 강렬한 대비를 이루는 고려엉겅퀴 사진이 자리 잡고 있었다. 꽃잎 한 가닥 한 가닥이 풀 먹인 명주실처럼 칼칼해 보였다. 그것을 멀뚱하게 들여다보던 남자가 안경을 벗어 탁자 위에 내려놓고 손바닥으로 얼굴을 문지르기 시작했다. 여자는 맞은편에서 남자의 동작을 관찰하듯 주시하고 있었다. 남자가 여자를 외면하기 위해 의도적으로 객쩍은 행동을 하고 있다고 생각하는 눈치였다.

남자가 흰 와이셔츠 자락으로 안경알을 닦을 때 주인 여자가 소주와 몇 가지 밑반찬을 내왔다. 밑반찬은 멸치볶음을 제외하고는 모두 산나물이었다. 뭔가 할 일을 찾았다는 얼굴로 남자가 재빨리 안경을 쓰고 소주병 뚜껑을 비틀었다. 그러자 여자가 말없이 손을 뻗어 그것 이리 내라, 하는 표정으로 남자를 보았다. 남자는 동작을 멈추고 짧게 여자를 노려보았다. 하지만 여자의 흔들림 없는 표정에 기가 질린 듯 입 언저리를 일그러뜨리며 소주병을 여자에게 건넸다. 여자는 말없이 자신의 잔에만 소주를 따르고 나서 병을 마룻바닥에 내려놓았다.

"넌 마시면 안 돼."

짧게 말하고 나서 여자는 단숨에 잔을 비웠다. 남자는 상체를 잔뜩 웅크린 채 자신이 들어온 출입문 쪽을 물끄러미 내다보았다. 여자가 잔을 내려놓고 젓가락으로 산나물을 집었다. 그러는 와중에도 여자는 남자의 표정을 읽고 있었다. 남자의 표정은 몹시 불안정하고 침통하게 가라앉아 어떤 동작에서도 자연스러움을 발견하기 어려웠다.

"나중에 후회하지 말고 밥이나 많이 먹어 둬."

말하고 나서 여자는 자신의 잔에 다시 소주를 따랐다.

"우리 지금 어디로 가고 있는 거야?"

불현듯 남자가 고개를 들고 여자에게 물었다.

"가 보면 알아."

"목적지는 말해 줘야 하는 거 아냐?"

짜증이 가득한 표정으로 남자가 물었다.

"술맛 떨어지게 징징거리지 마."

말을 마치고 여자는 다시 잔을 비웠다. 순간, 남자가 고개를 들고 다소 화가 난 듯한 어조로 물었다.

"이 자리에서 분명하게 이유를 말해. 무엇 때문에 서울에서 강원도까지 온 거야. 어제까지만 해도 아무런 계획이 없었잖아. 나만 데려온 게 아니라 나도 모르는 사이에 비키, 니키, 미키까지 트렁크에 넣고 왔으니 나름대로 이유가 있을 거 아냐."

"이유? ……개가 네 마리라는 걸 알려 주기 위해서 왔다. 왜?"

가소롭다는 표정으로 말하고 나서 여자는 잔을 비웠다. 지그시 입술을 깨물고 앉아 있던 남자가 가슴이 들썩일 정도로 크게 심호흡을 했다.

"이젠 나까지 개 취급하는 거야?"

"넌 개새끼들을 사람보다 더 위하잖아. 그리고 네가 개보다 나은 게 뭐가 있니? 설마 지금 이 자리에서 네가 남자라고 말하고 싶은 건 아니겠지."

여자가 입 언저리를 일그러뜨리며 여전히 조롱조의 웃음을 흘렸다.

"내가 남자가 아니면…… 나와 같이 살고 있는 당신은 뭔데? 당신이 여자인 것처럼 난 생물학적으로도 남자고 법적으로도 남자야. 도무지 남자가 아닐 수 없잖아."

"웃기고 있네. 그건 실체가 아니라 허울이야, 허울. 네가 남자라면 도대체 무엇으로 남자인지 이 자리에서 증명해 봐."

"남자가 아니라면 도대체 당신은 날 뭘로 생각하는데?"

"넌 애완견과 동급이고 기생충과 동격이야."

짧고 단호한 어조로 여자가 못을 박았다.

"내 나이가 당신보다 세 살 밑이긴 하지만, 그래도 난 당신의 남편이야. 그리고 대학에서 학생들을 가르치는 선생이야. 엄연히 사회적 역할을 하는 사람이란 뜻이야. 그런데 왜 날 개 취급하고 기생충 취급하는 거지?"

"너 스스로 사람 구실을 못하기 때문이지. 일주일에 이틀 학교 나가서 몇 시간 강의하는 시간강사? 요즘 같은 세상에 그것도 직업이라고 들이대는 거니? 허구한 날 집구석에서 개새끼들과 뒹굴면서 도대체 네가 남편 구실 제대로 한 게 뭐가 있어? 넌 평생을 그렇게 기생족으로 살려고 전략적으로 나하고 결혼한 거지?"

가증스럽다는 표정으로 여자가 눈살을 찌푸렸다.

"말 같지도 않은 소리 하지 마. 결혼하자는 얘기를 먼저 꺼낸 건 내가 아니라 당신이야. 난 그냥 누나로 지내고 싶다고…… 마지막까지 망설였던 거 벌써 잊었어? 뒷바라지 다 해 줄 테니 결혼하고 공부만 하라고 한 사람이 누군데…….”

순간, 여자가 미간을 찌푸리며 남자의 말을 잘랐다.

“개새끼, 그렇게 비겁하게 과거를 들추면 현실이 정당화되니?”

“개새끼라고 부르지 마!”

“그럼 너도 비키, 니키, 마키처럼 이름을 따로 지어 줄까?”

“…….”

그때 주방에서 주인 여자가 곤드레밥이 담긴 돌솥 두 개를 쟁반에 담아 왔다. 간단히 말해 곤드레 나물을 섞어 지은 밥이었다. 된장찌개를 비롯해 10여 가지 밑반찬과 함께 양념장이 뒤이어 나왔다. 곤드레 나물이 섞인 밥을 돌솥에서 퍼 양념장에 비벼 먹으라는 얘기였다. 주인 여자가 양념장에 밥을 비벼 먹는 방법을 간단히 설명했다. 밥을 퍼내고 나서 돌솥에 물을 부으면 절로 숭늉이 될 거라는 말도 덧붙였다.

여자는 반쯤 마신 소주병의 뚜껑을 닫고 밥을 퍼 사발에 담기 시작했다. 남자는 영 내키지 않는지 물끄러미 돌솥과 반찬을 내려다보고 있었다. 여자는 남자를 무시한 채 식사에 몰두했다. 남자도 마지못한 듯 돌솥 뚜껑을 열고 내용물을 들여다보았다. 하지만 돌솥에서 솟아오르는 물큰한 훈기를 맡고는 표정을 일그러뜨리며 상체를 뒤로 젖혔다. 곤드레 나물 냄새로 비위가 상한 표정이었다.

여자는 자신의 밥을 비비는 와중에도 사이사이 남자의 동작을 놓치지 않았다. 난감한 표정으로 돌솥을 들여다보던 남자가 젓가락으로 천천히 곤드레 나물을 골라내기 시작했다. 밥을 파헤치고 속에 있는 나물까지 골라낸 뒤에 남자는 양념장을 넣고 맨밥을 비비기 시작했다. 밥을 먹으며 여자는 절레절레 머리를 흔들었다. 하지만 남자는 자기 밥의 3분의 1도 먹지 못한 채 숟가락을 내려놓았다.

식사를 마치고 나올 때 여자는 자신이 마시던 소주병을 들고 나왔다. 밖으로 나서자 서늘한 냉기가 골 안쪽에서 밀려 내려와 마당을 가로지르고 있었다. 냉기의 흐름이 너무나 완연해서 흡사 살아 있는 생물체가 지나가는 것처럼 선뜩한 느낌이 들었다. 여자는 잠시 냉기의 한가운데 서서 산마루 쪽을 올려다보았다. 그곳에는 여전히 짙은 산안개가 걸려 있었다. 잠시 바라보고 있노라니 만년설의 위세처럼 사뭇 과장된 기운이 느껴졌다.

여자는 식당에서 들고 나온 소주병을 운전석 옆의 콘솔 박스에 넣고 나서 시동을 걸었다. 그러자 트렁크에서 다시 개들이 낑낑거리기 시작했다. 조수석에 앉아 있던 남자가 문을 열고 밖으로 나가며 여자에게 말했다.

"트렁크 열어 줘."

"왜?"

"재들 뒷좌석으로 옮겨야지……. 미키는 장염 때문에 이틀 동안 제대로 먹지도 못했단 말야."

"타."

"……열어 줘."

"잔말 말고 타, 개새끼야!"

여자의 돌발적인 악다구니에 흠칫 놀란 남자가 동작을 멈추었다. 잠시 그 상태 그대로 서 있다가 모든 걸 단념한 표정으로 길게 한숨을 내쉬고 나서 그는 다시 조수석에 앉았다. 여자가 기다렸다는 듯 액셀을 밟으며 마당 끝에서 우측으로 이어진 산길로 거칠게 핸들을 꺾었다. 남자의 몸이 조수석 출입문 쪽으로 쏠려 어깨가 부딪칠 지경이었다. 하지만 그렇게 거친 운전에 오래 숙달되었는지 여자는 능숙한 솜씨로 곧바로 핸들을 풀어 유연하게 차량의 중심을 잡았다. 트렁크에서 개들이 이리저리 쏠리며 낑낑대는 소리가 더욱 잦아졌다. 하지만 남자는 모든 걸 체념한 표정으로 굳게 입을 다물고 있었다. 그는 묵묵히 고개를 돌려 계곡을 끼고 오르는 우측 방면을 내다보았다. 도로와 계곡 사이에 감자 밭과 잡목림이 우거져 좀체 빈 공간을 보기가 힘들었다. 왼편으로는 산자락이 이어져 지대가 높아지면서 커브가 점점 심해지고 있었다.

잠시 달린 뒤부터 도로 좌우측에 "야생동물 주의! 속도를 줄여 주세요."라는 현수막이 간간이 나타나기 시작했다. 도로변을 따라 즐비하게 전신주가 박혀 있고, 간간히 고랭지 채소를 재배하는 비닐하우스가 나타났다. 하지만 지세가 높아지고 경사가 심해질수록 산불 조심 팻말보다 '야생동물 주의'를 알리는 현수막이 더 자주 나타났다. 온통 장맛비에 젖은 녹음 속에서 갑자기 야생동물이 튀어나올지도 모른다는 듯 현수막은 과장된 동어반복을 되풀이하고 있었다.

도로는 포장되어 있었지만 장맛비와 산안개로 빈틈없이 젖은 채 번들거리고 있었다. 아직 어두워지기 전인데도 도로가 협소하고 산이 높은 탓에 사방에서 음산한 기운이 느껴졌다. 급커브와 경사로 악명을 떨치는 산길인 탓에 오가는 차량도 거의 없었다. 띄엄띄엄 도로변에 피어난 분홍바늘꽃이나 잔대, 개망초꽃 같은 것들이 무료한 녹음 일색의 풍경에 악센트처럼 박혀 있었다.

여자와 남자가 산길로 접어들고 10여 분쯤 지난 뒤, 처음으로 트럭 한 대가 지나갔다. 고갯마루를 넘어온 안도감 때문인지, 트럭 운전수는 급커브에서도 속도를 줄이지 않고 위태로운 곡예 운전을 했다. 트럭이 지나치자마자 여자가 씨팔놈, 하고 낮은 어조로 욕을 했다. 그런 뒤에 핸들 잡은 손을 바꿔 가며 한 번씩 흔들어 주었다. 그때 남자가 바짝 긴장한 표정으로 여자에게 물었다.

"저 고갯마루 넘어갈 거야?"

"안 넘어."

"……그럼?"

"다 왔으니까 보채지 마."

"이런 산중에서 도대체 뭘 한다는 거야?"

"뭘 하건."

"비가 다시 쏟아지면 어쩌려고 그래?"

"상관없어."

냉랭하고 무뚝뚝한 여자의 말에 남자는 입술을 깨물었다. 눈두덩이 욱신거릴 때처럼 눈동자에 붉은 기운이 감돌고, 무릎에 얹은 손놀림도 사뭇 불안정해지기 시작했다. 그때 시선 유도 표지가 나타나고 곧이어 도로 양옆으로 방호벽과 방호 울타리를 동시에 설치한 지점이 나타났다. 깊은 산중인데 콘크리트 방호벽 위에 나무로 된 방호 울타리까지 설치한 게 매우 특이해 보였다. 그 지점에서 다시 급커브가 나타났다. 커브가 이어지는 휨 구간은 그때까지의 도로 폭에 비해 두 배 이상 넓었다. 커브를 돌자마자 곧게 뻗어 나간 직선 구간 한가운데 낯설고 웅장한 콘크리트 구조물이 나타났다. 방호벽과 방호 울타리가 끝나는 지점에 아치형 터널이 세워져 있었고, 터널 입구의 반원을 따라 각각 한 글자씩 나누어 만든 여덟 개의 안내 표지가 붙어 있었다.

야, 생, 동, 물, 이, 동, 통, 로

아치형 터널은 길이가 4~5미터쯤 돼 보였다. 하지만 터널 반대쪽은 기이하게도 산안개가 가득 들어차 한 치 앞도 분간할 수 없었다. 깊은 산중의 음험한 콘크리트 구조물과 자옥한 산안개가 예기치 못한 운명의 무대처럼 남자와 여자의 행로를 가로막은 형국이었다. 남자는 반사적으로 여자를 보았으나 여자는 전방을 내다볼 뿐 가타부타 반응을 보이지 않았다.

"터널 저쪽으로는 안개 때문에 갈 수가 없어. 더 이상 길이 보이지 않잖아. 이제 어쩔 건데?"

남자가 잔뜩 겁을 집어먹은 표정으로 여자에게 물었다. 하지만 여자는 남자의 말을 들은 체 만 체 공터처럼 넓은 우측 도로변에 차를 세웠다. 그러고는 전방의 구조물과 안개를 말없이 주시했다. 그러다 문득 생각났다는 듯 콘솔 박스에서 소주를 꺼내 한 모금 마셨다. 남자는 어이없다는 얼굴로 여자를 지켜보았다. 하지만 여자는 남자의 감정을 존중해야 할 일말의 이유도 없다는 표정으로 묵묵히 도로 한가운데에서 중앙선을 넘어 유턴을 했다. 그러고는 반대편 갓길에 차를 세우고 차분한 어조로 입을 열었다.

"여기가 목적지야."

"……이런 산중에서 뭘 하자는 거야?"

"전방을 잘 봐. 저 앞쪽의 커브 지점까지 20미터쯤 되겠지? 야생동물 이동 통로가 있는 지점이라 커브가 운동장처럼 넓어."

"……."

"잠시 뒤에 내가 차에서 내릴 테니까 네가 운전석으로 넘어와."

"……왜?"

"왜라고 묻지 말고 끝까지 들어. 오늘 여기서 내가 시키는 대로 하지 않으면 너하고 난 영원히 집에 못 가."

"……."

"시키는 대로 할래?"

"……뭘?"

"대답부터 해."

"무슨 일인지도 모르고 어떻게 대답부터 하라는 거야."

"등신 새끼…… 네가 지금껏 살아오면서 했던 일들이 전부 모르고 한 일들이야. 처음부터 결과를 알고 한 일들이 있으면 말해 봐. 있어?"

"……."

"할 거야, 말 거야?"

"……."

"대답해!"

여자가 날카롭게 소리쳤다. 그러자 남자가 미간을 일그러뜨리며 알았어, 하고 기어들어 가는 소리로 중얼거렸다. 곧이어 여자가 운전석 옆에 있는 트렁크 개폐 스위치를 올리고 차 밖으로 나갔다. 남자는 나가지 않고 한껏 몸을 웅크린 채 조수석에서 운전석으로 넘어갔다.

여자가 차 뒤쪽으로 가 트렁크를 열었다. 놀랍게도 거기에는 애완견을 넣은 세 개의 이동 캐리어가 있었다. 갑작스럽게 트렁크 문이 열리자 세 마리가 일제히 낑낑 소리를 내며 캐리어의 철망에 얼굴을 갖다 대고 꼬리를 흔들었다. 왼쪽 캐리어에는 몸

전체가 흰 털로 덮인 말티즈가, 가운데 것에는 날렵하고 윤기 나는 검정 몸매에 부분적으로 갈색이 배합된 미니어처 핀셔가, 오른쪽 것에는 갈색 털이 푸슬푸슬 흘러내린 토이 푸들이 들어 있었다.

말티즈는 흑요석처럼 크고 검은 눈망울을 굴리며 잔뜩 겁을 집어먹은 표정을 하고 있었고, 미니어처 핀셔는 멀뚱거리면서도 뭔가를 알고 있는 듯 애처로운 눈빛으로 주변을 두리번거렸다. 갈색 털을 손질해 털신을 신고 귀마개를 두른 듯 보이는 토이 푸들은 철망 안이 답답한지 연신 제자리를 맴돌았다.

여자는 흰 말티즈를 캐리어째 꺼내 들었다. 그러고는 정해진 대본대로 움직이는 배우처럼 아무런 망설임도 없이 차를 지나쳐 젖은 직선 도로를 따라 걸었다. 남자는 여자의 손에 들린 캐리어가 무엇인지 선뜻 알아보지 못한 채 눈을 가늘게 뜨고 여자의 움직임을 주시했다. 야생동물 이동 통로의 터널을 빠져나온 산안개가 조금씩 주변으로 풀어지기 시작했다. 뿐만 아니라 젖은 대기와 저녁 무렵의 침침한 기운까지 가세해 주변의 풍경은 물속으로 가라앉듯 빠르게 명도를 잃어 가고 있었다.

여자는 차로부터 20여 미터쯤 앞의 갓길에다 캐리어를 내려놓았다. 혹시나 진행 방향으로 차량이 지나갈 때를 대비한 나름의 준비인 듯했다. 캐리어가 놓인 지점으로부터 방호벽이 만들어진 커브까지는 불과 10여 미터 정도밖에 되지 않았다. 캐리어를 내려놓은 뒤에 여자는 몸을 돌려 차와 캐리어 사이의 거리를 가늠했다. 적당하지 않다고 생각했는지 캐리어를 들고 서너 걸음쯤 앞으로 이동한 뒤에 여자는 다시 캐리어를 내려놓았다. 그러고는 팔짱을 끼고 운전석에 앉아 있는 남자를 노려보았다.

여자는 차로 돌아오자마자 남자에게 비상등과 라이트를 켜라고 했다. 남자는 시키는 대로 라이트 레버를 돌리고 비상등 버튼을 눌렀다. 라이트를 켜자 캐리어 안에서 흰 말티즈가 움직이는 게 확연하게 보였다. 남자가 다급한 어조로 물었다.

"……뭐야, 저거?"

"미키야. 보면 모르겠니?"

"쟤를 어쩌려고?"

"상상이 안 돼?"

"당신…… 미친 거 아냐?"

"아니, 아직은 아냐. 하지만 네가 미키를 이 차로 갈아 버리지 않으면 그땐 미쳐 버릴 거야."

"도대체, 왜?"

"이유는 간단해. 미키는 너 때문에 죽는 거야. 그러니까 미키의 희생을 헛되이 하고 싶지 않으면 인생관을 바꿔. 네가 변변한 인간이었으면 내가 이렇게 깊은 산중까지 찾아와 이런 짓을 하겠니?"

"우린 결혼한 지 고작 3년밖에 안 됐어. 그런데 도대체 뭐가 문제라는 거야?"

"그래, 고작 3년밖에 안 됐는데 모든 게 너무 엉망이야. 아무런 질서도 없고 형식도 없어. 그냥 되는대로 막사는 거잖아. 그러면서도 넌 행복하니?"

"행복하지 못할 건 뭔데?"

"넌 어떨지 모르겠지만 난 절대 행복하지 못해. 내가 행복하지 못한 이유는 오로지 너 때문이야. 내 나이 벌써 서른여섯인데…… 난 너 대신 직장 생활 하느라 애도 못 낳고 있어. 이런 상태로는 아마 죽는 날까지 일만 하게 될 거야. 아이 한번 낳아 보지 못한 채 빼빼하게 말라 죽게 될 거라구. 내 말 틀렸니?"

"……그럼 아이를 낳지 못해서 나더러 미키를 죽이라는 거야?"

"아니, 미키를 죽이면서 너 자신을 죽이라는 거야. 넌 더 이상 남자가 아냐. 그러니까 내가 시키는 대로 말이라도 잘 들어."

"그럼 내가 말을 안 들어서 이러는 거야?"

"등신아, 잔말 말고 시키는 대로 해. 내가 갈아 버리라는 건 개가 아니라 네 천성이니까 양심의 가책을 느낄 필요도 없어. 인간 구실도 못하는 게 양심 같은 건 가져서 뭐 하니. 미키를 갈면서 네 천성을 짓이기고, 아주 죽었다 깨어난다고 생각해. 그럼 모두 행복해져. 아주 간단한 일이잖아."

"싫어, 난 못해! 절대 미키를 죽일 수 없어! 내가 무엇 때문에, 왜!"

남자가 발작을 일으키듯 어깨를 흔들며 소리를 질렀다. 그 순간, 여자의 주먹이 남자의 우측 빰에 꽂혔다. 거기서 끝난 게 아니라 두 번, 세 번 여자의 손이 남자의 머리와 목덜미를 후려쳤나. 너무나도 갑작스럽게 일어난 일이라 전후 사정을 따지기 어려웠다. 남자도 질세라 눈을 감고 머리를 숙인 채 팔을 허우적거렸지만 여자는 이미 그와 같은 몸싸움에 익숙한 듯 민첩하게 남자를 제압했다. 그때 남자의 콧구멍에서 피가 흘러내리기 시작했다. 코피가 흰 와이셔츠를 적시자 남자가 발악하듯 괴성을 내질렀다. 하지만 여자는 차분한 표정으로 콘솔 박스에서 소주병을 꺼내 뚜껑을 열고 두어 모금을 마셨다.

소주병을 손에 든 채 여자가 싸늘한 어조로 입을 열었다.

"날마다 내가 백화점 매장 관리하고 매출에 시달리면서 무슨 생각하는지 아니? 도대체 내가 무엇 때문에 너처럼 세상 물정 모르는 놈하고 결혼을 했는가……. 남보다 나아지고 싶다는 욕망도 없고, 자신을 위한 투자도 없고, 같이 사는 사람에 대한 배려도 없고…… 넌 뭐니? 자신을 위해서만 세상을 사는 기생충 같은 인간……. 자신을 죽이지 못하니까 비굴하게 남을 파먹고 살잖아. 왜 뭐든지 당당하게 죽이고 네 것으로 만들지 못하니?"

"결혼하기 전에는 그게 전부 나의 장점이라고 말했잖아!"

"그래, 그때는 그랬지. 정말 너라는 인간이 이 정도로 한심한 줄 몰랐으니까. 나도 또한 대부분의 남자 새끼들이 이렇게 한심한 것들인지 몰랐으니까……. 하지만 아무리 남편 역할을 못한다 해도 최소한 사람 구실은 하고 살아야 할 거 아냐."

"……개조하면 내가 바뀔 수 있을 거라고 생각해?"

"기생충이니까, 최소한 숙주에 대한 예의는 지켜야 하는 거 아냐? 내가 특별한 걸 원하는 것도 아니잖아. 뭐든 다른 걸 죽이는 연습을 하라는 거야. 그걸 못하면 그땐 네가 죽어야 돼. 다른 결말이 없잖아."

"난 사육당하는 짐승이 아냐. 길들여지고 세뇌받는 로봇도 아냐. 난 그저 큰 욕심 부리지 않고 소박하게 세상을 살고 싶어 하는 사람일 뿐이야. 그런데 왜 이렇게 날 괴롭혀. 도대체 무슨 자격으로 날 괴롭히냐구!"

"아버지가 입원한 암 병동에 다녀온 그제 밤을 생각해 봐. 병원에서 나와 언니, 형부들하고 술 마시는 자리에서 너 뭐라고 했니? 큰언니가 아버지의 재산 분할 문제에 대해 물었을 때…… 그때 뭐라고 했냐구!"

"……."

"전 재산에 관심이 없습니다? ……너 아주 태연한 표정으로 그렇게 말했잖아. 이 한심한 병신 새끼야, 네가 가진 게 뭐가 있다고 유산을 포기하겠다고 건방을 떠니? 언니들은 돈이 없어서 아버지 유산에 눈이 빨개져 있는 줄 알아? 우리 집안에 딸이 셋이니까 당연히 아버지 재산을 서로 쪼개려 달려드는 거야. 형부들만 해도 하나는 은행가이고 하나는 의사인데도 언니들이 완전히 휘어잡고 살잖아. 그 새끼들도 한심하긴 마찬가지지만…… 그래도 너만큼 한심한 새끼는 아무도 없어. 걔네들은 자기 와이프가 시키는 대로 고분고분하게 굴고 가끔씩 교활하게 연기도 하잖아. 내가 문제 삼는 건 그런 거야. 그날 여자로서의 내 자존심을 네가 아주 무참하게 짓이겨 버린 거라구. 그래서 난 밤새도록 고민했어. 너처럼 한심한 새끼를 어떻게 죽여야 하나……. 그래서 이런 극기 훈련을 생각한 거야. 그러니까 지금은 개를 죽이는 시간이 아니라 너를 죽이는 시간이라고 생각해. 망설이지 말고 지긋지긋한 네 천성을 갈아 버리라구. 아주 잔인하게 짓이겨 버려!"

"……."

"저 세 마리 못 죽이면…… 내가 장담하건대 널 여기다 버리고 갈 거야."

"아니야, 안 돼! 제발 그러지 마! 자, 내가 이렇게 빌게! 다시는 처형들 앞에서 그런 말 안 하고 다시는 기분 나쁘게 하지 않을게. 자, 기분이 풀릴 때까지 내가 빌게. 제발 재네들을 죽이라는 말만 하지 마. 응?"

"등신아, 너두 남자니?"

남자가 양손을 비비며 애원하자 여자가 손에 든 소주병을 다시 입에 물었다. 그런 뒤, 발을 들어 남자를 세차게 밀며 밖으로 나가라고 했다. 남자가 황급히 문을 열고 운전석을 빠져나가자 조수석에 앉아 있던 여자가 운전석으로 넘어갔다. 남자는 그대로 달려 캐리어가 놓인 곳으로 갔다. 그러고는 캐리어를 열고 말티즈를 밖으로 꺼내 놓았다.

"가! 빨리 도망치란 말야!"

남자가 말티즈의 몸을 떠밀며 다급하게 소리쳤다. 하지만 녀석은 도망치기는커녕 오히려 꼬리를 흔들며 남자에게 달려들었다. 그때 여자가 자동변속기를 주행 레버에 맞추고 곧장 액셀을 밟았다. 순간, 세찬 엔진 소음을 터뜨리며 차가 불안정하게 앞으로 튕겨 나갔다. 남자는 자신에게 달려드는 말티즈를 손바닥으로 후려쳐 억지로 도망치게 만들었다. 후다닥 몸을 피한 녀석이 다음 순간 다시 남자를 향해 다가왔다.

"안 돼!"

차가 달려오는 걸 보고 남자는 녀석의 몸을 들어 허공으로 날렸다. 굉음을 내며 달려온 차가 아슬아슬하게 남자를 지나쳤다. 그리고 미키의 몸이 떨어지는 커브 지점을 향해 내처 달렸다. 몸뚱이가 도로에 떨어지는 찰나, 차는 가속을 붙인 채 그대로 말티즈를 갈아 버렸다.

"……."

남자는 믿을 수 없는 장면을 목격하고 쓰러지듯 방호벽에 등을 기댔다. 아슬아슬하게 커브를 돌아 차는 정지했고, 잠시 움직이지 않았다. 짓이겨진 진분홍빛 살점과 흰 털, 그리고 붉은 내장이 밀려나와 젖은 갓길에 흥건하게 핏물이 고이기 시작했다. 남자는 방호벽을 손으로 짚은 채 오한에 시달리는 사람처럼 심하게 몸을 떨었다. 그러다가 결국 선 자리에서 허물어져 길바닥에 무릎을 꿇고 말았다.

"인간이…… 어떻게 인간이……."

몇 분 뒤, 여자는 다시 차를 유턴해 원래 자리로 돌아왔다. 그때 남자는 길바닥에 주저앉아 자신의 양팔로 상체를 감싸고 몸을 덜덜 떨며 알아들을 수 없는 말을 연해 중얼거리고 있었다. 차에서 내린 여자가 그의 옆으로 다가와 냉랭한 어조로 입을 열었다.

"아버지는 앞으로 한 달을 못 넘겨. 지금도 날마다 태반 주사를 맞으며 죽은 목숨을 연명하는 거야. 큰언니가 왜 줄곧 병원에 붙어 있는 줄 알아? 작은언니는 왜 큰언니와 연합 전선을 구축하는 줄 알아? 다 나를 따돌리려는 수작들이야. 왜 나만 따돌리냐구? 너만 모르는 공공연한 비밀이니까 이젠 다 말하지. 내 피가 그년들과 다르기 때문이야. 난 아버지가 밖에서 흘린 씨앗이야. 그러니 그년들이 나에게 재산을 물려주고 싶겠니? 나에게도 엄연히 법적 지위가 있지만 그년들은 그걸 무시해. 그래서 죽을 각오로 그년들과 싸우는 거야. 그런데 그것들이 나를 따돌리려고 의도적으로 마련한 자리에서 네깟 새끼가 재산을 포기하겠다는 선언을 해?"

"……."

"넌 내가 돈을 너무 밝힌다고 생각해서 그따위 말을 했는지 모르겠지만…… 한심한 새끼야, 내가 원하는 건 돈이 아냐. 난 누구와도 비교당하고 싶지 않아. 그런데 그년들은 내가 일곱 살에 그 집으로 들어가던 날부터 이날 이때까지 나와 자신들을 비교하는 낙으로 세상을 살았어. 아버지 회사의 경리였다가 미혼모가 된 우리 엄마도 결국 남들에게 손가락질받고 비교당하는 걸 견디지 못해 자살한 거야. 나와 우리 엄마만 그런 게 아니라 세상 모든 여자들이 남과 비교당하는 걸 싫어해. 그래서 수단과 방법을 가리지 않고 우위를 차지하려고 기를 쓰는 거야. 하지만 너처럼 사회성을 상실한 것들은 그게 얼마나 고통스럽고 소름끼치는 쟁투인지 몰라. 안다고 해도 이미 싸울 수 없는 존재가 되어 버렸잖아. 그러니 이제 내가 널 어쩌면 좋겠니?"

"……."

"이제 내게 남은 건 오직 하나뿐이야. 널 사육하고 길들이는 것. 난 더 이상 너 같은 기생충을 방관할 수 없어. 어차피 뜯어먹히고 살 팔자라면 내가 널 사육하는 게 나아. 무한정 뜯어먹힐 수는 없잖아, 안 그래?"

남자는 양손으로 젖은 길바닥을 짚은 채 머리를 숙이고 있었다. 여자의 말을 듣는 게 아니라 말티즈의 죽음으로 인한 충격에서 여전히 헤어나지 못하는 것처럼 보였다. 여자는 남자를 내려다보며 한심한 새끼, 하고 입 언저리를 일그러뜨리며 혼잣말을 했다. 그때 남자가 불현듯 고개를 들고 여자에게 애원하듯 말했다.

"헤어지면 되잖아. 이렇게 살 거면…… 차라리 이혼을 하자구. 그럼 될 거 아냐."

"이혼은 합리적인 해결책이 아냐. 물론 궁극적인 해결책도 아니지. 그러니까 그런 식으로 도망갈 생각은 아예 버려. 난 완전한 해결을 원하니까. 너와 나, 남자와 여자 사이의 완전한 해결……. 어쩔래?"

여자가 남자 곁에 쪼그려 앉아 팔을 잡고 흔들었다. 남자는 몸을 떨며 연해 혼잣말을 하고 있었다. 여자가 남자의 팔을 강제로 잡아끌어 몸을 일으켜 세웠다. 순간, 남자의 입에서 하느님 아버지, 하느님 아버지…… 라는 말이 되풀이해 밀려 나왔다. 하지만 여자는 들은 체 만 체 남자를 차로 끌고 가 운전석에 밀어 넣은 뒤 트렁크 개폐 스위치를 올리고 운전석 문을 닫았다. 그러고는 다시 트렁크로 가 가운데 놓여 있던 캐리어를 들고 목표 지점으로 갔다. 몸에서 검은 윤기가 번들거리는 날렵한 미니어처 핀셔였다.

캐리어를 내려놓고 여자가 남자에게 오라는 시늉을 했다. 하지만 남자는 겁에 질린 표정으로 연신 입술을 움직이고 있었다. 여전히 하느님 아버지를 찾고 있는 모양이었다. 여자가 손에 들고 있던 소주병을 마저 비우고 빈 병을 손에 든 채 차를 향해 빠르게 걸음을 옮기기 시작했다. 남자가 차 안에서 크게 입을 벌리고 뭐라고 소리를 질렀지만 그것이 여자의 귀에는 전해지지 않았다. 걸음을 옮기며 여자가 허공으로 소주병을 들어 올리자 남자가 경악한 표정으로 액셀을 밟았다. 이미 어스름이 깔린 뒤, 헤드라이트 불빛은 정확하게 갓길에 놓인 캐리어를 비추었지만 차는 주행선으로 빠져나와 그대로 커브를 돌고 말았다.

"병신 새끼야!"

여자가 허리를 꺾으며 악을 써 댔다. 하지만 커브를 돌아 정지한 차는 제자리로 돌아오지 않았다. 여자는 차가 있는 곳으로 천천히 걸음을 옮기기 시작했다. 핸들에 이마를 대고 있던 남자가 고개를 들고 여자를 내다보았다. 조수석으로 들어온 여자가 의외로 차분한 어조로 남자에게 말했다.

"자, 이러지 말고 긍정적으로 생각해. 어려울 거 하나도 없어. 이번에는 내가 도와줄 테니까 서두르지 말고 천천히 시도해 보자. 천천히, 아주 부드럽게…… 그래, 그렇게 하면 돼. 정말 어려울 거 하나도 없어."

여자는 남자의 등을 다독이며 원래의 자리로 돌아가게 했다. 그리고 차가 정지하고 다시 전방에 캐리어가 보이자 조수석 앞의 글로브 박스에서 면이 넓은 청테이프를 꺼냈다. 그것을 부욱 소리 나게 당겨 남자의 손목과 핸들을 한꺼번에 감아 버렸다. 남자가 손을 빼려 하자 완강하게 손목을 누르고 몇 번씩이나 테이프를 감아 버렸다. 곧이어 왼손도 핸들에 올리고 역시 동일한 방식으로 테이프를 감았다. 남자의 손이 핸들에 붙어 버리자 여자가 흡족한 표정으로 다시 남자를 다독거렸다.

"자, 이번에는 내가 도와줄게. 아주 천천히 브레이크에서 발을 떼고…… 빨리 안 뗄래? 그래, 그렇지! 그렇게 천천히 가도 돼. 빠른 것보다 느린 게 훨씬 실감 날 거야."

남자가 액셀을 밟지 않았는데도 차는 느리게 미끄러져 앞으로 나아가기 시작했다. 여자가 핸들을 잡고 캐리어를 겨냥하고 있었기 때문에 남자는 어떻게든 핸들에 포박당한 손을 움식여 목표물을 비켜 가려고 했다. 하지만 핸들을 잡고 조정하는 여자의 여유만만한 태도에 짓눌려 남자는 결국 모든 걸 체념한 표정으로 눈을 감아 버렸다. 순간, 우측 앞바퀴에서 물컹, 소름이 돋을 정도로 생생한 감촉이 전해져 왔다. 남자만 느낀 게 아니라 차체 전체가 그것을 감지하고 요동질하는 것 같았다.

"크헉!"

핸들에 양손을 포박당한 채 남자는 헛구역질을 해 댔다. 하지만 여자는 절반의 성공만으로도 몹시 흥분해 핸들에 이마를 댄 남자의 어깨를 잡고 흔들며 마구 소리를 질러 댔다.

"해냈어! 봐! 네가 해낸 거야!"

남자가 핸들에 이마를 대고 도리질을 치는 동안 여자는 남자의 머리칼을 잡아당기며 환호했다.

"너도 느꼈지? 짓이겨지는 그 감촉…… 그게 한심한 네 천성이라고 생각해. 그리고 다시 태어난다고 생각해. 알았지?"

여자는 과장된 몸짓으로 남자의 어깨를 감싸 안았다. 남자가 어깨를 들먹이며 울고 있음을 확인하고 여자는 핸들에 묶인 그의 손을 풀어 주었다. 그리고 다짜고짜 남자의 얼굴을 양손으로 감싸고 키스를 해 대기 시작했다. 남자가 도리질을 치듯 얼굴을 피하려 했지만 여자는 이미 콘솔 박스를 넘어 남자의 무릎 위로 올라와 있었다. 남자의 바지를 풀어 내리며 여자는 연해 같은 말을 되풀이했다.

"그 감촉, 그 짜릿한 감촉…… 너도 느꼈지?"

여자가 시트를 뒤로 젖히자 남자는 모든 걸 체념한 자세로 시신처럼 누웠다. 하지만 능숙한 여자의 손놀림과 입놀림에 그의 남성은 도리 없이 부풀고 말았다. 모멸과 수치를 오히려 힘으로 모면하려는 것처럼. 기다렸다는 듯 여자가 남자 위로 올라갔다.

"그 감촉…… 너하고 내가 동시에 느낀 거야. 그런 순간이 우릴 행복하게 하잖아. 그때 난 벌써 밑이 젖어 버렸단 말야. 알겠니? 네가 조금만 노력하면 내가 이렇게 쉽게 가는데 왜……."

여자가 격렬하게 상체를 흔드는 동안 남자는 꼼짝 않고 누워 눈물을 흘렸다. 거칠게 숨을 몰아쉬며 나를 위해, 나를 위해, 하고 여자가 뜻 모를 말을 되풀이했다. 이윽고 절정의 순간이 왔을 때 여자가 허공으로 솟구치며 천정에 머리를 부딪혔다. 곧이어 여자가 미친 듯 깔깔거리며 남자의 몸 위에 자신을 포갰다. 그리고 아주 은밀한 어조로 남자의 귓전에다 이렇게 속삭였다.

"이제 혼자 할 수 있지?"

잠시 동안 남자는 반응을 보이지 않았다. 그러자 여자가 똑같은 말을 다시 한번 속삭였다. 그때 남자가 아주 차분하게, 그때까지와 완연히 다른 어조로 분명하게 대답했다.

"그래, 이젠 혼자 할 수 있어. 얼마든지 할 수 있다구."

여자가 고개를 들고 남자의 뺨과 코와 눈에 연신 키스 세례를 퍼부었다. 다시 태어난 사람, 이제 처음 만나 관계를 가진 사람을 대하는 것처럼 그녀의 표정에는 풋풋한 싱그러움이 가득 번져 있었다.

차가 제자리로 돌아왔을 때, 사방은 이미 사물의 경계를 구분하기 어려울 정도로 어두워져 있었다. 뿐만 아니라 야생동물 이동 통로에서 꾸역꾸역 밀려 나온 산안개가 점점 짙어져 주변의 숲과 나무와 풀들이 일제히 숨을 죽이고 오직 차량의 불빛만 주시하고 있었다.

운전석에 앉은 남자는 라이트를 통해 두 개의 짓이겨진 주검을 내다보았다. 여자는 비교적 차분한 표정으로 남자의 다음 행동을 기다리고 있었다. 이윽고 남자가 길게 한숨을 내쉬고 나서 트렁크 개폐 스위치를 올린 뒤 밖으로 나갔다.

마지막 캐리어를 꺼낸 남자가 이번에는 자신이 직접 그것을 들고 목표 지점을 향해 걸음을 옮겼다. 이제 남자의 행동에서는 일말의 망설임이나 두려움도 찾아볼 수 없었다. 정돈된 걸음걸이로 의연하게 걸어 나가 자신이 정한 목표 지점에 캐리어를 내려놓았다. 그런 뒤 캐리어를 열고 토이 푸들을 꺼내 잠시 가슴에 안았다. 그의 가슴에 안긴 마지막 애완견이 꼬리를 흔들며 그의 손을 부드러운 혀로 연신 핥아 댔다. 남자는 눈물을 흘리며 아주 작은 소리로 이렇게 속삭였다.

"비키야, 용서해 다오. 인간인 나를 용서하고, 인간인 저 여자를 용서해 다오. 우리에겐 달리 길이 없구나."

남자는 어금니를 다져 물며 비키를 다시 캐리어에 집어넣었다. 그런 뒤 고개를 돌리고 차와의 거리를 가늠했다. 조수석에 앉은 여자는 눈을 가늘게 뜨고 남자의 동작 하나하나를 의미심장한 눈빛으로 주시하고 있었다. 남자가 고개를 숙이고 무거운 걸음으로 차를 향해 걸어왔다.

"내려."

운전석으로 돌아온 남자가 낮고 단호한 어조로 여자에게 말했다.

"왜?"

남자의 당당한 태도가 당혹스러우면서도 싫지 않다는 표정으로 여자가 되물었다.

"마지막이니까 확실하게 보여 줄게. 내가 혼자 할 수 있다는 걸."

"좋아! 그럼 난 내려서 관람할게."

여자는 아주 상쾌한 표정으로 남자의 뺨에 입을 맞추었다. 하지만 남자는 오직 캐리어에만 시선을 고정한 채 여자의 반응에 아무런 응대도 하지 않았다. 여자가 밖으로 나가자 남자가 어깨를 두어 번 들썩이며 좌우로 목을 비틀었다. 그런 뒤 사이드브레이크를 내리고 자동변속기를 주행 레버에 맞추었다. 전방, 안개와 어둠이 뒤섞인 공간에서는 불온한 기운이 한껏 팽창해 금방이라도 펑, 소리를 내며 대폭발을 일으킬 것 같았다. 그 중심에 마지막 애완견이 든 캐리어가 놓여 있었다.

몇 초.

시간이 가상처럼 흘렀다. 언뜻 무슨 일이 일어난 것인지 상황을 파악하기 힘들었다. 굉음을 내며 출발 순간부터 액셀을 한껏 밟은 차는 타이어에서 흰 연기를 뿜으며 어둠과 안개가 불온하게 살을 섞는 허공으로 튕겨 나갔다. 차는 분명 캐리어를 향하고 있었고, 시간과 거리상 도무지 그것을 비켜 가기 어려운 상황이었다. 곧이어 방호벽을 들이받는 차체의 충돌음이 들리고 사방은 믿어지지 않을 정도로 조용해졌다. 그때서야 비로소 여자는 캐리어가 조금도 손상되지 않고 온전하다는 사실을 알 수 있었다.

"등신아, 혼자 할 수 있다는 게 고작 그런 거였니?"

여자는 미친 듯이 방호벽이 있는 곳으로 달려갔다. 어찌 된 셈인지 남자는 운전석에 앉아 있지 않고 조수석 의자 앞에 처박혀 있었다. 차는 보닛이 위로 솟구치고 엔진에서 흰 연기가 무럭무럭 피어올라 안개 속으로 스며들고 있었다. 하지만 한쪽 라이트는 아직 망가지지 않고 주변을 밝히고 있었다. 전면 유리에 생긴 균열로 미루어 남자는 머리를 부딪고 조수석으로 날아가 처박힌 것 같았다.

여자는 남자를 살피지 않고 운전석으로 들어가 자동변속기를 움직여 후진 레버에 맞췄다. 그때 남자가 신음을 터뜨리며 몸을 움직이기 시작했다. 가까스로 머리를 들어 올린 그는 여자가 운전석에 앉아 있는 광경을 보고 경악했다. 그러더니 곧이어 조수석 문을 열고 밖으로 굴러 떨어졌다. 간신히 몸을 일으킨 남자는 그 순간부터 캐리어가 있는 쪽으로 사력을 다해 기어가기 시작했다.

여자가 뒤를 돌아보며 액셀을 밟자 차가 가래 끓는 소리를 내며 후진했다. 순간, 한쪽만 남아 있던 라이트가 마저 꺼져 버렸다. 하지만 여자는 핸들을 완전히 돌려 차를 360도 회전시켜 쏜살같이 제자리로 돌아왔다. 라이트가 없어 도무지 앞을 가늠할 수 없었다. 모든 걸 오직 느낌에 의존할 수밖에 없는 상황이었다.

"등신아, 잘 봐. 내가 어떻게 하는지 잘 보란 말야."

어둠을 노려보며 여자가 단호한 어조로 중얼거렸다. 어쩌면 남자가 아직 조수석에 처박혀 있다고 생각하는지도 모를 일이었다. 여자가 액셀을 밟자 기우뚱 중심이 흔들리며 차체가 곧장 전방으로 튕겨 나갔다. 어둠의 속살이 갈라지고 희디흰 백광이 찰나처럼 명멸했다. 균열이 생긴 전면 유리로 검고 둔중한 물체가 솟구쳤다. 순간, 차체를 때리는 엄청난 울림에 놀라 여자는 핸들을 놓쳐 버렸다.

"안 돼!"

전면 방호벽을 들이받는 깊고 둔탁한 충격음이 어둠에 쐐기처럼 박혔다. 엔진에서 흰 연기가 피어오르고 차는 더 이상 움직이지 않았다. 차에 받혀 길바닥에 널브러진 남자도, 머리에서 피를 흘리며 핸들에 엎어진 여자도 더 이상 움직이지 않았다. 깊고 서늘한 정적, 그리고 야생동물 이동 통로를 빠져나온 산안개가 피비린내 나는 현장을 빠르게 뒤덮기 시작했다. 꾸우, 꾹,

끼잉…… 어디선가 들려오는 희미한 생명의 소리가 악보처럼 선명하게 어둠 속으로 떠오르고 있었다.

백일홍을 중심으로 한 이야기

백일홍을 중심으로 한 이야기

자미(滋味)〔명사〕: 자양분이 많고 맛도 좋음. 또는 그런 음식.

그날 정오 무렵 마루가 사장실로 들어섰을 때, 그곳에는 동료 업자인 자명과 황둔이 먼저 와 사장과 담소를 나누고 있었다. 그는 자명과 황둔을 보고 이상하다는 생각이 들었지만 내색하지 않았다. 애초에 점심 약속을 추진한 회사의 디렉터는 마루와 사장만 단둘이 만나 식사를 하는 것으로 얘기했었다. 만나자는 용건이 뭐냐고 마루가 묻자 디렉터는 두 가지 이유를 내세웠다. 오랫동안 적조했다는 것, 회사가 사옥을 새로 지어 이전했다는 것. '점심 약속'이 별로 내키지는 않았지만 달리 대안이 없었다. 한강 둔치에서 만나 함께 산책을 하자고 할 수도 없고, 찜질방에서 만나 같이 땀을 흘리자고 할 수도 없는 노릇이었다.

뭔가 엉터리 같은 일이 이미 벌어졌다는 걸 알았지만 마루는 사명과 황둔이 내미는 손을 잡으며 일일이 악수를 나누었다. 동료 업자인 자명과 황둔의 얼굴을 마지막으로 본 게 언제인지 선뜻 기억도 나지 않았다. 비슷한 시기에 자미(滋味) 납품 업계에 발을 들여놓은 그들과 한때는 술도 자주 마시고 절친하게 지냈지만 세월이 지나면서 각자 자기 앞의 인생으로 불려 가 이제는 전화조차 자주 나누지 못하는 처지가 되어 있었다. 전화 통화도 할 수 없을 정도로 바쁘다거나 여유가 없어서가 아니라 인생의 경륜을 통해 이제 각자의 본격(本格)이 드러남으로써 서로의 다름을 확연하게 의식하게 된 때문이었다. 젊은 날은 차별성이 드러나지도 않고, 그런 게 드러난다고 해도 문제가 되지 않을 때가 아니던가.

사장이 먼저 마루의 손을 힘주어 잡았다. 곧이어 자명과 황둔이 어설프고 어색한 동작으로 손을 내밀었다. 그때 아래층에서 단정한 검은 투피스 차림의 디렉터가 올라와 마루에게 회사 구경을 시켜 주겠다고 했다. 먼저 온 둘은 이미 새로 지은 사옥 구경을 끝냈는지 마루와 악수를 나눈 뒤에 사장과 함께 다시 자리에 앉았다.

“전 지금 마루 선생님이 무슨 생각하고 계신지 알아요. 원래 약속은 이게 아니었는데 왜 황둔 선생님과 자명 선생님이 와 있는가, 그런 생각하고 계시죠?”

“이 사람, 나에게 염력을 과시하는군. 내가 보기엔 자네도 뭔가 나에게 둘러칠 준비를 하고 있어. 굴리지 말고 있는 그대로 말해 봐. 어쩌다 이렇게 된 거지?"

"미안해요, 선생님. 원래 계획은 이게 아니었는데 공교롭게도 어제 황둔 선생님의 신상품이 출시되는 바람에 이렇게 됐어요. 이해하시죠?"

"흠, 이해하라고? 이렇게 일방적으로 통보하는데 내가 달리 어쩌겠나. 포맷이 바뀌었으니 적응 모드나 준비해야지. 그러니까 구체적으로 오늘 점심 식사의 목적은 뭐지?"

"그냥 다목적이라고 생각하세요."

디렉터를 따라 마루는 실내 곳곳을 둘러보았다. 사방 통유리와 외벽 도장을 하지 않은 거친 시멘트 질감의 신축 빌딩 내부는 정말 근사했다. 첨단 디자인의 오피스 가구까지 배치돼 있어 건축 잡지나 인테리어 잡지 속에 들어와 있는 것 같았다. 납품 업자 노릇 때려치우고 이 근사한 건물에 자리나 하나 얻어 취직하는 게 낫겠다는 마루의 농담을 끝으로 실내 투어는 막을 내렸다.

디렉터를 따라 위층으로 올라가자 사장이 식사를 하러 가자며 기다렸다는 듯 자리에서 일어났다. 세 명의 납품 업자와 디렉터, 그리고 사장이 다목적 점심 식사의 구성원이 되었다. 사장은 건물을 나서면서부터 뭘 먹겠냐고 물었지만 아무도 선뜻 먹고 싶은 음식의 종류를 내세우지 못했다. 결국 사장은 자신이 자주 가는 중국집으로 앞장서 갔다. 열다섯 명 정도의 단체 손님이 이미 식사를 하고 있는 실내로 들어가 일행은 창 쪽 자리로 안내되었다. 사장은 이름도 모르는 요리 두 개를 지배인에게 추천받았고 나머지는 각자 원하는 식사를 주문했다. 모처럼 만났는데 그냥 넘어가기 아쉽다는 표정으로 사장은 작은 병맥주 세 병을 함께 주문했다.

중국집 창밖으로 내다보이는 4월 중순경의 세상은 깊은 무력감이 느껴질 정도로 청명했다. 이곳저곳의 담장 너머로 얼굴을 내민 백목련과 자목련, 개나리와 진달래, 심지어는 일찍 핀 벚꽃이 세상의 풍경을 아주 딴판으로 미화하고 있었다. 얼마 전에 끝난 대통령 선거의 열기가 수세기 전의 그것처럼 아득하게 느껴지는 풍경이었다. 그렇게 들끓고 그렇게 난리법석을 피우는 세상사의 와중에서도 저렇게 조용히 꽃을 피울 줄 아는 침묵의 미학은 어디에서 오는 것일까.

잠시 어색한 시간이 흘렀다. 침묵해서 어색한 게 아니라 맥락을 잃고 떠도는 파편 같은 얘기로 인해 오히려 어색함이 두드러졌다. 사장이 백내장 수술을 하게 될 거라는 얘기를 꺼내자 그 정도로 심하냐고 마루가 되물었고, 사장이 허리 디스크 때문에 암벽 등반을 시작했다는 얘기를 꺼내자 자명과 황둔이 덩달아 자신들의 디스크에 관해 얘기했다. 뒤쪽에 앉아 식사를 하는 열다섯 명 정도의 넥타이 부대는 인원에 비해 지나치게 조용한 구석이 있어 오히려 다섯 명의 자리가 시끌벅적하게 느껴졌다.

"사옥의 위치가 중심에 있으니 애써 사람들을 불러들일 필요가 없겠습니다. 납품 업자들이 자연스럽게 부근을 지나게 될 터이니 오다가다 건성 들르는 사람들이 많겠어요. 유흥업을 해도 손색이 없을 자리라는 얘기입니다, 얘기인즉."

마루가 입을 열었다.

"아, 그러게요. 그러니 마 형이랑 자 형이랑 황 형도 오다가다 자주 들러요."

말끝에 사장은 아직 임대하지 않은 3층이나 4층에다 술집이나 하나 차릴까, 하며 농담을 덧붙였다. 사장의 머리는 이미 반백이 되어 있었지만 얼굴과 피부는 아직 탄탄한 건강미를 풍겼다. 거기에 일에 대한 성취감에서 오는 여유까지 더해지니 자장면을 먹어도 한껏 자연스러워 보이는 것이리라. 머리는 할아버지 같은데 얼굴은 의외로 젊어 보인다는 게 얼마나 매력적인 이율배반인가.

다섯 명이 앉아 있는 좌중에서 자신에 관해 자연스럽게 말하는 사람은 오직 사장뿐이었다. 마루도 자명도 황둔도 자신에 관해 말하지 않았고, 심지어는 그들 서로에 대해서도 대화를 주고받지 않았다. 어쩌다 한 번씩 건성으로 내뱉는 말, 그것들 사이에도 일정한 맥락이 없었다. 순간을 모면하고 싶어 하는 은밀한 도피 심리가 납품 업자 셋을 사로잡고 있는 것 같았다. 마음의 출구를 찾지 못하니 얼굴에 위장막이라도 쓰고 있어야겠다고 작심하고 아예 딴청 부리는 듯한 표정들.

잠시 자미 가공업계의 불황에 관한 얘기가 나왔다. 사장이 운을 떼고 심각한 정황에 대해 언급했다. 물론 다른 업체들의 심각한 자금난과 악화된 경영 구조에 관한 언급도 빠지지 않았다. 납품 업자 셋은 브리핑을 받듯 말없이 듣는 편이었다. 업계의 심각한 불황과 납품 업자들의 삶이 무관하지 않기 때문에 은근히 분위기가 무거워지는 눈치였다. 일각에서는 납품 업자들이 제공하는 자미의 원료가 질적으로 저하됐기 때문에 불황이 온 것이라고 지적하기도 했고, 다른 한편에서는 자미 가공업계의 산업구조 자체가 변했기 때문이라고 진단하기도 했다. 아무려나 이제 사람들은 자미 가공품을 구입하지 않는다는 게 사장이 내린 마지막 결론이었다. 활자로 만들어진 자미 가공품은 사고와 사유를 요구하기 때문에 생각하기 싫어하는 종족들에겐 영상 자미 가공품이 무조건 먹힌다는 것이었다. 똥을 싸고 뭉개듯 만들어 놓아도 영상 자미 가공품은 무조건 몇십만, 몇백만은 기본이라는 얘기.

씨발, 하고 황둔이 장단을 넣었다. 그러자 피식, 하고 자명이 실소를 터뜨렸다. 자조적인 기색이 역력했다. 마루가 잔에 담긴 맥주를 한 번에 비우자 사장이 다시 잔을 채워 주었다. 마루 이외에 맥주를 마시는 사람은 아무도 없었다. 그때 자명이 입을 열었다.

"이런 정황에 하나마나 한 얘기가 되겠지만, 자미 업계가 이렇게 불황에 빠진 건 오히려 재미를 너무 추구한 결과가 아닐까요? 그래도 예전에는 의미 있는 상품을 바닥에 깔면서 사회적 분위기를 조성하려는 노력이라도 했었는데 1990년대 이후부터는 아주 노골적으로 자미로 재미 보겠다는 속내를 드러낸 거잖아요. 그것을 위해 사재기, 거품 부풀려 스타 만들기, 과대 포장 광고로 밀어붙이기, 언론 방송과 야합해 조악한 상품 포장하기 등등, 못된 짓을 많이 한 것도 사실이죠. 하기야 뭐 요즘 같은 단세포 시대에 그런 걸로 버틴다는 게 말도 되지 않을 일이지만…… 아무튼 그렇네요."

자명의 말에 아무도 토를 달지 않았다. 자미로 재미 보는 시대를 부정하고 싶어서가 아니라 의미를 추구하던 과거를 입 밖에 꺼낸다는 게 너무 쑥스럽기 때문일 터였다. 어느 시대건 대중의 먹성은 반성과 회오를 용납하지 않았다. 그냥 끝까지, 길이 끝장나 절벽으로 추락할 때까지 달려갈 것. 그것이 시대가 창출하는 멋의 근본정신이라고 대중들은 믿고 있었다. 굵고 짧은 것, 강렬하고 화끈한 것, 그리고 극단적인 것. 자미 업계가 원래 자미 업계가 아니고, 납품 업자들이 원래 아티스트였다고 해도 그것은 이제 돌이킬 수 없는 과거일 뿐이었다. 말해 뭣 하겠는가.

몇 년 전, 마루는 그에 대해 신문에 시론을 발표한 적이 있었다. 세상 사람들이 무조건적이고 맹목적인 재미를 추구하는 것에 대한 심각한 우려의 글이었다. "재미없는 것은 용서가 되지 않는다. 재미없는 것은 모두 죽여야 한다."라는 인터넷 낙서를 보고 난 뒤에 쓴 글이었다. 하지만 세상은 그의 우려에도 불구하고 더욱 미친 듯이 재미를 추구했고, 그것을 위해 아티스트들은 앞 다퉈 재미의 원료인 자미를 제공하는 납품 업자로 전락하고 말았다. 자신이 썼던 시론의 문구를 희미하게 떠올리며 마루는 한동안 식사를 중단했다. 텔레비전만 켜면 지랄 발광을 해대는 보디랭귀지 프로그램들, 터무니없이 과장되게 웃어 대는 연예인들의 얼굴이 갑자기 식욕을 떨어뜨린 때문이었다.

아무개가 새로운 작품을 발표하였다. 얼마 뒤, 몇몇 사람들이 모인 자리에서 누군가 그 작품에 대해 물었다. 그러자 그것을 감상했다는 사람 하나가 선뜻 대답했다. 그거 재미없더라. 곧이어 옆에 있던 다른 사람도 맞장구를 쳤다. 그래, 그거 정말 재미없더라. 그렇게 두 명이 연해 재미없다고 하자 그것에 대한 얘기는 더 이상 이어지지 않았다. 재미없는 것이라면 더 이상 언급할 가치도 없다는 데 모두가 묵시적으로 동의하고 있는 것 같았다.

적어도 필자가 겪은 바로는 1970년대와 1980년대에는 작품을 재미 위주로 평가하지는 않았다. 아무리 거칠게 말한다 해도 그 시절에는 작품이 '좋다', '나쁘다'라고 평했지 '재미있다', '재미없다'라고 평하지는 않았던 것이다. 하지만 1990년대로 접어든 이후부터 상황은 완연히 달라졌다. 예술 분야에 종사하는 사람들의 뇌리에 '재미'라는 망령이 들러붙고, 이윽고 그것은 예술가들의 의식까지 점령하여 '재미＝예술의 존망', '재미＝예술가의 존망'이라는 끔찍스러운 등식을 만들어 내고 있다.

하지만 재미의 망령에 점령당한 분야가 비단 예술 분야만은 아니다. 그것은 인간의 오감을 자극하고 느낌을 유발하게 만드는 모든 대상, 모든 분야로 급속하게 확산되고 있다. 한 편의 영화에 대하여, 한 편의 드라마에 대하여, 시청률 전쟁터로 변해버린 방송사들의 각종 쇼 프로그램에 대하여, 심지어는 인간에 대하여, 재미의 망령은 새로운 선악의 척도처럼 무차별하게 적용되고 있다. 적용될 뿐만 아니라 재미없는 것은 간과되고 도외시되고 또한 배척당한다. 설 자리를 잃게 되는 것이다.

재미란 즐거움과 흥미를 전제로 하기 때문에 당연히 웃음을 동반하게 된다. 영화와 드라마가 코미디 같아지고, 거개의 쇼 프로그램이 억지스러운 웃음을 쥐어짜게 만드는 광기의 난장 같아지고, 시사 토크쇼에 출연하는 사람들의 언행이 개그맨을 닮아 가는 것도 이와 무관하지 않을 것이다. 이리저리 채널을 돌리다 보면 여기서도 웃음, 저기서도 웃음, 도처에서 터져 나오는 웃음의 바다 위에서 우리 모두가 대책 없이 난파당하고 있는 건 아닌가, 섬뜩한 생각이 들 때가 많다.

자연스럽게 우러나오는 웃음은 삶의 풍요로움과 여유를 반영하지만, 웃음을 무차별하게 상품화하려는 자본의 파행성은 삶에 대한 진지한 태도를 상실하게 만든다. 그리고 삶에 대한 진지한 태도가 결여되면, 이는 도덕적 불감증과 직결될 뿐만 아니라 미래에 대한 전망을 불투명하게 만든다. 개탄에 개탄을 거듭해도 시원찮을 인사 청문회장에서도 개그를 방불케 하는 언사와 폭소가 터져 나오고, 그것을 보는 시청자들은 청문회가 아니라 한 편의 쇼 프로를 보는 듯한 어처구니없는 재미에 자신도 모르게 빠져들게 된다.

물론 슬프거나 고통스러운 인생보다 재미있는 인생이 훨씬 낫다. 하지만 그때의 재미는 자기 삶에 대한 성실한 투자와 진지한 노력에 대한 대가로서의 흥미를 일컫는 말이다. 정치하는 재미가 떡값 챙기는 재미가 아닐 테고, 예술 하는 재미가 영혼을 팔아 돈과 맞바꾸는 재미가 아닐 터이니 더 이상의 언급은 사족이 될 수밖에 없을 것이다. 아무려나 지금은 우리 모두가 부질없는 재미에서 깨어나야 할 때, 잃었던 진지함을 냉정하게 회복해야 할 때다. 진정, 이렇게 재미없는 글을 쓰지 않을 수 있는 시대가 올까?

그때, 이 모든 게 다 정치 때문이야, 하고 황둔이 전혀 다른 견해를 제시했다. 그놈들 때문에 나라가 온통 쑥대밭이 된 거지 뭐, 하고 인상을 쓰며 입 언저리까지 일그러뜨렸다. 자명은 고개를 숙이고 마루는 다시 맥주를 반 잔 정도 마셨다. 사장과 디렉터는 더 이상 입을 열지 않았다. 잠시 뒤 사장이 은근한 어조로 말머리를 돌렸다.

"세 분은 올해 나이가 어떻게 됐어요?"

마흔아홉, 하고 셋이 동시에 대답했다. 50대 후반의 사장이 고개를 끄덕끄덕하며 하긴…… 하고 뜻 모를 여운을 남겼다. 사장의 질문 한마디에 갑자기 납품 업자 셋이 입을 다물어 버렸다. 황둔은 젓가락을 내려놓고 자명은 물을 달라고 했다. 마루는 다시 맥주를 한 잔 마셨다. 잔을 내려놓으며 마루가 황둔의 신상품에 대해 물었다. 하지만 황둔은 곤혹스러운 표정으로 머리를 절레절레 흔들었다. 말하지 말자는 시늉이었다.

식사를 끝내고 사장은 회사로 돌아갔다. 약속이 잡힌 손님이 회사에 와서 기다리고 있다며 납품 업자 셋과 일일이 악수를 나누고 가장 먼저 자리를 떴다. 디렉터가 납품 업자 셋에게 어디 가서 차나 한잔 하고 가시죠, 하고 제안했다. 차나 한잔? 식당 밖으로 나와 머쓱하게 서 있던 납품 업자 셋이 선뜻 내키지 않는 표정으로 서로의 얼굴을 쳐다보았다. 자명이 먼저 그러지 뭐, 하고 말하자 나머지 둘도 말없이 뒤를 따랐다. 햇살이 지천으로 퍼져 엿물처럼 끈적거리는 오후였다.

골목으로 접어들어 조금 올라가자 나무 대문과 돌계단이 나타나고 곧이어 목련과 철쭉, 연산홍 따위가 만발한 아담한 정원이 나타났다. 이탈리아식 파스타와 피자 전문점이었다. 마당에 파라솔과 야외석이 마련돼 있어 넷은 그곳에 자리를 잡고 앉았다. 모두 커피를 주문하고 말없이 정원의 꽃나무로 눈길을 돌렸다. 아무런 대화의 소재를 지니지 못한 사람들, 더 이상 공유할 만한 이야깃거리가 없는 사람들처럼 보였다. 디렉터마저 나른하게 표정이 가라앉아 입을 다물고 있었다.

커피가 날라져 온 뒤에 황둔이 허리를 손으로 짚으며 자리에서 일어났다. 표정으로 미루어 허리 디스크 때문에 앉아 있기가 고통스러운 모양이었다. 자명이 관리 잘해라, 하며 그 방면으로는 자신이 선배라고 나름대로의 디스크 지론을 폈다. 하지만 황둔은 들은 척 만 척 인상을 쓰며 주변을 어슬렁거렸다. 그때 디렉터가 자명에게 물었다.

"선생님은 지금 어떤 신상품을 준비하고 계세요?"

"나?"

자명이 화들짝 놀란 표정으로 되물었다. 그러더니 이래도 안되고 저래도 안 되니 이젠 뭘 하나, 그게 문제야, 문제, 하고 난감한 표정으로 머리를 절레절레 흔들었다. 자명과 디렉터의 얘기를 듣고 황둔이 다시 자리에 앉았다. 하지만 그는 자신도 그런 질문에 대해서는 더 이상 할 말이 없다는 듯 무거운 표정을 짓고 있었다. 자명이 다시 입을 열었다.

"난 아이가 대학에 들어가면 강원도 둔내로 들어가 살려고 해. 나중에 집 짓고 살려고 거기에 땅을 조금 사 뒀거든."

"둘째는?"

마루가 묻자 기숙사가 있는 고등학교에 입학시키지 뭐, 하고 자명이 시큰둥한 표정으로 대답했다. 황둔은 여전히 화가 난 듯한 얼굴로 인상을 쓰고 앉아 있었다. 마루가 길게 한숨을 내쉬자 자명이 아무래도 안 되겠다는 듯 디렉터에게 엉뚱한 질문을 건넸다.

"무슨 꽃을 제일 좋아해요?"

"저요?"

자명이 던진 의외의 질문에 이번에는 디렉터가 되물었다. 그러고는 잠시 사이를 두었다가 목련, 하고 대답했다. 그러자 자명, 황둔, 마루가 거의 동시에 목련? 하고 일제히 비웃는 듯한 표정으로 저마다 다른 제스처를 보였다. 당황한 디렉터가 목련이 어때서요, 하고 항변했다. 그러자 자명과 황둔이 킬킬거리며 그녀에게 역공을 퍼부었다. 뻔뻔스럽잖아, 그 두꺼운 꽃잎이랑 떨어져 지저분하게 타들어 가는 꼬락서니가 뭐가 좋다고…… 쯧쯧.

"그럼 선생님은 무슨 꽃을 좋아하세요?"

이번에는 디렉터가 자명에게 물었다.

"나는 말이야…… 백일홍이 제일 좋아. 왠지 그게 아주 마음에 든다구."

자명의 대답에 황둔이 거들었다.

"백일홍의 다른 이름이 자미잖아, 자미!"

옛날, 아주 오랜 옛날, 해마다 머리가 셋이나 달린 이무기에게 아름다운 처녀를 제물로 바쳐야 하는 작은 어촌이 있었습니다. 그해에는 김 첨지의 딸이 제물로 바쳐질 차례가 되어 모두가 슬픔에 빠져 있었는데, 뜻밖에 늠름한 도령이 나타나 김 첨지 딸의 옷으로 갈아입고 제단에 앉아 있다가 이무기가 나타나자 칼로 두 개의 머리를 베어 버렸습니다. 하지만 남은 하나의 머리를 마저 베지 못해 도령은 100일 동안 기다려 달라며 이무기와 싸우기 위해 바다로 나갔습니다. 그는 바다로 나가기 전, 100일이 시난 뒤 자신이 타고 간 배가 흰 돛을 달고 있으면 살아 돌아오는 것이요, 붉은 돛을 달고 있으면 죽은 것이니 그리 알라는 말을 김 첨지의 딸에게 남겼습니다.

김 첨지의 딸은 그날부터 정성을 다해 바다가 내려다보이는 언덕 위에 올라가 백일기도를 드렸습니다. 이윽고 100일째 되는 날, 도령을 태운 배가 나타났으나 배에는 붉은 돛이 달려 있었습니다. 김 첨지의 딸은 절망한 나머지 자결을 하고 말았습니다. 그러나 도령이 탄 배에 붉은 돛이 달려 있었던 이유는 이무기가 죽으며 흘린 피가 튀어 그리된 것이었습니다.

그 뒤, 대개의 옛날이야기가 그렇듯 김 첨지의 딸이 죽은 자리에서는 이름 모를 꽃이 피어났습니다. 사람들은 백일기도를 하던 김 첨지 딸의 넋이 꽃으로 피어난 것이라 하여 백일홍이라 불렀다고 합니다. 지금도 백일홍은 꼭 100일 동안만 피었다 진다고 합니다.

백일홍 얘기가 나오고, 그것의 다른 이름이 자미, 배롱나무라는 얘기가 나오고, 급기야 거기에 얽힌 옛날이야기까지 나왔다. 그러자 너도나도 할 말이 있다는 표정으로 나서 돌연 백일홍이 모든 것의 중심이 되어 버리고 말았다. 누가 누구에게 건네는 말인지, 그런 건 조금도 중요하지 않다는 표정들이었다. 그저 백일홍에 관한 얘기면 족했다. 하지만 누구를 위해, 무엇을 위해, 왜 백일홍이어야 하는지에 대해서는 어느 누구도 따지거나 묻지 않았다. 그때껏 주변을 맴돌던 마음, 서로를 기피하던 마음이 일제히 백일홍 쪽으로 모아졌지만 그것을 구원의 출구라고 생각할 만한 근거는 털끝만큼도 없었다. 그냥 백일홍이 좋다고 말함으로써 시작된 일이었으니까.

"이런 젠장, 갑자기 백일홍 타령은 왜? 내 머릿속에는 어릴 때부터 지금껏 십일홍이라는 꽃밖에 없어. 화무십일홍(花無十日紅)도 모르나? 열흘 붉은 꽃이 없다고 했거늘 100일씩이나 붉다는 건 과장의 극치가 아닌가."

"반대로 생각해 봐. 화무십일홍은 일종의 관념적 세뇌이니까 세뇌당한 사람의 불행일 뿐이야. 현실과 은유를 혼동하지 말라구."

"현실에서 통용될 수 없는 건 은유가 아니라 모순이야. 세상에, 그렇게 어처구니없는 모순이 어디 있는가."

"십일홍이냐 백일홍이냐, 그게 문제가 아니라 '붉다'는 상태가 중요한 거 아닌가?"

"어떤 의미에서요?"

"꽃은 붉어야 꽃이지. 붉지 않은 건 이미 꽃이 아니라는 말. 그러니 꽃이 붉다는 건 절정을 뜻하는 것이겠지…… 인생의 절정 같은 거."

"아무려나 하루건 열흘이건 100일이건 붉은 건 좋은 것 아닌가."

"아냐, 인간 세상에는 화무십일홍이라는 말이 가장 잘 어울려. 어울리는 게 아니라 일종의 항생제로 기능하는 거지. 그렇게라도 정신적 제어를 하지 않으면 천일홍, 만일홍, 억일홍…… 제멋대로 붉어지고 싶어 환장하겠지."

"지나친 피해망상일세. 자연스럽게 붉은 상태를 유지할 수 있다면야 오래갈수록 좋은 꽃이 아니겠는가. 인간의 어리석음과 부족함이 십일홍을 만들어 낼 뿐이지 오래도록 붉은 게 무슨 모순이겠는가."

"아, 이런 얘기로 왈가왈부하는 이유가 도대체 뭔가. 우린 이미 붉은 꽃이 아닌걸."

"칫, 백일홍이 좋다고 하니까 하는 말이지."

"세상 참 허망하군. 제대로 붉어지기도 전에 인생은 삭고, 청춘은 사위어 버렸는데 이렇게 화창한 봄날 모여 앉아 백일홍 타령이나 하다니!"

"저질스러운 재미가 판을 치는 세상, 자미 납품 업자들이 모여 앉아 자미로 신세타령하는 게 뭐가 이상한가. 재미라곤 털끝만큼도 없는 인간들 같으니!"

그렇게 한심한 얘기를 주고받은 게 엊그제 같은데 그게 벌써 17년 전의 일이었다. 운전대를 잡고 전방을 내다보는 마루의 얼굴에도 잔주름이 많이 늘어 있었다. 뿐만 아니라 머리도 어느덧 반 이상 백발로 변해 있었다. 예순다섯, 기력보다 마음이 먼저 쇠진해지는 나이였다. 화두를 마음에 품지 않으면 하루하루가 너무 허망하게 여겨져 가만히 앉아만 있어도 절로 눈물이 글썽거리곤 했다.

인생이 뭔가.

돌이켜 보면 살아온 생애가 고작 몇 달밖에 되지 않는 것 같았다. "집중하면 한나절 같은 인생."이라는 표현을 40대에 자주 썼던 기억이 되살아났다. 고작 40대가 뭘 안다고 그렇게 거창한 표현을 썼을까, 가소롭다는 생각이 들었다. 지금 같으면 "한나절도 긴 인생이다."라고 표현했으리라. 하지만 이제는 표현하는 것보다 표현하지 않는 일의 깊이를 훨씬 중시하고 있었으므로 그와 같은 글줄은 이미 다른 계(界)의 산물로 치부하고 있었다. 한나절이면 어떻고 반나절이면 어떤가.

영동고속도로로 진입하고 얼마 지나지 않아 강릉 휴게소가 나타났다. 4월 중순, 휴게소 주변에는 철쭉과 영산홍이 보기 좋게 손질돼 있었다. 그것을 일별하며 마루는 길게 한숨을 내쉬었다. 목련이 좋다고 말하던 디렉터는 지금 어디서 무엇을 하며 살고 있을까. 17년 전의 풍경이 엊그제 일처럼 너무나도 생생하게 되살아났다. 그날 헤어진 뒤로 마루는 자명과 황둔을 공식적인 자리에서 몇 차례 더 만난 적이 있었다. 하지만 17년 전의 그 봄날처럼 사적인 자리를 마련해 식사를 하거나 차를 마시며 백일홍 타령을 한 적은 없었다. 그날 백일홍 타령을 할 때 언급한 대로 자명은 그로부터 몇 년 뒤 둔내로 내려갔고 황둔은 낙향했다. 자명이 둔내로 들어가 살고 있다는 잡지의 기사를 어디선가 본 적이 있었다. 산 밑에 아담한 집을 짓고 밭농사를 지으며 주경야독의 세월을 보내고 있다는 기사를.

마루는 푸르게 열리는 영동고속도로를 내다보며 손바닥으로 가볍게 핸들을 두드렸다. 어떤 망설임이 조심스럽게 그를 흔들고 있었다. 강릉에 사는 외사촌이 간암으로 세상을 떠나 장례식에 다녀오는 길인데, 여기서 핸들을 돌리면 어떻게 되는 건가. 그는 별 볼일 없는 자신의 일정을 되짚어 보았다. 이틀 뒤로 예정된 첫 손자의 백일잔치 말고는 특별한 일정이 없었다. 당뇨로 고생하는 아내의 병수발이야 생활의 일부이니 특별한 일정으로 꼽을 필요도 없었다. 장례식 때문에 아내 곁에는 사흘 동안 간병인이 배정돼 있었다. 이번에 업체에서 새롭게 배정해 준 간병인이 젊고 친절한 여자라서 그나마 다행이었다.

어쩌나.

옛 대관령 옆을 지나며 마루는 초조한 기색으로 핸들을 만지작거렸다. 마음이 가는 대로 움직일 만한 시간적 여유는 충분한 편이었다. 문제는 시간적 여유가 아니라 마음의 여유였다. 평생 같은 분야에서 활동한 사람끼리 이렇게 인색한 관계를 유지하다니……. 문득 17년 전의 봄날, 점심 식사를 끝내고 나서 주고받았던 백일홍 타령이 뇌리를 스쳐 갔다. 그날 자명의 입에서 흘러나왔던 백일홍 타령이 은유적 표현이었을 거라는 생각까지 가세해 마루는 마음이 더욱 조급해졌다. 마루가 화무십일홍의 모순을 물고 늘어질 때, 어째서 자명은 백일홍에 집착하고 있었던 것일까.

대관령을 지나자마자 마루는 핸들을 꺾었다. 고속도로를 버리고 자명이 산다는 둔내로 빠져나간 것이었다. 하지만 자신의 결정에 대해 그는 뚜렷한 확신이 없었다. 지금이 아니면 영원히 만날 기회가 없을 거라는 판단 때문이었는지, 동업자로 평생을 살아온 정리 때문이었는지 모를 일이었다. 좌우로 연둣빛 풍경이 펼쳐지는 시골 길을 달리며 마루는 자신에게 물었다. 정녕 이것이 내 마음이 가고 싶어 하는 길인가.

"백일홍."

마루는 입을 열어 혼잣말을 했다. 자신이 하는 말이 아니라 자신의 내면에 숨어 있는 다른 존재가 하는 말 같았다. 그렇게 간단명료한 대답이 자신의 내면에 숨어 있었다니 너무나도 의외라는 생각이 들었다. 하지만 그것이 지난 17년 동안 마음에 품고 살아온 화두였다는 걸 그는 더 이상 부정할 자신이 없었다. 그가 핸들을 꺾은 것도 바로 그 때문이었다. 인생의 마지막 화두로 남은 백일홍, 어쩌면 이번이 마지막 만남이 될지도 모르니 어떤 식으로든 그것을 풀고 싶었던 것이다.

백일홍, 그것은 꽃인가, 꿈인가.

좌우로 밭이 펼쳐진 길을 지나자 계곡을 끼고 달리는 좁은 산길이 나타났다. 산모퉁이를 돌자 산과 산이 여러 겹으로 중첩되는 수묵화 같은 풍경이 펼쳐졌다. 산 중턱에 구름이 걸려 있고 높은 허공에서 솔개 한 마리가 원을 그리며 날고 있었다. 산자락에 작은 초가가 한 채 있고, 집 앞에 이팝나무 한 그루가 서 있었다. 나무 밑에 작은 평상이 놓여 있고, 평상에 농부 차림의 자명이 앉아 있었다. 마루가 오는 걸 이미 알고 있었다는 듯 자명은 조금도 놀라는 기색을 보이지 않았다.

마루는 평상에서 내려선 자명과 말없이 손을 잡았다. 아무 말 없이 둘은 한동안 서로의 얼굴을 쳐다보았다. 눈두덩이 욱신거려 허허, 하고 마루가 고개를 들고 허공을 올려다보며 딴청을 부리자 자명이 말없이 미소를 지었다. 집에는 아내의 모습도 자식의 모습도 보이지 않았다. 그것에 대해서도 마루는 묻지 않고 자명은 말하지 않았다.

마루가 평상에 앉자 자명이 집 안으로 들어가 술을 내왔다. 호리병 옆에 푸른 두릅이 놓여 있었다. 자명이 건네주는 잔을 받아 마시자 형용하기 힘든 오묘한 맛이 느껴졌다. 가슴의 응어리가, 온몸의 독성이, 마음의 잔해가 말끔히 녹아내리는 느낌. 비로소 맑은 눈물 한 줄기가 마루의 뺨을 타고 흘러내렸다. 자명은 조용히 미소를 지으며 자신도 한 잔 마셨다. 그러자 그의 얼굴이 이내 상기돼 꽃처럼 붉어졌다.

비로소 마루의 말문이 열렸다.

“그래, 바로 이거야. 이 붉은 기운 때문에 내가 여길 찾아온 것일세. 17년 전 그때, 함께 점심 식사하고 나서 주고받은 말 생각나나?”

“백일홍?”

"그래, 그것 말일세. 그것 때문에 난 지난 17년 동안 은근히 마음이 불편했었네. 이제 우리가 살날이 많이 남아 있지 않으니 허심탄회하게 심중에 있는 말을 털어내고 백일홍의 속내를 밝혀 주겠나?"

"그거야 길게 말할 게 뭐 있겠나. 인간이 항상 어리석게 살아가니 마음에 맺힌 걸 반영한 것뿐이네."

"아무려나 맺힌 것이건 남은 것이건 이젠 풀어 버리고 싶네. 난 그때 왜 자네가 백일홍을 선택했는지, 그게 혹시 위악적인 선택은 아니었는지, 그 뒤로 오래오래 마음에 두고 살았네. 자네가 정말 백일홍을 좋아했던 것일까, 하고 말일세."

"그게 그렇게 알고 싶은가?"

"어쩌면 자네가 말한 백일홍에서 나를 찾고 있었는지도 모르지. 나이가 들어 갈수록 인생이 양파 껍질 같다는 생각만 드니 내가 눈을 감을 때 무슨 화두를 품고 가겠나. 아무것도 없다고 생각하니 살아온 날들이 너무 허망해서 나도 모르게 백일홍이 자꾸만 뇌리를 맴도는 것일세. 살아온 날들이 허망하니 지푸라기라도 잡고 싶은 심정이겠지."

"내가 원래 좋아했던 꽃은 백일홍이 아니었네. 난 어릴 때부터 나무에 꽃이 백설처럼 들러붙은 조팝나무를 가장 좋아했었네. 그런데 세상에 부대끼며 살다 보니 욕망으로 마음이 점점 붉어져…… 결국 백일홍까지 가고 말았네. 내가 어찌 화무십일홍을 모르겠는가."

"그럼, 알면서도 백일홍?"

"백일홍이 뭔가. 그것은 인간의 오감을 사로잡는 욕망의 꽃일세. 백일몽과 아무것도 다를 게 없는 허망한 꽃……. 결국 내 인생의 백일홍은 피어나지 않았네. 끝끝내 그것을 피우지 못한 채 나는 죽게 될 걸세. 하지만 자네의 화무십일홍도 가련하긴 마찬가지라네. 그건 자네가 자신을 가두고 억압하는 데서 생겨난 마음의 감옥일세. 자네나 나, 그리고 우리 모두 백일홍을 꽃피우고 살았으면 좋았을 테지만…… 그것을 꽃피우지 못하게 한 자연의 섭리에 더 깊은 뜻이 있다는 걸 나는 훨씬 뒤에 알았네. 아마 내 인생에 백일홍이 꽃피었다면 나는 아주 망가진 인간이 되고 말았을 것이네. 그토록 강렬하게 나를 사로잡고 있던 백일홍을 포기하고 난 뒤에야 나는 비로소 그것을 알게 되었네. 백일홍을 꽃피울 수 있는 사람, 백일홍을 꽃피워도 되는 사람은 따로 있는 것일세. 그들은 인생의 절정을 꿈꾸지 않는 사람들, 평생 자신에게 주어진 길을 묵묵히 가는 사람들일세. 그들은 찰나와 같은 절정으로 붉게 타오르지 않지만, 삶에 대한 성실성은 그들의 인생 전체를 붉게 만든다네. 백일홍이 얼마나 무서운 꽃인지 이제 알겠는가?"

"그런 걸 깨우쳤으니 이제는 자네도 백일홍일세."

"아니, 아닐세. 17년 전에 내가 입 밖에 낸 백일홍은 이제 잊어 주게. 세월이 많이 지났고, 이젠 나도 그때의 내가 아닐세. 평생을 백일홍 타령만 하다 죽을 수는 없는 노릇 아닌가."

"백일홍보다 나은 꽃이라도 발견했다는 뜻인가?"

마루의 물음에 자명은 말없이 호리병을 들어 다시 한 잔을 권했다. 호리병을 건네받아 마루도 그에게 잔을 권했다. 둘은 잔을 맞부딪고 나서 함께 마셨다. 그때 집 뒤쪽에서 뻐꾸기 울음소리가 들렸다. 잔을 내려놓자 자명이 평상에서 내려서며 말없이 마루의 손을 잡았다. 따라오라는 시늉이었다.

자명이 마루의 손을 잡고 집 뒤편으로 돌아가자 전혀 다른 세상이 펼쳐졌다. 벌판 가득 빈틈없이 붉은 꽃이 피어 있고, 새와 나비와 벌이 서로 희롱하듯 날고 있었다. 대기에 꽃향기가 미만해 정신이 어지러울 지경이었다. 마루는 입을 벌리고 무한대로 피어 있는 붉은 꽃의 벌판을 내다보았다. 살아생전, 지상의 어느 곳에서도 본 적이 없는 놀라운 풍경이었다. 이 드넓은 꽃밭을 자명이 가꾼단 말인가. 마루는 너무 놀라 말을 더듬거리며 물었다.

"이게 전부 배, 백일홍?"

자명이 꽃처럼 붉게 상기된 얼굴로 고개를 가로저었다. 순간, 마루는 절로 꽃의 이름을 알게 되었다. 어찌 된 일인지 자명의 마음에서 일어나는 생각이 고스란히 마루에게 전해지고 있었다. 만년홍…… 열흘이나 100일 동안 붉은 꽃도 아니고 영원히 붉은 꽃? 마루는 온몸으로 전율을 느끼며 만년홍의 벌판을 내다보았다. 그때 자명이 말없이 손을 내밀어 마루의 손을 잡았다. 둘은 어린 소년들처럼 손을 잡고 서서 오래오래 만년홍의 들판을 내다보았다. 몇 초인지, 몇 날인지, 몇 달인지, 몇 년인지 모를 시간이 꿈처럼 흐르고 있었다. 자명의 마음이 흘러들면 곧이어 마루가 화답하곤 했다.

"난 평생 헛되이 인생의 자미를 찾아 헤맸어."

"자학하지 말게. 그걸 통해서 만년홍을 얻었잖나."

"저건 헛된 자미를 찾으며 저지른 내 어리석음을 보여 주는 거야."

"정말 무량하군."

"그래도 저걸 자네와 함께 볼 수 있어서 다행이야."

"왜?"

"인정하기 싫겠지만 우린 처음부터 만년홍을 알고 있었거든."

"그런데 왜 백일홍 타령을 한 거지?"

"날 탓하지 말게. 자넨 십일홍에 갇혀 있었잖나."

"욕망에 눈이 멀수록 날수가 줄어든다?"

"몰라. 아무튼 내가 만년홍 꽃밭지기를 하는 건 형벌이야."

"그럼 나에겐 다른 게 준비돼 있나?"

마루가 돌아보자 자명이 말없이 손을 놓았다. 그리고 표정 없는 얼굴로 서쪽으로 고개를 돌렸다. 마루가 시선을 따라 움직이자 하얗게 만년설이 뒤덮인 영봉에 보랏빛 꽃이 가득 피어 있었다. 저게 뭐냐고 마루가 묻자 자명이 절레절레 머리를 흔들었다. 자기도 모르겠다는 것인지 말을 하면 안 된다는 것인지 선뜻 분간을 할 수 없었다. 겁에 질린 마루에게 자명이 만년홍 한 송이를 따서 손에 쥐여 주었다. 잘 가라는 표시인 것 같았다.

꽃을 받아드는 순간 마루의 몸이 절로 움직이기 시작했다. 몇 걸음 옮기지 않아 둥실둥실 몸이 절로 허공으로 떠오르기 시작했다. 끝이 보이지 않을 정도로 가파른 절벽, 중턱에 걸린 구름을 뚫고 허공으로 솟구치자 서늘한 냉기가 온몸을 엄습했다. 반사적으로 아래를 내려다보니 만년홍 꽃밭이 있던 자리에 여러 겹의 공간이 겹쳐 있었다. 자명도 보이지 않고 만년홍도 보이지 않았다. 마루의 늙은 아내와 성장한 아들이 영안실에 서서 울고 있는 모습이 내려다보였다.

아.

이게 뭔가 싶어 기겁한 순간, 아주 오래전에 앉아 있던 봄날의 카페 정원이 내려다보였다. 몇 명이 모여 앉아 여전히 자미와 먹고사는 일과 늙어 감에 대해 주저리주저리 부질없는 말들을 주고받고 있었다. 어정쩡한 자세로 허공에 떠 있던 마루는 에라 썅, 하는 표정으로 그곳을 향해 손에 들고 있던 만년홍을 집어 던졌다. 탁, 소리를 내며 탁자 한가운데 꽃이 떨어졌다.

마루는 퍼뜩 머리를 들며 놀란 표정으로 주변을 두리번거렸다. 그러자 앞에 앉아 있던 디렉터가 씨익, 웃으며 다 주무셨어요? 하고 물었다. 마루가 미간을 찌푸리며 옆 자리를 보자 그녀가 황둔 선생님과 자명 선생님은 먼저 가셨어요, 하고 말했다. 그로부터 몇 분 동안 마루는 봄꽃이 만개한 정원에 시선을 붙박고 멍한 표정으로 앉아 있었다. 정말 따분하고, 나른하고, 허망하고, 막막한 봄날 오후였다. 이윽고 상체를 굼뜨게 일으키며 그가 그녀에게 물었다.

"내 만년홍은 어디 있죠?"

독서형무소

독서형무소

1

독서형무소에서 수감 생활을 한 지 7219일째 되는 날, 나는 드디어 세상으로 출감해도 좋다는 이메일 명령서를 받았다. 아침 식사를 끝낸 직후 나는 메일함을 열고 그것을 읽었다. 명령서의 문장은 지극히 간단명료했다. 출감일은 사흘 뒤, 출감 시각은 자정, 어떤 종류의 지참물도 없이 맨몸으로 1번 출구로 나와 대기하라는 것이었다.

메일을 읽고 나서 나는 한동안 꼼짝도 할 수 없었다. 특별한 기쁨이나 감흥 같은 건 없었다. 막막하고 먹먹한 느낌 때문에 잠시 눈을 감고 앉아 있었다. 아무 생각도 떠오르지 않았다. 소음이 완벽하게 제거된 공간, 눈을 뜨자 한없이 협소하고 단조로

운 수감실이 이전과 판이한 모습으로 나를 에워쌌다.

테이블, 컴퓨터, 간이침대.

지난 7219일 동안 내가 수감 생활을 한 다섯 평 공간은 일종의 캡슐이었다. 슬라이딩 도어 옆에 1인용 욕실이 있어 목욕을 하기 위해 밖으로 나갈 필요도 없었다. 놀라운 일이지만 이곳에 들어온 이후 나는 지금까지 단 한 차례도 밖으로 나가 본 적이 없다. 7219일 동안 고스란히 이 좁은 공간에서 오직 책만 읽으며 생활해 온 것이었다. 20년 가까운 세월이 흘러 이제 서른세 살이 되었지만 그런 것에 대한 감회나 감흥 같은 건 털끝만큼도 없었다. 나이란 그것을 비교할 대상들이 있는 사회에서나 써먹는 것 아닌가.

출소 명령서를 읽고 나자 비로소 나이에 대한 궁금증이 일기 시작했다. 그것을 도대체 어떤 상황에 어떻게 써먹어야 하는지를 나는 전혀 경험해 본 적이 없었다. 나는 열세 살에 독서형무소에 들어왔고, 그 전까지 학교에도 다니질 않았다. 그러니 나이 같은 걸 비교하거나 써먹을 기회가 있을 리 없었다. 나를 낳다가 심장마비로 세상을 떠난 엄마, 그리고 내가 형무소로 들어오기 직전에 자살해 버린 아버지의 나이가 몇인지도 나는 모른다. 기억하지 못하는 게 아니라 나이에 관해 단 한 차례도 대화를 나눠 본 적이 없었기 때문에 아예 정보가 없는 것이다. 정보가 없다는 것, 그건 존재하지 않는 것과 하등 다를 바 없는 것이다.

오전 내내 나는 넋 나간 사람처럼 시간을 보냈다. 6개월 전에 대출받은 책 여섯 권이 테이블 위에 올려져 있었다. 하지만 그것이 나의 눈에는 오래된 빵처럼 한없이 낯설고 딱딱하게 보였다. 나는 마치 책을 처음 보는 사람처럼 망연한 눈빛으로 그것들을 내려다보았다. 아무런 감흥이 느껴지지 않았다. 기억을 되짚어 보니 책을 읽지 않은 지도 어느덧 6개월이 지나 있었다. 물론 독서를 거부한 건 일종의 시위였다. 시위를 시작하기 전까지 나는 하루에 네 권에서 다섯 권의 책을 읽었다. 오랜 세월의 독서를 통해 터득한 요령으로 속독은 물론 자료의 요약-정리-활용 기술까지 익혀 책으로 요리를 하듯 진지한 시간을 보낸 것이었다. 그리고 형무소 측에서 공시하는 사건 자료를 섭렵한 뒤 그들이 원하는 대중 세뇌용 문서를 작성해 주었다.

대중 세뇌용 문서 작성, 그것이 형무소 생활에서는 가장 힘겹고 곤욕스러운 일이었다. 하지만 형무소 측에서는 그것이 가장 보람된 일이라고 기회 있을 때마다 수감자들을 세뇌했다. 그것의 중요성을 반영하듯 수감자가 작성한 문서는 치밀한 검열 과정을 거쳤고, 세뇌의 효과가 없는 내용이라고 판단되면 가차 없이 소거되었다. 형무소 측에서 원하는 세뇌용 문서의 주제는 시종일관 '희망'과 '질서'였다. 그것은 영원히 변하지 않을 불멸의 주제였다. 그것이 세상을 유지하고 인간을 다스릴 수 있는 가장 효과적인 양식이라고 그들은 믿고 있었다. 실제로 그들이 원하는 대로 세상이 다스려지고 있었기 때문이다.

채택된 세뇌용 문서는 육체적인 삶을 사는 사람들의 세상에 온갖 형식으로 재가공되어 배포된다. 여기에는 글로 쓸 수 있는 모든 종류가 망라돼 있다. 장르는 수감자 스스로 선택하여 칼럼, 사설, 콩트, 평론, 시, 소설, 만화, 시나리오, 희곡, 가사, 카피, 판타지 등등 종류를 불문하고 주제에 걸맞으면 배포의 대상으로 채택될 수 있다. 그렇게 만들어진 문서들을 교과서, 신문, 잡지, 방송, 인터넷, 영화, 연극, 휴대폰 등으로 전파하여 사람들을 지속적으로 세뇌하는 것이다. 절망과 무질서에 대한 엄두를 내지 못하게 만드는 것, 그것이 바로 그들이 원하는 세상을 가꾸어 나가는 가장 효과적인 방식이기 때문이다. 참으로 어처구니없는 일이지만, 나는 그 거대한 허구의 체계를 오래전에 간파했으면서도 그것에 종사하며 살았다. 산다는 건 그렇게 앞뒤가 맞지 않는 모순의 연속이 아니던가.

채택된 세뇌용 문서를 작성한 수감자들에게는 일정한 포상 점수가 주어지고 그것은 본능적 욕구 해소를 위해 공식적으로 사용할 수 있는 화폐 가치를 지니게 된다. 누적된 포상 점수로 술, 담배, 여자를 살 수 있는 것이다. 당근에 길들여진 수감자들은 포상 점수를 받기 위해 기를 쓰고 세뇌용 문서를 작성한다. 하지만 그것이 얼마나 무서운 당근인지를 아는 수감자들은 스트레스와 양심의 가책을 줄이기 위해 술, 담배, 여자를 사지 않고 철저하게 금욕적인 생활을 하기도 한다. 독서를 하고, 세뇌용 문서를 작성하고, 그 대가로 얻어지는 보상이 술, 담배, 여자라는 것, 그것이 바로 지식의 잉여물이라는 속일 수 없는 사실 때문에 괴로워하는 수감자들도 더러 있는 것이다.

세뇌용 문서 작성만 빼면 독서형무소에서의 생활에는 아무런 통제가 없다. 책을 읽든 말든 그것조차도 형무소 측에서는 간여하지 않는다. 그래서 수감실 안에서는 온전한 자유를 누릴 수 있다. 교도관을 볼 기회도 없고 다른 수감자들과 대화를 나눌 기회도 없다. 식사, 의복, 대출 의뢰한 책들은 모두 형무소 내부의 벨트 라인을 통해 반입구 앞으로 전해지기 때문에 슬라이딩 도어를 열 필요도 없다. 수감 생활에 대해 탄원이 필요할 경우 형무소 내의 전산망을 이용해 탄원서를 제출하고, 받아들여지면 '완전한 지식'과 메신저로 대화를 할 수 있다. 완전한 지식, 그것이 형무소장에 대한 일반적 호칭이다.

6개월 전, 나는 출감을 희망한다는 장문의 탄원서를 형무소 측에 제출했다. 내가 살아 있는 생명체라는 사실을 자각하기 위해 이제는 육체적 경험이 필요하다는 것이 탄원의 주된 내용이었다. 그러기 위해 나는 출감을 원하고, 세상으로 나가게 되면 뭔가 나의 지식을 활용하는 일을 하며 살고 싶다고 했다. 요컨대 나의 뇌가 더 이상 독서형무소 생활을 유지할 수 없는 상태로 변해 버렸다는 걸 강조한 것이다. 간단히 말해 절망과 무질서 속에서 살고 싶어졌다는 것.

탄원서를 제출하고 한 달쯤 지난 어느 날 자정 무렵, 나는 완전한 지식과 메신저로 대화하라는 통보를 받았다. 그것이 완전한 지식과 나눈 첫 번째 대화였다. 완전한 지식은 자신과 나누는 대화에는 아무런 통제나 감시나 방해가 없으니 허심탄회하게 의견을 말하라고 했다. 지식으로 삶을 영위하는 존재들의 대화에는 일말의 장애도 발생해서는 안 된다는 게 자신의 견해라고 그는 몇 번씩이나 강조했다. 그래서 나는 조금도 망설이지 않고 사뭇 도전적인 어조로 물었다.

—어째서 소장님은 완전한 지혜가 아닌 완전한 지식입니까?

나의 물음에 그는 잠시 침묵을 지켰다. 그러다가 일사천리로 다음과 같은 문장을 모니터에 띄웠다.

—인간은 완전한 지혜를 얻을 수 없다. 개인이 얻을 수 있는 경험의 영역이 제한적이기 때문이다. 그러니 오직 지식을 통해서만 인간은 보편적인 삶을 얻을 수 있고, 각자의 경험을 집적해 인류 전체의 지혜로 활용할 수 있을 뿐이다. 그것을 위해서는 역사적인 증류 과정도 필요하다. 그것 이외에 개인들이 개별적인 방식으로 얻었다는 지혜는 과학적으로 신뢰할 만한 게 못 된다. 그러니 완전한 지혜라는 말은 개인적인 삶에 결코 적용할 수 없는 것이다.

—지식은 지혜의 밑거름일 뿐입니다. 지혜를 얻을 수 없는 지식은 허망한 정보의 나열에 불과합니다. 독서형무소에서 오직 책을 읽으며 내가 터득하고 깨달은 것, 그것이 지금은 나에게 지혜의 필요성을 강조하고 책을 통한 지식의 습득을 물리치

게 하고 있습니다. 이런 상태로 어떻게 수감 생활을 계속할 수 있겠습니까?

—지식을 습득하고 그것으로 삶을 영위하는 사람답게 과학적인 언어로 말하라. 지혜란 일종의 망상이다. 그것이 있다고 설파하거나, 그것을 터득했다는 인간들은 어디 있는가. 그들은 현실 체계에 적응하지 못하고 도태된 인간들일 뿐이다. 지혜를 어떤 방식으로 증명할 수 있는가?

—그럼 완전한 지식은 증명이 가능하다고 생각합니까?

—물론이다. 그것은 정보처리만으로도 얼마든지 가능하다. 겪어 봐서 알겠지만 독서형무소에서 운영하는 정보처리는 이 세계를 합리적으로 운영하고 인간들의 삶을 풍요롭게 만들기 위한 것이지 통제나 감시를 하기 위한 것이 아니다. 오직 지식에 대한 활용과 그것을 응용한 지적 생활만이 인간을 인간답게 만드는 유일한 방법이라는 걸 잘 알지 않는가?

—그렇다면 나도 이제 지식을 활용해 육체적인 삶을 살고 싶습니다. 그동안 이곳에서 내가 읽은 책이 몇만 권인지 데이터베이스에 기록되어 있으니 잘 알 것 아닙니까? 설마 그 정도로 부족하다는 말을 하려는 건 아니겠죠?

—책을 얼마나 읽었느냐가 중요한 게 아니다. 보다 중요한 건 지식과 육체적인 삶이 근본적으로 조화를 이룰 수 없다는 것이다. 참으로 무서운 일이지만 육체의 본능이 지식을 이기기 때문이다. 그것이 바로 우리가 독서형무소를 운영하는 이유이기

도 하다. 그러니 육체적인 삶에 대한 유혹을 물리치고 지금처럼 독시형무소 생활을 계속 유지하는 게 어떻겠는가?

—이렇게 책만 읽으며 살다 죽는 삶이 도대체 무슨 가치가 있습니까? 나의 의식은 이미 모든 지식을 하나로 녹여 버리는 임계점에 이르러 어떤 책을 읽어도 차별성을 느끼지 못합니다. 오히려 지식의 이면을 읽고, 지식의 허구를 읽고, 지식의 망상을 엿볼 뿐입니다. 인간들이 만들어 낸 저 끔찍스러운 의식의 똥통에서 벗어나 육체의 언어를 살갗으로 느끼며 살고 싶습니다. 살이 찢어져도 좋고 뼈가 부러져도 좋습니다. 통증을 모르는 삶은 죽음과 다를 바 없고, 고뇌를 모르는 삶은 허깨비와 다를 바 없습니다. 그러니, 제발!

—육체적인 삶의 세계가 얼마나 끔찍스러운지를 몰라서 그렇게 말하는 것이다. 여기를 떠나 육체적인 삶의 세계로 돌아간 뒤에는 다시 돌아오고 싶어도 돌아오지 못할 것이다. 피 흘리고 뼈가 부러지는 것이 진정한 삶이라고 생각하는 건 문학적 수사에 불과하다. 육체적인 세계에는 오직 소모와 쟁투와 고통이 충만할 뿐이다. 그래도 생각을 바꾸지 않겠는가?

—여기서 책을 읽으며 시간을 소모하는 게 나에게는 피 흘리고 뼈가 부러지는 육체적인 삶보다 더한 고통입니다. 나의 뇌는 더 이상 지식을 분석하고 요약하고 정리하고 활용하지 않습니다. 그런 상태로 이곳에 계속 남아 있는 게 무슨 의미가 있겠습니까. 이곳을 무덤으로 만들 생각이 아니라면, 제발!

그게 끝이었다. 너무나 간곡한 어조로 말했음에도 완전한 지식과의 대화는 거기서 단절되고 말았다. 그는 "재고!"라는 말을 남기고 일방적으로 퇴장해 버렸다. 완전한 지식을 지닌 존재가 어떻게 대화도 마무리 짓지 않고 그런 식으로 사라질 수 있단 말인가. 참으로 오랜만에 분노가 치밀어 나는 두 주먹을 불끈 쥐었다.

출소를 하면 어디로 가나.

나는 벽에 등을 기대고 앉아 골똘한 표정으로 허공을 올려다보았다. 출소를 그토록 절박하게 원했지만 나에겐 돌아갈 집이 없었다. 하지만 그런 건 나를 슬프게 하지 않는다. 돌아갈 집이 있다 해도 나는 그곳으로 돌아가지 않을 것이다. 어릴 때부터 나는 세상 모든 것이 허구라는 사실을 알고 있었다. 가정도 허구이고, 가족도 허구이고, 나도 허구라는 것. 딱 부러지게 설명하긴 어렵지만 나는 일곱 살 때 이미 그걸 알아 버렸다. 그래서 아버지에게 물었다.

"사람과 로봇은 뭐가 달라요?"

"사람과 로봇을 어떻게 비교하냐? 로봇은 기계잖아."

아버지는 내 질문의 요지를 이해하지 못했다. 하지만 아버지만 그런 게 아니었다. 다른 사람들도 모두 아버지와 비슷한 생각을 하고 있었다. 로봇은 사람이 아니기 때문에 로봇이고, 사람은 로봇이 아니기 때문에 사람이라는 것. 그렇게 단순한 이분법으로 사람들은 세상을 살고 있었다. 세상 모든 것이 동일한 것들의 복제이고, 동일한 형식의 되풀이라는 걸 그들은 알지 못했다. 하지만 그들이 그런 사실을 알지 못하는 것처럼 내가 그런 사실을 알게 된 이유를 나는 설명할 수 없었다. 그냥 어느 순간부터인가 모든 걸 저절로 알게 된 때문이었다.

"그럼 로봇은 왜 작동을 멈추나요?"

"그야 사용할 수 있는 에너지가 바닥이 나니까 멈추지. 하지만 충전을 하면 다시 쓸 수 있잖아."

"그럼 사람은 왜 자나요?"

"그야…… 자야 살 수 있으니까. 아니, 자게 만들어져 있으니까."

"사람이 계속 잠을 자지 않으면 어떻게 되나요?"

"그야…… 죽겠지. 안 자고 살 수 있는 사람이 어디 있어?"

"사람이 하루에 한 번씩 잠을 자는 것도 로봇이나 휴대폰처럼 충전을 하는 거 아닌가요?"

아버지는 심각한 표정으로 나를 노려보았다. 그리고 며칠 뒤, 몇 군데 병원을 데리고 돌아다니며 지능검사를 하고 상담을 받게 했다. 결과가 어떻게 나왔는지 모르겠으나 그날 이후 아버지는 나를 밖으로 나가지 못하게 했다. 그리고 남자 가정교사를 채용하고 그때까지 나하고 놀던 교육용 로봇을 폐기 처분했다.

열세 살이 될 때까지 나는 집에서만 교육을 받았다. 선생은 특별한 가르침 없이 내가 읽어야 할 책들을 공급했고, 책의 내용 중에 이해를 할 수 없거나 궁금한 것들을 질문하게 했다. 하지만 나는 그에게 거의 질문을 하지 않았다. 그가 나를 가르치는 일에 별다른 열정이나 애정이 없음을 나는 이미 눈치 채고 있었고, 그가 나에게 가져다주는 책에 무슨 내용이 담겨 있는지도 제대로 모른다는 걸 간파한 때문이었다. 그는 일류 대학 출신이라고 했지만 그의 뇌와 학문에 대한 열정은 결코 일류가 아니었다. 한마디로 말해 그는 사람을 가르치는 일에 자질이 없는 사람이었다.

어느 날 나는 그에게 처음으로 질문을 던졌다.

"수평과 수직의 차이가 뭔가요?"

"뭐? ……무슨 질문이 그래? 수평은 있는 그대로 수평이고 수직은 있는 그대로 수직이잖아."

"그럼 사람의 인생을 수직과 수평으로 설명해 주세요. 나는 왜 아침에 일어나면 수평으로 누워 있고, 일어난 뒤에는 수직으로 활동하다가 잠잘 때는 다시 수평으로 돌아가나요? 그리고 사람들은 왜 수평으로 태어나 수직으로 성장하고 늙어 죽을 때는 다시 수평으로 돌아가나요? 그런 일들이 하루 단위로 되풀이되고 평생 단위로 진행되는데, 거기에 이유가 없다고 할 수 있나요?"

다음 날부터 그는 집에 오지 않았다. 아버지는 나에게 자초지종을 묻지도 않았고 더 이상 다른 교사를 구해 주지도 않았다. 독서 자문 회사 직원 두 명이 일주일 정도 집을 들락거리며 나를 테스트한 뒤부터 일주일에 10여 권 정도의 책이 집으로 배

달되었을 뿐이다. 어쩌면 그때부터 이미 나는 독서형무소 생활을 시작하고 있었는지도 모를 일이다. 인생 전체의 프로그램이 하루 단위로도 복제되고 되풀이된다는 걸 감안한다면, 내가 살아온 모든 공간이 형무소였다고 해도 지나친 말은 아닐 터이다.

독서형무소에 탄원서를 제출하고 3개월쯤 지난 뒤, 나는 다시 한번 완전한 지식과 대화를 나눌 수 있었다. 그동안 나는 두 번 더 탄원서를 제출했고, 어떤 종류의 책도 읽지 않았고, 일체의 세뇌용 문서 작성을 거부했다. 문서 작성은 강제성이 없었기 때문에 그에 따른 압력이나 물리적인 제재는 없었지만 포상 점수가 누적되지 않으니 술이나 담배나 여자를 구하고 싶어 하는 수감자들에게는 치명적인 애로가 아닐 수 없었다.

예를 들어 바깥세상에서 누군가 유전자 정보를 조작하는 사건을 일으켰다고 치자. 그러면 그것에 관계된 모든 사건 자료가 형무소 전산망을 통해 공시된다. 그것을 보고 수감자들은 경시대회를 하듯 일제히 '질서'와 '희망'이라는 주제를 숨기고, 오직 그것의 세뇌 효과만을 노린 기능적 글쓰기를 진행한다. 유전자 정보 조작이 사회에 미치는 악영향을 전제하고, 그것의 부당성과 비도덕성을 강조하고, 그런 것들이 사라진 세상의 조화로움을 결말로 내세우면 되는 것이다. 요컨대 충격을 주고, 대안을 제시하고, 안도감을 느끼게 하는 간단명료한 구성 방식이다. 그런 식으로 작성한 문서가 채택되면 포상 점수를 얻고 그것으로 자신이 원하는 것을 구하는 비열하고 야비한 거래 방식 — 지식을 악용한 대가로 얻은 포상으로 그들은 스스로를 황폐하게 만들고 있는 셈이었다. 폐암에 걸리거나 알코올중독자가 되거나 성적 변태가 된다 해도 그들이 어떤 방식으로 폐기 처분되는지 알고 있는 사람은 아무도 없었다.

그런데도 독서형무소에서 출감하고 싶어 하는 사람은 거의 없었다. 어처구니없게도 독서형무소로 입소하는 사람들은 날이 갈수록 폭발적인 증가 추세를 보였다. 형무소 측에서는 그것을 내세워 수감자들이 선택받은 인생을 사는 존재들이라고 누차 세뇌했다. 독서형무소의 기능이 이처럼 활성화된다면 어딘가에 제2, 제3의 독서형무소가 만들어지고 있을 게 불을 보듯 뻔했다. 하지만 그런 대세를 무시하고 나처럼 출감을 위해 시위를 하는 수감자가 있으니 형무소장의 입장에서도 마음이 편할 수만은 없을 터였다.

나는 "재고!"의 산물로 완전한 지식과 두 번째 대화를 할 수 있으리라 기대했다. 하지만 돌아온 것은 대화가 아니라 야비한 협박이었다. 나름대로 나를 무력화할 근거를 찾고, 그것을 내세워 나의 출감 요구를 고사하려는 의도가 너무나도 확연하게 느껴졌다. 완전한 지식은 나의 기억을 문제 삼는 말로 운을 뗐다.

— 너는 독서형무소에서 20년 가까운 세월을 보냈다. 네가 이곳에 온 게 열세 살 때였고 지금은 서른셋이 되었다. 시간상으로는 20년이지만 지금 너의 기억 속에 남아 있는 경험들의 총합

은 불과 세 시간 동안 겪은 일만도 못하다. 네가 태어날 때 엄마가 사망했기 때문에 엄마에 대한 기억도 없고, 학교에 다니지 않았기 때문에 친구들에 대한 기억도 없다. 오직 한 가지, 아버지에 대한 기억만이 액자처럼 남아 있는데 그것에도 구체성이 없다. 아버지하고 같이 산 게 13년 3개월이지만 뇌리에 각인된 기억의 총합은 일주일 분량도 되지 않는다. 다시 말해 아버지에 대해 10분 정도도 언급할 자료가 없는 것이다.

—정보나 자료가 없다고 감정까지 없는 건 아닙니다. 아버지에 대해 나는…….

—근거가 부족한 자료는 활용 가치가 없다. 네 아버지가 총통을 살해한 시해범이라는 꼬리표가 남아 있는데 육체적인 삶을 사는 세상으로 나가서 어떻게 견딜 셈인가. 육체적인 삶을 사는 사람들의 뇌리에 너는 끔찍스러운 시해자의 자식으로 각인돼 있다. 그런데 어떻게 온전한 정신으로 살아갈 수 있겠나. 네가 육체적인 세상으로 출감할 경우 마약중독자가 되거나 분을 이기지 못해 범죄자가 되거나 모든 걸 자포자기하고 자살을 선택할 가능성이 매우 높다는 분석 결과를 우리는 가지고 있다. 요컨대 너는 육체적인 세상을 감당할 만한 내구성이 없는 존재란 뜻이다.

—기억의 총량이 적다는 게 오히려 유리하게 작용할 수도 있습니다. 그 증거로 나는 아버지에 대해 아무런 정신적 상처도 갖고 있지 않습니다. 사실을 있는 그대로 저장한 간단명료한 정

보가 있을 뿐입니다. 경호실장이었던 아버지가 총통을 살해했다는 사실이 나와 무슨 상관이 있습니까. 그것은 나에게 상처도 아니고 콤플렉스도 아닙니다. 나는 아주 어릴 때부터 아버지와의 관계에 별다른 개연성을 부여하지 않았습니다. 그저 같은 집에 사는 동거인 이상의 의미를 부여한 적이 없었다는 뜻입니다. 아버지도 그렇게 살았고 나도 그렇게 살았습니다. 그런데 이제와서 과거가 미래를 결정한다는 논거를 제시하니 그게 말이 됩니까?

—아무리 무관하다고 주장해도 기호학적으로 너는 '총통 시해범의 자식'이라는 상징적 멍에를 벗어던질 수 없다. 그 사건이 발생한 이후 우리 형무소에서는 무려 10년 동안이나 사람들을 세뇌시키는 문서를 계속 작성했다. 네가 아버지의 그림자를 아무리 부정하려 해도 그것은 평생 지워지지 않는다. 네 아버지의 범죄 행위를 환기시키는 상징적 존재로 네가 사람들의 뇌리에 각인돼 있기 때문이다. 그런 너를 사람들이 온전하게 대할 것 같은가?

—사람들로부터 어떤 대우를 받게 될 것인지, 나는 그런 것에 일말의 관심도 없습니다. 내가 독서형무소를 벗어나고자 하는 이유는 오직 하나, 종이의 질감만으로 사는 허구적인 삶을 벗어나 피와 땀으로 구성된 동적인 삶을 살고 싶기 때문입니다. 그런데 고작 아버지를 내세워 출감을 불허한다면 그것을 어떻게 완전한 지식의 결정이라고 할 수 있겠습니까? 완전한 지식

이란 사방팔방으로 열려 있는 가치 체계, 지금 내가 하고 있는 생각을 완전하게 이해할 수 있는 다면성을 지녀야 한다고 생각합니다. 그게 아니라면 내가 어떻게 소장님을 완전한 지식의 소유자로 믿을 수 있겠습니까?

결국 그날의 대화도 결론 없이 끝이 나고 말았다. 하지만 첫 번째와 달리 완전한 지식은 한동안 침묵을 고수하다가 슬그머니 퇴장했다. 나름대로 뭔가 숙고하는 분위기가 모니터상으로도 확연하게 느껴졌다. 하지만 대화를 끝낸 뒤부터 나는 왠지 모를 불안감에 휩싸여 오랜 시간 동안 불안정하게 실내를 어정거렸다. 완전한 지식이 까마득히 잊고 있던 아버지 문제를 거론한 때문이었다. 뿐만 아니라 아버지라는 존재가 나에게 아무런 정신적 상처도 아닌데 그것이 상처라고 강조하며 출감을 방해하려는 그의 저의가 분명하게 느껴진 때문이었다.

아버지는 그냥 나와 가장 가까운 지점에 살았던 사람 혹은 로봇일 뿐이었다. 혈연이라든가, 부자지간의 정 같은 걸 나는 모른다. 아버지도 나에게 그런 걸 주려 하지 않았고 나 또한 그런 걸 받고 싶어 하지 않았다. 그러니 아버지가 총통을 시해하고 세상이 뒤집히고 나의 인생이 창졸간에 공중으로 날아올랐을 때에도 나는 눈 한번 깜짝하지 않았다. 그런 사건 자체가 나의 눈에는 홀로그램이나 시뮬레이션이나 정신병자들의 역할 연기처럼 보인 때문이었다. 도무지 실제라는 느낌이 들지 않았던 것이다.

내가 기대를 걸 수 있는 건 오직 완전한 지식의 자존심밖에 없었다. 내가 마지막으로 던진 말, "완전한 지식이란 사방팔방으로 열려 있는 가치 체계"라는 말에 그가 심각한 자극을 받았기를 나는 원했다. 아마도, 십중팔구…… 하고 나는 혼자 저울질을 했다. 그가 완전한 지식과 무관한 존재라는 걸 이미 오래전부터 간파하고 있었기 때문이다.

수감자 중에 형무소장을 만나 본 사람이 몇이나 되는지 모르겠지만 나는 꼭 한번 그를 대면한 적이 있다. 그가 내 수감실로 직접 찾아온 적이 있었기 때문이다. 실내에 10와트 정도의 푸른 보안등만 밝혀진 상태였지만 몸집, 동작, 음색만으로도 나는 그의 인간적 전모를 단박에 간파할 수 있었다. 한마디로 말해 그는 철저하게 꾸며진 인물이었다. 자신에게 주어진 역할에 취한 탓이겠지만 완전한 지식의 기운은커녕 하찮은 지식의 기운도 그의 몸에는 배어 있지 않았다. 마지막 순간에 내가 그를 자극한 이유는 바로 그것이었다. 이중적인 인간들은 의식이 스펀지 같아서 모든 것을 순식간에 빨아들인다. 특히 자신의 결점을 자극하는 경우, 밤잠을 못 자고 대책을 강구하는 경향이 있는 것이다. 다름 아니라 총통을 시해한 내 아버지가 그랬으니까.

총통의 경호실장. 그것이 권총 자살을 하기 직전까지 내 아버지가 누린 최고의 권력이었다. 하지만 총통의 경호실장 노릇을 한 것은 고작 3개월에 불과했다. 그가 맡은 직책은 날아가는 새도 떨어뜨릴 만큼 엄청난 것이었지만 그가 권력을 누린 시간은 봄볕처럼 짧았다. 천신만고 끝에 라이벌을 물리치고 경호실장 자리에 올랐지만 바로 그 라이벌의 대응으로 3개월 만에 자리를 박탈당할 위기에 처했다. 그러자 아버지는 술자리에서 아무런 망설임 없이 권총을 꺼내 총통의 머리통에다 다섯 발을 박아 버렸다. 그리고 피가 튄 와이셔츠 차림으로 집으로 달려와 잠자는 나를 깨워 딱 한마디를 했다.

"평생 이 눈치 저 눈치 다 보고 살았는데…… 이번에는 단번에 결정했어! 아무것도 망설이지 않고 순수한 마음으로 그냥 죽여 버렸다구!"

나는 눈을 게슴츠레하게 뜬 채 건성으로 아버지의 말을 들었다. 자다가 일어났기 때문에 무슨 말을 하는 건지 도무지 알아들을 수 없었다. 코냑 병을 입에 물고 벌컥거리던 그가 문득 눈물을 글썽이며 미안하다, 하고 표정을 일그러뜨렸을 때에도 나는 그저 멀뚱한 눈빛으로 그를 지켜보기만 했다. 그 볼썽사나운 모습이라니, 누군가 신경질적으로 구겨 버린 폐휴지 같았다. 순간, 나의 내면에서 저런 바보! 하는 말이 천둥소리처럼 울려 퍼졌다.

몇 시간 뒤, 나는 집으로 쳐들어온 일단의 군인과 경찰들 때문에 다시 잠에서 깨어났다. 하지만 그때는 이미 아버지가 소음기가 달린 권총으로 자신의 머리통을 날린 뒤라서 소란은 오래 지속되지 않았다. 의료진과 구급대원들이 아버지의 시신을 살

피고 들것에 옮겨 구급차로 실어 가자 나머지 군인과 경찰들도 바람처럼 사라져 버렸다. 참으로 이상한 일이었지만 어느 누구도 나에게 말을 걸지 않았다. 심지어 아버지가 몇 시에 집으로 왔느냐, 무슨 말을 했느냐, 그런 것도 묻지 않았다. 물었더라면 아버지가 했던 말을 그대로 들려줬을 텐데 정말 아쉬웠다.

"평생 이 눈치 저 눈치 다 보고 살았는데…… 이번에는 단번에 결정했어! 아무것도 망설이지 않고 순수한 마음으로 그냥 죽여 버렸다구!"

단언하건대 그것이 아버지가 살아생전 했던 말 중 가장 명쾌한 것이었다. 그래서 나는 아버지의 죽음이 그것으로 명분을 얻었다고 생각했다. 뿐만 아니라 그것으로 아버지의 운명이 완성되었다고도 생각했다. 그런 의미에서 아버지가 일으킨 시해 사건은 아버지의 본질과 무관한 것이었다. 아버지는 다만 자신에게 주어진 역할과 연기에 몰입한 우직하고 충실한 로봇이었을 뿐이다. 더 이상 무슨 사족을 달겠는가.

군인과 경찰이 모두 사라지고 난 뒤에 나는 텔레비전을 켰다. 그리고 냉장고에서 콜라와 빵을 꺼내 먹으며 모든 채널을 장악한 임시 편성 방송을 지켜보았다. 총통의 죽음과 애통해하는 국민들, 그리고 나라를 걱정하는 '척하는' 인사들이 나와서 온통 비통한 표정으로 각자의 연기에 몰입하고 있었다. 나는 침통한 표정을 지으려고 기를 쓰는 방송 진행자들의 표정을 보다가 입에 머금고 있던 콜라를 브라운관으로 내뿜고 말았다. 그러자 브라운관이 한없이 지저분한 눈물을 줄줄 흘리며 화면에 떠 있는 인물들을 너욱 우스꽝스럽게 만들었다. 그래서 나는 먹기를 그만두고 거실 바닥을 나뒹굴며 미친 듯 웃어 대기 시작했다.

"아, 저 바보들, 정말 코믹해!"

총통의 장례식이 끝나자 세상의 분위기가 완연히 달라졌다. 애도 방송이 끝난 직후부터 텔레비전 화면에 아버지의 얼굴이 자주 나타나기 시작했다. 아버지 얼굴만 나온 게 아니라 아버지를 잘 안다고 주장하는 사람들도 빈번하게 출연했다. 아버지가 무술 고단자였고 특공 부대장 출신이었을 뿐만 아니라 평소 성격이 포악했다고 진술하는 사람이 있는가 하면, 높은 사람에게는 한없이 약하게 굴고 자신보다 낮은 사람에게는 한없이 강하게 구는 전형적인 이중인격의 소유자였다고 진술하는 사람도 있었다. 한 번 마음먹은 일은 반드시 성취하고 마는 집요함을 지닌 인물이었다고 진술하는 사람도 있었다. 바로 그런 성격이 총통 시해로 직결되었을 것이라고 그들은 단정 지었다. 나는 텔레비전을 보다가 이렇게 혼잣말을 했다.

"그래, 맞아. 처음부터 다 정해져 있었던 거야. 그런데 이제 와서 그런 뒷말을 하면 뭐 해."

그러던 어느 날, 내가 아는 사람이 화면에 나타났다. 나의 가정교사였던 인물, 사람 가르치는 자질이라곤 털끝만큼도 없던 멍청이가 대단히 심각한 표정으로 자신이 나에게 개인 교습을 했다는 진술을 하는 것이었다. 한마디로 말해 문제가 많은 아이 같은 인상을 받았다, 하고 그 멍청이는 우쭐한 표정으로 지껄여 댔다. 뿐만 아니라 어린 시절, 아버지가 나를 데리고 지능검사와 상담을 받으러 갔던 병원의 원장까지 출연해 나에 대해 묘한 언급을 했다. 그는 내가 비정상적일 정도로 머리가 좋지만 심각한 자폐 증상을 지니고 있어 자신을 노출하는 걸 극도로 꺼린다고 말했다. 그래서 아버지가 학교를 안 보냈을 것이며, 그것이 바로 가정교사를 붙여 홈스쿨링을 하게 된 주원인이었을 거라는 분석까지 덧붙였다. 거기서 그친 게 아니라 엄마의 친구라는 여자들까지 등장해 엄마가 전국 고등학생 퀴즈 대회에서 왕 중 왕으로 뽑혀 대학 4년을 장학생으로 다니고 해외 연수까지 다녀왔다는 말을 했다. 물론 내가 전혀 모르고 있던 얘기였다. 「총통 시해 사건이 남긴 문제」라는 프로그램에 출연한 한 정신병원의 원장은 너무나도 심각하고 염려스러운 표정으로 나에 대해 이런 발언을 했다.

"그 아이의 지능이 그렇게 뛰어나고 자폐 증상까지 있다면 이번 일로 받았을 충격이 엄청날 것입니다. 만약 그 아이를 특별 관리하지 않고 그대로 방치해 둔다면 주변을 돌아다니며 무슨 일을 저지를지 모릅……."

그 순간, 출입문을 걷어차며 흰 가운에 마스크를 착용한 남자 넷이 집 안으로 들이닥쳤다. 앞에 섰던 두 명이 몸을 날려 나를 덮쳤기 때문에 반항하고 자시고 할 겨를도 없이 나는 단박에 포박당하고 말았다. 그들은 나의 눈을 가리고 입에 재갈까지 물렸다. 그런 뒤 지퍼가 달린 자루에 쑤셔 넣어 호송차에 실었다. 그것이 세상에 대한 나의 마지막 기억이었다. 그때 실려 간 곳이 독서형무소였고, 3년 동안의 개별 교화 과정을 거쳐 나는 가까스로 일반 수감자로 분류될 수 있었다. 물론 교화 과정에서 철저하게 나를 은폐한 결과였다. 내가 만약 있는 그대로 나 자신을 노출했다면 열세 살 이후의 내 삶이 어떻게 변했을지는 나로서도 상상하기 어렵다. 교화관 중 한 사람은 나에게 이런 말을 하기도 했다.

"새로운 총통이 너에게 관심을 갖지 않았다면 넌 네 아버지 뒤를 따라야 했을 거야. 하기야, 네 아버지 덕분에 총통이 됐으니 그런 은덕을 베푸는 것도 무리는 아니겠지."

하루 여덟 시간씩 나는 3년 동안 교화 교육을 받았다. 50분 교육에 10분 휴식의 시스템으로 그들이 집요하게 되풀이한 교육의 요체는 한마디로 말해 '뇌 길들이기'였다. 그들은 그것을 전인교육이라고 불렀지만 서로 다른 모든 교과목의 이면에 감추어진 불멸의 주제는 변함없이 '희망'과 '질서'였다. 심지어 체육과 음악을 가르치면서도 그들은 그것을 강조했고, 그것을 벗어나면 '반칙 행위'나 '불협화음'이라는 단어로 나를 제재했다. 그래서 수료할 무렵 나의 뇌는 거의 자동적으로 기능하게 되었고, 교화관들의 질문에 기계적인 답을 척척 해 대는 완전한 로봇이 되었다.

교화관 인간은 무엇인가?

나 희망의 주체입니다.

교화관 인생은 무엇인가?

나 질서의 심화 과정입니다.

교화 기간 동안 나는 그들의 가르침과 별도로 혼자서 연기술을 터득했다. 그들이 진행하는 교화 교육의 강도가 높아질수록 나의 연기력도 탁월해져 모든 과정을 수료할 무렵에는 교화관들이 머리를 쓰다듬어 주거나 어깨동무를 해 주는 등 어여쁜 로봇 대접을 받을 수 있었다. 그럴 때마다 나의 내면에서는 이상한 붕붕거림이 들려왔다. 처음에는 무슨 소리인지 잘 알아들을 수 없었지만 어느 정도 시간이 지난 뒤부터 그것이 일정한 문장의 되풀이라는 걸 알아차릴 수 있었다.

—진실은 입이 더러워, 진실은 입이 더러워, 진실은 입이…….

3년 동안의 교화 기간 중 나를 괴롭게 만든 또 한 가지 교육 과정이 있었다. 그것은 바로 사랑에 대한 주입식 교육이었다. 사랑이라는 말을 나는 머리로도 몸으로도 이해할 수 없었다. 뿐만 아니라 교화관들은 그것을 명쾌하게 보여 주지도 못하고 느끼게 해 주지도 못했다. 날이면 날마다 사랑이 세상 최고의 가치라고 치켜세웠고, 그것을 마음에 지니고 살아야 한다고 침을 튀겼고, 그것이 없으면 짐승과 다를 바 없다고 으르렁거렸을 뿐이다. 보이지도 않고, 느껴지지도 않고, 이해할 수도 없는 것을 마음에 지니고 살아야 한다니 아마도 그들이 나에게 마술을 가르치려는 모양이다, 하고 나는 생각했다. 하지만 날이 가고 달이 가도 그들이 똑같은 말을 오직 입으로만 되풀이하는 걸 지켜보며 나는 그것이 말도 되지 않는 '뻥'이라고 단정했다. 그래서 어느 날 키가 작고 끔찍스럽게 못생긴, 그러니까 그들이 말하는 추상적 개념으로서의 '사랑'을 적용해 말하자면 단 한 번도 사랑을 받아 보지 못했을 것 같은 여자 교화관에게 단도직입적으로 물었다.

"교화관님, 사랑이 뭐죠?"

"이런! 지금까지 도대체 뭘 배웠어?"

"교화관님마다 말씀하시는 요지가 다른 것 같다는 생각이 들어서 드린 질문입니다."

"흠, 그래, 그럴 수도 있을 거야. 당연히 그럴 수 있지. 사랑이란 게 워낙 넓고 크고 높은 거니까 말이야. 그럼 내가 아주 명쾌하게 설명해 주지. 사랑이란…… (잠시 눈을 감고 황홀한 표정으로 서 있다가 이윽고 눈을 뜨고 허공을 올려다보며) ……그래, 사랑이란 서로 좋아하고 아껴 주고 감싸 주는 거야. 그런 게 진정한 사랑이지."

나는 하마터면 웩, 하고 오장육부 뒤집히는 소리를 낼 뻔했다. 하지만 그녀의 말을 듣고 나는 최초로 그들이 말하는 사랑이 뭔지 어느 정도 감을 잡을 수 있었다. 요컨대 그들이 말하는 사랑이란 터무니없는 감정 과잉과 근거 없는 오버액션의 총화였다. 좋다는 이유로 상대방에게 정도 이상의 관심을 보이고 육체적인 구속을 행사한다는 게 말이나 될 일인가. 하지만 나는 내 생각을 입 밖에 내지 않았다. 나의 교화 과정이 점수로 환산된다는 걸 알고 있었고, 일정한 점수가 채워져야 교화 과정이 끝난다는 것도 알고 있었기 때문이다. 그래서 아주 진지한 표정으로 이렇게 물으며 사랑에 대한 그들의 맹신을 비웃어 주었다.

"그럼 내가 교화관님을 사랑해도 되나요?"

2

나는 지금 어제와 내일 사이에 있다. 어제 나는 출감 명령서를 받았고 내일 자정이면 형무소를 나간다. 그것을 설레는 마음으로 실감하고 싶지만 제대로 되지 않는다. 실감이란 육체적인 삶을 살아가는 사람들의 전유물이다. 노동을 하고, 땀을 흘리며 살아가는 사람들…… 나는 그런 생활을 영위하는 사람들이 부럽다. 그것이 로봇처럼 살지 않을 수 있는 유일한 인간적 길이라고 생각하기 때문이다. 자급자족하는 삶, 예컨대 ISBN 89-85599-46-1 도서에서 제기한 근본적인 문제의식에 나는 동의하고 싶은 것이다.

가령 한 소년에게 예술과 과학에 대하여 무엇인가를 가르치고 싶다면 나는 그 아이를 어떤 교수가 있는 곳으로 보내는 식의 흔해 빠진 방법은 쓰지 않을 것이다. 그곳에서는 모든 것이 강의되고 실습되지만 삶의 예술은 가르쳐 주지 않기 때문이다.

그곳에서는 망원경이나 현미경으로 세계를 관찰하는 법은 가르치지만 육안으로 세상을 보는 법은 가르쳐 주지 않는다. 화학은 공부하되 자기의 빵이 어떻게 구워지는가는 배우지 않으며, 기계학은 배우되 빵을 어떻게 얻는가에 대해서는 배우지 않는다. 해왕성의 새로운 위성은 발견해 내지만, 자기 눈의 티는 보지 못하며 또한 자기가 지금 어떤 악당의 위성 노릇을 하고 있는지도 깨닫지 못한다. 한 방울의 식초 안에 사는 괴균들은 연구하면서 자기의 주위에서 우글거리는 괴물들에게 자신이 잡아먹히고 있다는 것은 모른다.

나에게 내려진 출감 명령이 완전한 지식을 갖춘 존재의 순수한 이해심에서 우러나온 것일 거라고는 믿지 않는다. 두 번째 대화가 있고 난 뒤부터 나는 더 이상 탄원서를 제출하지 않았다. 물론 책도 읽지 않고 문서 작성도 하지 않으며 지속적으로 시위하는 시간을 보냈다. 하지만 이렇게 쉽게 출감 명령이 떨어질 거라고는 꿈에서도 예상하지 못했다. 한 단계 강화된 시위의 방법으로 나는 단식을 궁리했다. 실제로 출감을 할 수 없다면 굶어 죽는 게 차라리 나을 거라는 생각도 했다. 아무려나 출감 명령에 숨겨진 미스터리는 나를 사뭇 불안정하게 만들었다.

최근 형무소 전산망에 공시되는 일련의 사건들은 세상을 통제하는 일이 갈수록 어려워지고 있음을 여실히 보여 주었다. 예전과 같은 공식화된 세뇌 방식이 이제 더는 세상에 먹히지 않음을 보여 주는 부정할 수 없는 증거였다. 예컨대 권부에서 의결한 사항에 심심찮게 헌법 소원이 제기되고, 국가적 권위와 동등하게 인정받던 대기업의 비리가 폭로되고, 종교인과 교직 종사자들이 정치판으로 뛰어들어 대중 세뇌의 선봉이 무너지는 극적인 장면까지 연출되었다. 뿐만 아니라 흉흉해진 민심을 반영하듯 끔찍스러운 괴담과 어린이 실종 사건이 꼬리를 물고 이어졌다. 설상가상 '희망'과 '질서'라는 고전적 주제 의식을 허물어뜨리는 새로운 개념들, 예컨대 체제 수호의 근간인 정착의 역사를 허물고 유목의 역사를 앞세우는 책들이 쏟아져 상황을 더욱 어렵게 만들었다. 문제는 노골적인 억압과 탄압은 어떤 경우에도 구사될 수 없다는 것, 다시 말해 훨씬 더 진화된 통치 방식과 세뇌 방식이 필요한 시기라는 걸 시국은 웅변으로 보여 주고 있었다.

그런저런 정황으로 미루어 나는 한 가지 가능성을 우려하지 않을 수 없었다. 형무소장이 나에게 달라붙은 아버지의 꼬리표를 문제 삼을 때부터 뇌리를 맴돌던 일종의 음모론이었다. 형무소장이 나의 출감 문제를 현 총통에게 보고했을 가능성이 농후하다는 걸 전제하면, 전 총통 시해자의 아들을 시국 안정의 도구로 삼으려는 음모는 얼마든지 꾀할 수 있을 터였다. 그런 일을 하지 않으면 정치인이 아니고 그런 일이 진행되지 않으면 정치판이 아니다. 문제는 어떤 음모일까 하는 것이지 설마, 그럴 리가…… 하는 우려는 아닌 것이다.

전 총통 시해범의 아들이 돌아왔다면 세상이 시끄러워질 건 불을 보듯 훤한 일, 시해범의 아들이 돌아왔다는 것만으로도 사회적 불안감은 얼마든지 고조시킬 수 있을 것이다. 뿐만 아니라 그것에 발 맞춰 독서형무소에서는 세뇌용 문서 작업에 더욱 박차를 가할 것이다. '전 총통 시해범의 아들이 거리를 활보하는 세상을 우려하지 않을 수 없다', '문제 인물을 그대로 방치한다는 건 우리 사회의 치안 질서를 스스로 포기하는 행위이다' 하는 식의 논조, 어디선가 많이 읽은 것 같지 않은가?

아무려나 그런 논조를 동원하면 육체적인 삶을 살아가는 사람들의 불안감은 순식간에 최고조에 달할 것이다. 뿐만 아니라 낙인찍힌 나의 일거일동은 초미의 관심사가 될 것이다. 단지 그와 같은 상황만으로도 총통 체제는 다시 안정 국면으로 접어들 것이고 체제를 위협하는 모든 시국 사건들은 창졸간에 빛을 잃게 될 것이다. 더 이상 뭘 바라겠는가.

지금 이 시점에서 분명하게 확신할 수 있는 건 오직 한 가지뿐이다. 내일 자정이면 내가 1번 출구를 통해 바깥세상으로 출감한다는 사실! 그들이 어떤 명분으로 나를 내보내느냐 하는 건 내가 간여할 바 아니다. 나를 폐기 처분하기 위해 내보낸다고 해도 어쩔 수 없는 일, 나의 목표가 출감이니 나가서 죽으면 그만이다. 아버지가 총통 시해 사건으로 이중인격의 운명에서 풀려난 것처럼 현재의 나에게는 출감만이 최고의 목표다. 책에 갇혀 살게 된 운명은 책에서 해방되는 순간 완성되는 것, 그것을 위해 나는 형무소장을 완벽하게 기만한 셈이다. 정보처리만으로 세상을 통제할 수 있다고 믿는 형무소장도 내가 출감을 갈망하는 진짜 이유는 꿈에도 모를 테니까.

—완전한 지식이라니, 한심한 지식 같으니!

내가 독서형무소를 출감하려고 탄원서를 제출하게 된 배경에는 한 여자가 있었다. 내 인생에 단 한 번 만난 적이 있는 여자, 그리고 단 한 번 같이 잔 여자였다. 내가 그녀를 만난 건 스물일곱, 그러니까 독서형무소에서 수감 생활을 한 지 14년이 지난 어느 가을날이었다. 그날 저녁 놀랍게도 형무소장이 아무런 예고도 없이 내 수감실을 방문했다. 수감실로 누군가 직접 내방을 한 건 그때가 처음이었다. 푸른 보안등 불빛을 등지고 서서 그는 어둠의 실체처럼 무거운 음성으로 입을 열었다.

"지난번 채택된 「하나의 진정한 의미」라는 자네의 문서를 총통 각하께서 직접 읽고 매우 높이 치하하셨다. 그리고 네가 전 총통 시해자의 아들이라는 보고를 받고는 더욱 놀라고 기뻐하셨다. 체제에 적응하고 기여하는 것만으로도 네 아비가 저지른 잘못을 충분히 대속하는 것으로 보셨다는 뜻이다. 아무리 갈라지고 찢어져도 세상의 본질은 하나요, 우주의 본질도 하나라는 문서의 핵심 내용이 현재 우리 체제의 근간을 정신적으로 더욱 결속하는 힘을 발휘했다는 의미에서 총통 각하께서 몸소 포상을 내리셨다. 오늘 밤, 맘껏 즐겨라."

일방적으로 총통의 치하를 전달하고 형무소장은 수감실을 빠져나갔다. 그리고 10분쯤 지난 뒤 다시 슬라이딩 도어가 열리고 푸른 보안등 불빛 속으로 한 여자가 물결처럼 넘실거리며 들어왔다. 거의 동시에 그녀가 몰고 온 신선하면서도 은은한 향이 실내 공기에 빈틈없이 스며들었다. 난생처음 맡아 보는 향이었다. 조도를 좀 더 높이고 여자의 실체를 분명하게 확인하고 싶었지만 강제 조명 시스템이 작동되는 시간이라 마음대로 밝기를 조절할 수 없었다.

"쉿!"

여자는 입술 중앙에 긴 검지를 가져다 대고 말을 해서는 안 된다는 시늉을 했다. 모든 것이 너무 혼란스럽고 감당하기 어려워 설령 말을 하라고 해도 나는 아무 말도 꺼내지 못했을 것이다. 그런 향, 그런 몸짓, 그런 여자…… 나로서는 모든 것이 처음이었다. 처음이라는 것이 얼마나 두렵고 떨리는 것인지 경험해 본 사람들은 알 것이다. 나처럼 열세 살 때부터 형무소 생활을 한 인간에게는 청천벽력의 순간이 따로 없었다.

내가 극도로 경직돼 있었음에도 여자는 시종일관 미소를 잃지 않았다. 그녀는 자신의 물빛 드레스 자락을 잡고 아주 우아한 동작으로 느린 율동을 보여 주었다. 그리고 나의 얼굴에 드레스 자락을 스치며 한없이 부드러운 촉감으로 은밀한 자극을 주기도 했다. 나는 가까스로 정신을 수습하고 여자를 현실의 대상으로 받아들이려 노력했다. 하지만 아무리 기를 써 봐도 그녀는 나에게 현실의 대상으로 받아들여지지 않았다. 이유가 무엇인가, 나는 미간에 힘을 주고 그녀를 노려보았다. 그 순간, 하나의 단어가 나의 뇌리에 섬광처럼 꽂혔다.

미(美)!

내가 그녀를 비현실적인 존재로 느낄 수밖에 없었던 것은 바로 그 때문이었다. 책에서 읽은 미의 개념을 나는 균형과 반영의 문제로만 이해하고 있었다. 그때까지 나는 어째서 그토록 많은 예술가들이 아름다움에 매몰되고, 그것을 그리려 하고, 아로새기려 하고, 그것도 모자라 침이 마르도록 찬양하는지에 대해서는 심정적으로 이해하지 못했던 것이다. 하지만 그 순간, 그녀의 율동과 아름다운 몸매를 보며 나는 비로소 모든 것을 감지할 수 있었다. 거의 동시에 사랑이란 것도 혹시 이런 감정과 연관된 것이 아닐까, 하는 의구심이 해일처럼 키를 높였다.

걷잡을 수 없는 혼란 속에서도 나는 깊은 집중력을 발휘하기 시작했다. 그러자 그녀가 비로소 동작을 멈추고 낮은 자세로 앉아 침대에 걸터앉은 나를 올려다보았다. 푸르스름한 보안등 불빛 속에서도 그녀의 커다란 눈망울과 높은 콧등, 둥근 이마와 미끈하게 흘러내린 턱선이 한데 어우러져 완벽한 조화를 이루고 있었다.

나는 심장의 박동이 빨라지고 다리가 후들거리는 걸 느꼈다. 순간, 그녀가 다시 몸을 일으켰다. 그리고 몸에 걸치고 있던 드레스 뒷부분의 매듭을 풀어 순식간에 알몸이 됐다. 드레스를 걸치고 있을 때보다 더욱 완벽한 미감에 사로잡혀 나는 숨도 제대로 쉴 수 없었다. 어째서 아름다움이 인간을 자극하고, 어째서 인간이 아름다운 대상을 소유하려 하는지 비로소 이해할 수 있을 것 같았다.

하지만 그날 밤, 나는 그토록 깊은 미적 충격에도 불구하고 그녀를 소유하지 못했다. 그녀의 부드러운 리드와 자극이 오래 지속되었지만 나의 성기는 끝내 발기하지 않았다. 원래 발기가 되지 않는 것인지 지나친 긴장감 때문에 일시적인 부전이 일어난 것인지 도무지 분간을 할 수 없었다. 아무려나 그것은 내가 세상에 태어나 겪어 본 안타까움 중 가장 견디기 힘든 것이었다. 아버지가 자살했을 때에도 그런 안타까움은 느껴 보지 못했다.

그날 이후, 나의 정신적 균형 감각은 완전히 깨어지고 말았다. 관계가 성사되지 않아서가 아니라 그녀에 대한 알 수 없는 집중력에 사로잡혀 아무 일도 할 수 없게 된 때문이었다. 벽에 등을 붙이고 쪼그려 앉은 채 나는 오직 그녀 생각에만 몰두했다. 때로는 무릎에 머리를 처박고, 때로는 넋 나간 표정으로 허공을 올려다보며 나는 생각하고 또 생각했다. 아, 그날 밤 내가 보았던 꿈같은 장면…… 그녀의 환영이 무한대로 재생되는 동안 나는 가슴을 쥐어뜯기도 하고 머리털을 쥐어뜯기도 했다. 감정의 망망대해를 난파선처럼 표류하며 오직 그녀를 다시 만나고 싶다는 생각으로 온몸이 열병을 앓고 있었던 것이다.

이것이 사랑인가?

나는 양팔로 나 자신을 감싸 안고 물었다. 사랑을 감정 과잉과 오버액션의 총화로 믿던 내가 어쩌다 이 지경이 되었는지 눈물이 날 지경이었다. 그런데 아무리 생각해 봐도 내가 겪고 있는 혼돈은 사랑이 아니라 정신 질환의 일종인 것 같았다. 언젠가 책에서 그런 내용을 읽은 적이 있었다. 사랑의 감정에 사로잡히게 되는 이유는 특정한 이성을 만났을 때 뇌에서 도파민, 페닐에틸아민, 엔도르핀, 옥시토신 같은 호르몬이 분비되기 때문이고, 일정 기간이 지나 호르몬 분비가 중지되면 증상이 절로 사라진다는 것이었다. 그래서 나는 형무소 의무과에다 뇌 호르몬 분비를 중지시킬 수 있는 약물을 투여해 달라고 할까, 하는 어처구니없는 생각까지 했다. 아무려나 세상에 태어나 가장 심각한 질병을 앓고 있었음에도 나는 그 어느 누구하고도 그것을 상의할 수 없는 딱한 처지가 돼 있었다.

결국 모든 걸 하늘에 맡기는 심정으로 나는 비장의 카드를 꺼냈다. 나의 포상 점수를 이용해 밤마다 여자를 부르기 시작한 것이다. 물론 요행수를 바라고 결정한 일이었다. 나는 그녀의 이름도 몰랐고 형무소에서 여자를 부를 때는 특정한 대상을 지정할 수도 없었다. 그러니 내가 밤마다 여자를 부르기로 작정한 것은 모래사장에서 바늘을 찾는 일과 별반 다를 게 없었다. 게 다가 내가 포상 점수로 부를 수 있는 여자는 고작 일곱 명뿐이었다.

일주일 동안 나는 계속해서 여자를 불렀다. 밤마다 점수 결제를 하고 여자를 기다리는 동안 나의 심장 박동은 엄청나게 빨라져 간혹 호흡곤란을 겪기도 했다. 하지만 그런 고통은 슬라이딩 도어가 열리고 다른 여자가 나타날 때 겪게 되는 좌절감과는 비교할 바가 못 됐다. 다른 여자가 들어오면 나는 그녀들을 그 자리에서 돌려보냈다. 그들을 통해 내가 성 불능자인지 아닌지 확인해 볼 수도 있었지만 도무지 그럴 의욕이 생겨나지 않았다. 이유는 오직 하나, 그녀가 아니었기 때문이다. 그냥 돌아가라고 말할 때마다 여자들은 황당하다는 표정으로 나를 노려보다가 이내 등을 돌리곤 했다.

포상 점수를 다 날리고도 나는 끝끝내 그녀를 만나지 못했다. 물론 거기서 나의 뇌 호르몬 분비가 끝난 것은 아니었으므로 그녀를 만나기 위한 나의 고군분투는 계속되었다. 미친 듯 세뇌용 문서 작성에 몰입하고 포상 점수를 얻기 위해 수단과 방법을 가리지 않았다. 구태의연한 동어반복도, 노골적이고 가증스러운 수식도 마다하지 않았다. 거의 하루에 한 건꼴로 나는 문서를 작성했다. 그리고 그것이 채택되면 그날 밤 당장 여자를 불렀다. 하지만 나는 끝끝내 그녀를 다시 만날 수 없었다.

나의 뇌에서 호르몬 분비가 중단된 것은 그로부터 28개월이 지난 뒤였다. 어느 날 문득 나 자신이 너무 낯설게 느껴졌다. 뭐

랄까, 남의 옷을 입고 있는 것 같은 기이한 느낌이 든 때문이었다. 남의 옷이 아니라 남의 몸을 입고 있는 것 같았다. 그때가 되어서야 비로소 나는 나 자신을 타인의 시선으로 맘껏 비난할 수 있었다.

"병신 쪼다 같은 놈!"

열병을 앓고 난 뒤부터 나는 사랑에 대해 연구하기 시작했다. 관계된 서적을 집중적으로 대출받아 읽었고, 거기서 얻은 자료를 바탕으로 독자적인 분석을 시도했다. 심리학, 생물학, 철학, 심지어 언어학적인 접근까지 마다하지 않았다. 하지만 관련 서적 수백 권을 다 통독하고 내가 내린 마지막 결론은 참으로 허망한 것이었다. 관련된 학문 서적만 해도 수백 권이었지만 그것을 바탕으로 재생산된 온갖 분야의 서적들까지 합친다면 몇만 권은 족히 될 터였다. 간단히 말해 모든 서적 중에 사랑을 팔아먹고 사랑을 우려먹은 것들이 가장 많았다.

나는 어설픈 것들을 모두 골라내고 내가 분명하게 인정할 수 있는 것만 남겨 두었다. 그 결과 마지막까지 살아남은 이론, 다시 말해 학문적으로 내가 유일하게 인정할 수 있었던 것은 생물학 분야에서의 유전적 접근 한 가지뿐이었다. 하지만 사랑이라는 질병 상태가 유전자와 호르몬의 기능에 의해서 생겨난다는 걸 인정한다고 해도, 지금 인류에게 만연돼 있는 사랑에 대한 망상과 오해를 일거에 불식할 만한 대안을 제시하기는 어려웠다. 인류가 지닌 사랑과 희망에 대한 망상이 장구한 세월 동안 지속된 세뇌의 결과이기 때문에 달리 설득할 방도를 찾을 수 없었던 것이다. 그래서 나는 다음과 같은 메모 한 줄을 남기고 사랑에 대한 탐구를 완전히 접어 버렸다.

—분석할 수 없는 것, 완성할 수 없는 것, 터득할 수 없는 것.

내가 그녀의 얼굴을 다시 본 것은 지금으로부터 7개월 전의 어느 날이었다. 내가 병신 쪼다 같은 짓을 했던 때로부터 정확하게 3년 4개월이 지난 어느 날, 형무소 내의 전산망에 그녀의 자살 기사와 사진이 공시된 때문이었다. 그것을 통해 나는 그녀의 이름이 티티라는 것과 그녀가 한때 최고의 인기를 구가하던 톱모델이라는 걸 알았다. 대부분의 사건 자료들은 그녀가 인기 하락을 비관해 자살한 것으로 추정하며 최근 들어 급증하고 있는 젊은이들의 자살을 심각한 사회문제로 부각시켰다. 젊은이들이 왜 희망을 잃고 자살을 선택하는가에 대해 언급하고 있었던 것이다. 그러고는 보란 듯이 그녀가 남긴 메모지를 내용과 함께 공개했다. 놀랍게도 거기에는 이런 문구가 남아 있었다.

—가짜 희망, 가짜 사랑…… 모든 게 환멸스럽다.

순간, 나는 양손을 들어 다급하게 입을 틀어막았다. 내장이 뒤틀리며 금방이라도 토사물이 솟구칠 것 같았다. 뿐만 아니라 눈두덩이 아플 정도로 욱신거리며 눈앞이 부옇게 흐려졌다. 나는 욕실로 뛰어들어 변기에 얼굴을 처박고 격렬하게 토악질을 했다. 그 와중에도 아주 중요한 무엇, 어떤 설명하기 어려운 결락이 있다는 걸 나는 직감적으로 알아차릴 수 있었다. 톱모델인 그녀가 총통의 하사품이 되어 나를 찾아왔다면 매춘을 병행하고 있었다는 얘기인데, 그런 육체 생활자가 어떻게 이 세계에 만연한 가짜 희망과 가짜 사랑에 눈을 뜨게 된 것일까.

나는 그것이 너무 놀랍고 경이로워 오랜 시간 침대에 누워 온갖 방향으로 끝도 없이 생각의 실타래를 풀어 나갔다. 그녀가 나의 수감실로 찾아왔던 그날 밤, 나는 그녀와 단 한마디의 대화도 주고받지 않았다. 가짜 희망이나 가짜 질서, 가짜 사랑 같은 것에 대해서는 일언반구도 이야기하지 않았던 것이다. 심지어 이름도 밝히지 않고 헤어졌는데 어찌 그런 극비 사항을 입에 담을 수 있었겠는가.

나는 그녀가 육체적인 삶을 살며 스스로 가짜 체제의 실체를 간파하게 된 거라고 확신했다. 체제 유지자들은 언제나 육체적인 삶을 사는 사람들은 자신들이 세뇌당하고 산다는 걸 절대 자각하지 못할 거라고 자신했다. 그래서 스스로 세뇌에서 깨어나 가짜 체제의 전모를 자각할 수 있는 사람은 없을 거라며 문서 작성자들을 역으로 세뇌하곤 했다. 요컨대 쓰는 일에다 양심을 결부하지 말라는 주문이었다. 하지만 그녀가 남긴 한 장의 메모지와 한 줄의 문장은 그 모든 것이 턱없는 자만이었음을 통렬하게 비웃고 있었다.

그녀가 남긴 한 줄의 문장은 엄청난 자각이자, 깨달음이었다. 육체적인 삶을 사는 사람들이 그렇게 세뇌에서 깨어난다는 것 자체가 기적이었다. 뿐만 아니라 더 이상 세뇌당하는 삶을 살지 않겠다는 결연한 의지로 그녀는 자살을 감행했다. 그것은 자신이 로봇이 아니라 인간이라는 걸 만천하에 공표하는 존엄한 선택이었다. 그녀도 또한 아버지처럼 자살을 택함으로써 자신의 운명을 스스로 구원한 셈이었다.

아.

바로 그 순간, 그 지점에서 나는 벼락을 맞았다. 머릿속에서 푸른 섬광이 번쩍하는 걸 느꼈고, 곧이어 남은 내 인생의 대본이 완성되었다는 걸 깨달았다. 남은 인생 동안 내가 하고 싶은 일, 내가 해야 할 일, 내가 할 수 있는 일이 동시에 어우러져 나 자신도 미처 예상하지 못한 놀라운 시나리오가 탄생한 것이었다.

"그래, 그거야! 바로 그거야!"

나는 침대에서 일어나 허공을 올려다보며 두 주먹을 불끈 쥐었다. "형무소에서 20년 이상 복무한 자들 중 문서 작성 실적이 탁월하고 수감 생활 실적이 좋은 자들은 본인이 합당한 이유를 들어 탄원할 경우 심사를 하여 출감을 허용할 수 있다."는 규정이 전광석화처럼 뇌리를 스쳤다. 뿐만 아니라 출감한 뒤에 내가 해야 할 일들이 거의 동시에 떠올랐다. 출감을 하면 그녀가 살던 곳으로 찾아가 그녀가 어떤 인생을 살다가 어떤 과정을 거쳐 자살에 이르게 되었는지 면밀하게 추적해 그녀의 자서전을 써야겠다는 결심!

나는 그녀가 가짜 삶의 전모를 자각하게 된 과정을 추적해 육체적인 삶을 사는 사람들에게 보여 주고 싶었다. 육체적인 삶을 사는 사람들이 세뇌에서 깨어나고 세뇌의 전모가 밝혀지면 세상은 비로소 오래전에 잃어버린 원형을 회복할 수 있을 터였다. 거기서부터 인류가 모든 걸 다시 시작할 수 있다면 나의 남은 인생은 얼마든지 두엄 더미가 되어도 좋다고 생각했다. 그래서 아직 20년이 되지 않았는데도 집요하게 출감 탄원을 시작했다. 그런 관점에서 볼 때 그녀는 내 인생에 최초로 참다운 의미를 부여해 준 사람이었다. 사랑이 설령 환상이나 망상의 일종이라고 해도, 그 순간만큼은 나도 그녀를 뜻 깊은 사랑의 대상으로 인정하고 싶었다. 세상에 태어나 단 한 번 인정한 사랑…… 티티.

3

드디어 출감의 날이 밝았다. 독서형무소 수감 7221일째 되는 날, 20년 가까이 몸에 걸치고 있던 수의를 벗어던지고 열세 살 때 떠나온 세상으로 돌아갈 수 있는 날이 밝은 것이다. 눈을 뜨던 첫 순간, 나는 말로 형용하기 어려운 감회에 사로잡혀 푸르스름한 어둠이 넘실거리는 허공을 올려다보았다. 아무리 냉정을 유지하려 해도 다가올 변화에 대한 기대감은 도저히 떨쳐 버리기 어려웠다. 너무 들끓어 올라 머릿속에 배양 세균을 주사한 것 같았다. 열세 살 때 떠나온 세상, 그곳은 지금 어떤 모습을 하고 있을까.

나는 조용히 상체를 일으키고 침대 위에 반듯하게 앉아 눈을 감았다. 그리고 호흡을 가다듬으며 내면에서 들끓어 오르는 망상의 기운을 주시했다. 그것들은 언어도 아니고 장면도 아니고 일정한 흐름을 지닌 의식도 아니었다. 몸이 느끼는 두려움과 의식이 느끼는 긴장감, 그것들이 충돌하며 끊임없이 불꽃을 튕겨 내고 있었다. 그 현란한 불꽃을 들여다보는 동안 나의 심신은 끝을 알 수 없는 심연으로 가라앉았다.

이윽고 불꽃이 스러지고 의식의 파편도 잦아들었다. 마음의 잔해마저 녹아 한없이 부드러운 기운이 안과 밖에서 동시에 나를 감싸 안았다. 바로 그 순간, 나는 모든 시간과 공간 속에 빈틈없이 내재된 따뜻한 어머니의 기운을 느낄 수 있었다. 내가 탄생하는 순간에 세상을 떠나 버린 어머니, 세상에 태어나 단 한 번도 안겨 보지 못한 어머니…… 당신이 시종일관 나와 함께 있었다는 메시지를 나는 한없이 내밀한 에너지로 전달받았다. 그러자 강렬한 전류가 중추를 스쳐 가고 곧이어 오열이 터졌다. 33년 동안 나를 억압해 온 힘…… 억압하던 내가 억압당하던 나를 울리고, 억압당하던 내가 억압하던 나를 울렸다. 세상에 태어난 이후 처음으로 내가 나를 만나 하나가 되는 순간이었다.

아침 식사가 끝난 오전 9시, 출감 일정을 알리는 이메일이 당도했다. 미처 예상하지 못한 의외의 과정들이 나를 기다리고 있었다. 오전 10시부터 출감 준비가 시작되고, 그것이 밤 11시까지 완료되어야 지식의 사제에게서 마지막 미사를 받을 수 있다고 했다. 그런 뒤에 1번 출구 앞으로 가 대기하게 된다는 것이었다. 오전 10시부터 11시까지는 대출 도서 반납 및 출감 의류 수령 시간이고 오후 1시부터 밤 11시까지는 심문관 면담으로 배정돼 있었다. 무슨 심문을 어떻게 진행하기에 열 시간씩이나 배정한 것일까.

나는 뇌리를 스쳐 가는 불길한 예감 때문에 개별적인 출감 준비를 서두르기 시작했다. 아무도 모르게 숨겨 온 나, 요컨대 나의 실체가 노출될 만한 문건을 모조리 파기하고 삭제하는 일이 남은 것이었다. 체제를 부정하는 언어들, 가짜 희망과 가짜 질서의 실체를 해부하는 언어들, 그리고 비밀스러운 진실의 언어들이 내 개인 컴퓨터 파일에는 남아 있었다. 그것을 외부로 반출할 수 없으니 서둘러 나의 기억에 이식하고 파일을 삭제해야 문제의 소지가 남지 않을 터였다.

나는 컴퓨터를 켜고 파일을 열었다. 미간의 중심에 초점을 맞추고 파일을 스캔해 한 페이지 한 페이지 빠르게 뇌로 이식해 나갔다. 그것을 온전하게 이식할 수 있다면 육체의 세상으로 나가 지혜의 밀알로 소중하게 파종할 수 있을 터였다. 20년 가까운 시간, 그리고 엄청난 양의 책을 독파한 뒤에 얻은 소득치고는 분량이 너무 알량했지만 가짜 책과 가짜 언어들의 틈바구니에서 가까스로 찾아낸 진실의 언어들이 나에게는 한 무더기의 다이아몬드보다 더 소중하게 여겨졌다.

책에서 얻은 책에 관한 진실은 참으로 허망한 것이었다. 진실을 전파하던 인류 최초의 책들, 다시 말해 온전한 진실의 언어로 쓰인 책들이 모두 지상에서 사라진 때문이었다. 그것의 흔적을 숨기고 있는 몇 권의 책들이 가까스로 남아 있을 뿐이었다. 길가메시, 차라투스트라, 시지프…… 나는 그들의 일생과 그들의 외침과 그들의 행동에 숨겨진 비밀의 언어를 찾으려고 한동안 노력했다. 그리고 비밀의 언어를 숨기는 방법과 그것을 찾아내는 방법을 동시에 터득했다. 수백 페이지 분량의 책에 숨겨진 한 줄의 문장 혹은 하나의 단락…… 이 책과 저 책에 흩어져 있는 비밀스러운 문장들의 조합이 이 세계의 허구성을 밝히는 은밀한 수단으로 아직도 이용되고 있음을 알아차리고 얼마나 기뻐했던가!

진실의 언어로 쓰인 최초의 책들은 모두 사라졌지만 진실의 언어를 전파하는 전사들까지 모두 사라진 건 아니었다. 그 소중한 존재들은 어둠과 그늘에 숨어서 끊임없이 언어를 갈고 닦으며 하나의 단어에 가짜 체제의 실체를 아로새기고, 한 줄의 문장에 3000년의 비밀을 담고, 한 단락에 우주의 운행 법칙을 함축하는 비법을 연마하고 있었다. 그들은 어떤 일이 있어도 전면에 나서지 않고 제2, 제3의 직업 종사자로 자신을 은폐하고 평생을 살아 나간다. 진실의 언어를 전파하기 위해 요리사로 살아가기도 하고, 노동자로 살아가기도 하고, 빵을 만드는 사람으로 살아가기도 하는 것이다. 그들이 자신의 경험 속에 녹여서 전달하는 진실의 언어, 그리고 그것들이 조성해 내는 성채를 한눈에 알아볼 수 있는 안목을 얻게 되면 우리를 에워싸고 있는 모든 것들이 덧없는 환영이라는 걸 깨닫게 될 것이다. 인간은 허상이요, 시간은 망상이라는 깨달음을.

12시 50분, 나는 심문관을 맞이하기 위해 수감실 중앙에 의자를 놓고 앉았다. 출입문을 우측에 두고 수감실 정중앙에 의자를 놓고 앉을 것! 출감 일정을 알리는 메일에 그렇게 하라고 지시되어 있었다. 심문관에게 뭔가 꼬투리 잡힐 만한 게 없을까, 마음을 가다듬고 되짚어 보려 했지만 왠지 모르게 초조하고 불안해 집중을 하기 어려웠다. 혹시나 심문 과정이 잘못돼 출감이 취소되거나 연기되기라도 하면 어쩌나, 좌불안석하며 나는 맞은편 벽을 보았다.

순간, 내가 바라보던 벽이 흐물흐물 녹아내리는 느낌이 들었다. 나는 기이하다는 생각이 들어 미간에 힘을 주고 벽면을 노려보았다. 하지만 은은한 회색 스틸 재질의 벽면은 흔적도 없이 사라지고 벽이 있던 자리에 높이를 헤아리기 어려울 정도의 책 더미가 나타났다. 사방을 두리번거렸으나 어느새 사방 벽면이 모두 책 더미로 에워싸여 있었다. 출입문도 사라지고 욕실도 사라지고 오직 책으로 에워싸인 공간만 남자 극도의 밀폐감 때문에 숨을 쉬기가 어려웠다.

한껏 심호흡을 하고 정면의 책 더미를 주시했다. 그러자 거기 쌓인 한 권 한 권의 책이 모두 내가 읽은 것들임을 알 수 있었다. 책의 벽 혹은 벽의 책들이 모두 내가 형무소 생활을 하며 읽은 것들로 에워싸여 있다고 생각하자 나 스스로 나를 가두는 벽을 쌓은 것 같다는 기이한 느낌이 들었다. 참으로 말로 형용하기 힘든 자괴감이 아닐 수 없었다.

그때 정면 벽에서, 아니 정면을 가로막은 책 더미 속에서 기이한 형상을 한 존재가 걸어 나왔다. 언뜻 보기에 긴 망토를 걸치고 모자를 쓴 사람처럼 보였다. 하지만 다음 순간 나는 기이한 착시 현상이 일어나고 있음을 알아차렸다. 개미 떼가 빈틈없이 들러붙은 사람처럼 그의 모습이 시시각각 변하고 있었기 때문이다. 나는 깊은 두려움을 느끼면서도 집요한 눈빛으로 그를 주시했다. 마침내 그의 형상이 머리끝부터 발끝까지 활자로 뒤덮여 있다는 걸 확인할 수 있었다. 활자(活字), 다시 말해 입체적인 글자가 심문관의 형상으로 나타난 것이었다.

심문관은 잠시 사방을 에워싼 책들을 둘러보았다. 그동안에도 그를 뒤덮은 활자들은 끊임없이 살아 움직였다. 그가 쳐다보는 방향에 따라 그의 몸을 뒤덮은 활자들이 기이한 흐름을 형성하며 물결처럼 넘실거렸다. 그가 동작을 멈추고 고개를 갸웃할 때는 활자들의 흐름이 일순 정지하기도 했다. 어떤 질문을 던질까, 나는 손에 땀이 나는 걸 느끼며 침을 삼켰다. 이윽고 그가 걸음을 멈추고 정면으로 나를 내려다보았다. 그리고 기이한 방식으로 나에게 첫 번째 질문을 던졌다.

"인, 간, 이, 란, 무, 엇, 인, 가?"

놀랍게도 말이 아니라 낱개의 활자들이 허공으로 튀어나와 하나의 문장을 만들었다.

"인간이란…… 인간이라고 자각하는 망상 장치를 지닌 기계입니다."

대답을 하고 나서 나는 아차, 하고 머리를 흔들었다. 그것은 삭제한 파일에 담겨 있던 비밀스러운 언어 중 하나였다. 너무 긴장한 나머지 나도 모르게 입 밖으로 튀어나온 것이었다. 그러자 심문관의 몸을 뒤덮고 있던 활자들이 엄청나게 빠른 속도로 소용돌이를 이루며 벌 떼처럼 윙윙거리기 시작했다. 하지만 심문관이 오른손을 들자 숨 막히는 정적이 찾아들었다. 그가 다시 물었다.

"인, 생, 이, 란, 무, 엇, 인, 가?"

"인생이란…… 수평과 수직이 무한궤도처럼 되풀이되는 기계 작동 과정입니다."

그 순간, 나는 두 개의 장면이 동시에 겹치는 걸 목격했다. 나는 의자에 그대로 앉아 있었지만 나를 에워싼 주변 공간은 원래의 수감실 모습을 회복하고 있었다. 책들이 감쪽같이 사라지고 스틸 재질의 벽면이 다시 나타난 것이었다. 물론 기괴한 형상의 심문관도 거짓말처럼 사라진 뒤였다.

뭐가 잘못된 건가.

나는 심문관의 질문과 나의 대답을 되새기며 세상이 허물어지는 듯한 절망감을 느꼈다. 내가 입 밖으로 꺼냈어야 할 지정된 대답이 그제야 뇌리를 스쳐 간 때문이었다. 심문관이 던진 질문, 심문관이 요구한 대답은 내가 교화 과정을 거칠 때 마르고 닳도록 배우고 또한 외운 것이었다. 어째서 그것을 그토록 까맣게 망각하고 자다가 봉창 두들기는 대답을 한 것인가!

일곱 살 때 나는 아버지에게 로봇과 사람의 차이가 뭐냐고 물었다. 그때 아버지는 어떻게 사람과 로봇을 비교할 수 있느냐며 질문의 가능성을 원천적으로 부정했다. 그날 이후 지금까지 나의 생각은 크게 달라지지 않았다. 교화 과정을 거치고 몇만 권의 책을 읽었지만 근원적인 구원의 언어는 어디에서도 발견할 수 없었다. 인간은 수평으로 태어나 수직으로 자라고 늙어 죽을 때 다시 수평으로 돌아간다. 날마다 아침이면 수평 상태에서 눈을 뜨고 수직 상태로 활동하다가 밤이면 다시 수평 상태로 돌아가 잠을 잔다. 잠을 자지 않으면 일주일도 못 가 죽게 될 것이다. 잠을 잔다는 것은 기계적인 충전을 위한 시간이라는 뜻이다. 특별한 기계도 아니고 24시간 단위로 충전해야 사용할 수 있는 기계, 60~70년쯤 사용하면 수명이 완전히 끝장나는 기계다. 제품의 유형도 다양하지 않아 A형, B형, O형, AB형이 있을 뿐이다. 그들이 모두 다른 인생을 사는 이유는 오직 한 가지, 기계들마다 다른 프로그램 언어가 심어져 있기 때문이다. 그것이 바로 DNA 아닌가.

기계들에게는 자유의지가 없다. 하지만 기계들은 있다고 믿는다. 기계들에게는 자아도 없다. 하지만 기계들은 그것도 있다고 믿는다. 기계가 기계라는 걸 시인하면 더 이상 세상은 돌아가지 않는다. 모든 기계들이 동일한 조건이라는 걸 알게 되면 그 순간 생산 활동을 멈출 것이기 때문이다. 바로 그때 기계들의 구원은 이루어질 것이다. 하지만 기계 생산의 의도와 오랜 세월 동안의 세뇌로 인해 그런 일은 쉽사리 일어나지 않을 것이다. 기계들은 자아와 자유의지를 중시하기 때문에 서로에게 차별이 있다고 믿는 것이고, 차별이 있기 때문에 열심히 일하고 남보다 나아져야 한다는 신념을 강화하는 것이다.

하지만 과학은 자아와 자유의지를 부정한다. 과학적으로 기계의 작동 원리를 증명하고 설명할 수 있기 때문이다. 자아는 끊임없이 바뀌는 망상 장치와 같아서 어느 순간의 나를 나라고 말할 수 있을지 규정하지 못한다. "내가 누구인지 말할 수 있는 자는 누구인가?" 셰익스피어의 『리어왕』 1막 4장에 나오는 유명한 대사이다. 그 옛날, 그는 저렇게 기막힌 대사를 어떻게 쓸 수 있었을까.

자유의지의 문제도 별반 다를 게 없다. 인간이 행동하기 몇 초 전에 뇌가 먼저 행동을 결정한다는 걸 실험을 통해 증명하고 있기 때문이다. 오른손을 들까, 왼손을 들까. 그런 상황에서 만약 오른손을 들었다면 오른손을 들기 몇 초 전에 이미 뇌에서 오른손을 들라는 명령이 내려진 것이다. 인간은 다만 그것을 자신의 결정이라고 착각하는 수준의 기계일 뿐이다.

아버지는 정말 훌륭한 기계였다. 전형적인 기계였고, 모범적인 기계였다. 그래서 나는 아버지가 세상을 떠난 뒤 여러 번 아버지와의 가상 대화를 상상하곤 했다. 내가 일곱 살 때 아버지가 나의 말에 귀를 기울였다면 어떤 결과가 생겼을까, 하는 아쉬움 때문이다. 무수한 버전이 있었지만 그중의 한 가지만 예로 들어 보자.

나 아버지, 사람과 로봇은 뭐가 달라요?

아버지 몰라. 넌 아냐?

나 네. 사람과 로봇은 작동 원리가 똑같아요.

아버지 넌 그걸 어떻게 알았니?

나 누구나 다 알 수 있는 건데 인정하지 않기 때문에 못 보는 거예요.

아버지 그럼 인간이라는 기계는 누가 만든 거냐?

나 사람이 로봇을 만드는 수준하고는 비교도 안 될 정도로 수준 높은 생산자가 있겠죠.

아버지 그럼 사람이 기계라면 세상을 어떻게 사는 게 옳으냐?

나 주어지는 대로 살면 되죠. 프로그램 언어대로요.

아버지 사람이라는 기계가 프로그램 언어를 무시할 수도 있다는 거냐?

나 아뇨, 무시할 수 없어요. 그런데도 잘 받아들이지 못해요.

아버지 왜?

나 고통을 받게 하려고 감정이라는 장치를 심어 놓았거든요.

인간이라는 이름의 기계가 세상을 판단할 때 사용하는 언어는 매우 제한적이고 이분법적이다. 많다, 적다, 크다, 작다, 아름답다, 추하다, 높다, 낮다……. 언어 체계가 아니라 사고 체계가 극단적으로 세뇌되어 있기 때문이다. 많은 쪽이 양(+)이고 적은 쪽이 음(−)이라고 가정하면 대부분의 기계들은 자신이 음극에 있다고 비관한다. 그와 같은 구조에 시달리기 좋은 오감(五感)이라는 왜곡 장치가 심어져 있기 때문이다. 오감은 욕망을 자극하고 욕망은 행동을 자극한다. 욕망이 끝이 없으니 무한대의 결핍감에 시달리고 끝없는 생산성을 추구하며 고통스러운 소모의 시간을 보내는 것이다. 그래서 예로부터 나름대로 깨친 존재들이 너도나도 설파했던 게 바로 '중용(中庸)'이다. 많고 적음, 아름답고 추함, 높고 낮음 따위는 가치 체계가 아니라 '있음'일 뿐이니 이쪽으로도 저쪽으로도 치우치지 않고 중심을 유지하는 게 가장 지혜로운 삶이라는 걸 가르친 것이다. 넘치지도 않고 부족하지도 않은 경계를 유지하며 사는 삶, 그것이 바로 중용의 삶이다. 하지만 플러스도 아니고 마이너스도 아니고 항상 제로 지점을 유지하며 산다는 게 얼마나 어려운 일인가.

어느 순간, 슬라이딩 도어가 열리고 온몸에 스캐너를 장착한 두 명의 요원이 수감실 안으로 들어왔다. 그들은 들어오자마자 나에게 의자에서 일어날 것을 요구했다. 그리고 자신들이 나의 신체를 정밀 스캔하는 동안 꼼짝하지 말고 부동자세를 유지하라고 말했다. 비수를 꽂듯 차갑고 날카로운 어투라 말을 듣는 것만으로도 온몸에 소름이 돋았다.

두 명의 스캔 요원이 양손에 달린 카메라를 내 몸에 들이대며 서로 반대 방향으로 돌기 시작했다. 그러자 스캐너에서 연속적인 경고음이 울리며 그들의 가슴에 장착된 모니터에 이상한 문장들이 떠오르기 시작했다. 온몸에 식은땀이 나고 다리가 후들거리는 걸 느끼면서도 나는 모니터에 떠오르는 문장들이 무엇인지 두 눈을 부릅뜨고 노려보았다. 아, 그것들은 놀랍게도 내가 삭제한 파일에 담겨 있던 문장들, 나의 뇌로 이식한 비밀스러운 진실의 언어들이었다.

인간은 식물과 동물 사이에 잠시 걸쳐 있는 생명의 한 위상이다. 인간이 인간의 탈을 쓰고 있는 동안 이것저것을 잡아먹고 살다가 죽어 땅에 묻히면 곰팡이에게 잡아먹히고 씻은 듯이 사라진다. 스님들은 다른 짐승에 대한 연민으로 채소만 먹고 살다가 간다. 연민의 기호 작용이다. 현대 여성들은 가냘픈 몸매가 아름답다는 유언비어에 사로잡혀 풀만 먹고 뜀뛰기를 하다가 간다. 미학적 기호 작용이다. 어떤 자는 떡은 상전에게 바치고 떡고물만 먹다가 간다. 정치적 기호 작용이다. 동물보다 못한 어떤 인간은 강력한 생식기, 강력한 호르몬을 위해 살아 있는 곰의 처절한 비명 소리를 못 들은 척 귓전에 흘리며 곰 쓸개즙을 빨아먹고 여성을 체할 때까지 먹다가 간다. 잔혹한 야수적 기호 작용이다. 정말이지 인간은 세균 같은 존재이다. 이 모든 것들을 곰팡이는 깨끗이 청소한다.

인간이란 세균 덩어리 위에 인간의 탈을 쓰고 있는 형태이며 결국엔 곰팡이에게 정복되는 운명의 존재이다. 다시 말하면 인간이란 세균들의 무리가 곰팡이들의 무리에게 정복되는 사이 잠시 인간의 행색을 하고 뜬구름처럼 지구 위에 떠돌다가 사라지는 존재이다.

그것은 ISBN 89-374-2152-6 도서에서 발췌한 문장이었다. 내가 수감 생활을 하며 정신적으로 힘들 때마다 되풀이해 읽던 문장. 가짜 희망과 가짜 질서를 주입하기 위한 세뇌의 언어가 가미되지 않은 온전한 문장이었다. 마음이 산만해질 때마다 나는 벽을 바라보고 앉아 그 문장들을 주문처럼 외웠다. 나는 누구인가, 나는 무엇인가에 대한 가감 없는 대답이 바로 그것이라고 생각했기 때문이다. 삭제한 파일에 담겨 있는 내용은 비단 그것 하나가 아니었지만 그것이 가장 먼저 떠오른 이유는 보나 마나 나의 뇌에 각인이 이루어져 있기 때문일 터였다.

경고음이 울리고 문제의 문장이 포착되자 그들은 나의 정수리에 둥근 은빛 원반을 얹었다. 그리고 두 명의 대원 중 하나가 무선 리모컨의 붉은 버튼을 눌렀다. 그러자 나의 뇌에서 피식, 하고 컴퓨터 휴지통에서 쓰레기를 소각하는 듯한 소리가 들렸다. 다음 문장, 그다음 문장, 그다음 문장…… 경고음이 울릴 때마다 그와 같은 방식으로 그들은 문제의 문장들을 나의 뇌에서 차례대로 삭제해 나갔다. 그리고 그 순간 이후부터 나의 뇌에서는 더 이상 진실의 언어가 재생되지 않았다.

스캔과 삭제가 이루어지는 근 한 시간 동안 나는 은밀하게 티티를 생각했다. 내가 생각하는 것까지 스캔당하는지를 알아보기 위해서였다. 만약 티티에 관해 품고 있는 내 생각까지 스캔당한다면 출감은 도로아미타불이 될 가능성이 컸다. 하지만 정말 다행스럽게도 그와 같은 일은 일어나지 않았다. 그들이 동원한 스캐너는 오직 뇌에 이식된 문제 언어만 가려내는 용도로 만들어진 것이라 인간의 생각까지는 읽어 내지 못했다.

스캔을 끝낸 요원들은 나에게 다시 심문관이 방문할 테니 처음의 자세로 기다리고 있으라고 말했다. 그래서 출입문을 우측에 두고 의자를 수감실 정중앙에 놓고 앉았다. 그러자 심문관이 나타나기 직전처럼 다시 스틸 재질의 벽이 스러지고 책 더미가 나타나 사방을 에워쌌다. 나는 이번에는, 하고 마음을 가다듬으며 심문관을 기다렸다. 스캔 요원들이 돌아가고 5분도 지나지 않아 다시 심문관이 나타났다. 그리고 처음과 마찬가지로 허공에 활자로 만든 문장을 띄웠다.

"인, 간, 은, 무, 엇, 인, 가?"

"인간은…… 희망의 주체입니다."

"인, 생, 은, 무, 엇, 인, 가?"

"인생은…… 질서의 심화 과정입니다."

그 순간, 나는 놀라운 장면을 목격했다. 주변을 에워싸고 있던 책 더미가 모두 사라지고 텅 빈 공간이 나타난 때문이었다. 심문관도 사라지고 다른 구조물도 전혀 보이지 않았다. 독서형무소가 감쪽같이 사라진 것 같았다. 하지만 나는 어느 방향으로도 선뜻 걸음을 옮길 수 없었다. 사방을 에워싼 깊고 견고한 어둠이 어느 방향으로도 움직이지 말라고 묵시적으로 경고하는 것 같았다. 뿐만 아니라 어둠 그 자체가 강철보다 더 견고한 벽으로 느껴진 때문이었다.

나는 누구인가.

두려움을 떨쳐 버리기 위해 나는 어둠 속에서 화두를 품었다. 하지만 텅 빈 스크린처럼 나의 뇌리에는 아무런 영상도 떠오르지 않았다. 뭔가 있었던 것 같은 허전한 느낌만 내면을 더욱 공허하게 만들 뿐이었다. 그래서 나는 누구인가, 나는 누구인가, 하는 화두를 집요하게 되풀이하며 시간을 보냈다. 그러던 어느 순간, 부드러운 옷자락이 바닥에 쓸리는 소리가 들리기 시작했다. 눈을 뜨자 어둠 속에 눈부신 광채를 내뿜는 존재가 서 있었다. 나는 직감적으로 그가 지식의 사제라는 걸 알아차릴 수 있었다.

뒤쪽에서 밀려 나오는 강렬한 빛으로 인해 사제의 얼굴은 알아볼 수 없었다. 빛 속에서 가까스로 그의 손동작을 식별할 수 있을 뿐이었다. 그는 한없이 부드럽고 차분한 손짓으로 나에게 앉으라는 메시지를 보냈다. 그의 지시에 따라 나는 조용히 무릎을 꿇고 그의 앞에 머리를 조아렸다. 그러자 그가 나의 정수리에 손을 얹고 차분하면서도 강렬한 어조로 출감 미사를 시작했다.

"너는 지식의 자식으로 잉태되고, 지식의 자식으로 양육되고, 지식의 자식으로 성장한 온전한 지식의 자식이다. 이제 저 험난한 육체의 세상으로 돌아감에 있어 너를 키우고 너를 양육한 지식의 은총에 온 마음을 다해 감사를 드려야 한다. 인간의 육신이 떠나도 지식은 남고, 인간의 기억이 스러져도 지식은 남는다. 그러니 이 세상 어느 곳으로 가더라도 지식의 전지전능함을 믿고, 어떤 고난이 올지라도 지식에 대한 믿음이 약해져서는 안 된다. 그것만이 부족한 인간의 몸으로 태어나 인간답게 살 수 있는 유일한 길이니 항상 지식을 마음 밑자리에 두고 충실한 지식의 자식으로 평생을 살아갈지어다……."

나는 푸르스름한 보안등 불빛이 밀려 나오는 길고 긴 복도를 따라 걸었다. 복도 양옆으로는 책들이 바벨탑처럼 드높이 쌓여 있었다. 내 방을 에워싸고 있던 책 더미만으로도 제대로 숨을 쉴 수가 없었는데 끝도 없이 책으로만 이어진 복도를 걸어 나가려니 마음에 알 수 없는 조바심이 일었다. 가도 가도 책으로 이어진 복도는 영원히 끝나지 않을 것 같았다. 하지만 나는 정면만 바라보고 걸으며 오직 출감 시간에 대해서만 생각했다. 이제 잠시 뒤 1번 출구 앞에 당도하면 형무소의 문이 열리고, 나는 드넓은 세상으로 공간 이동을 할 수 있을 터였다.

드디어 허공에 1이라는 거대한 숫자가 나타났다. 걸음을 멈추고 올려다보니 출입문의 높이가 몇백 미터는 족히 될 것 같았다. 지금까지 내가 걸어온 복도의 높이와 출입문의 높이가 동일하다는 걸 비로소 알아차릴 수 있었다. 하지만 내가 입을 벌리고 놀란 건 그 거대한 출입문도 모두 책으로 이루어졌다는 걸 확인한 때문이었다. 뿐만 아니라 출입문 중앙에는 거대한 책 모형의 문장이 나붙어 있었고, 그 밑에는 이런 문구가 돋을새김돼 있었다.

모든 세기의 영광과 좌절이 책에서 비롯되었다.
모든 세기의 영광과 좌절이 책으로 회귀하리라.

내가 출입문 앞에 서자 허공에 거대한 조명 하나가 밝혀졌다. 드높은 곳에서 밀려 내려온 조명이 내가 선 주변을 둥글게 에워싸 마치 빛의 원통에 갇힌 것 같은 느낌이 들었다. 나는 숨을 죽이고 서서 이제나저제나 출입문이 열리기만을 기다렸다.

하지만 출입문은 열리지 않고 그 순간 기이한 음성이 허공에서 들려오기 시작했다. 빛이 번쩍하는 것 같았고, 내가 원통형의 빛 속으로 빨려 들어가는 것 같았고, 눈앞에 언뜻 아버지와 티티의 얼굴이 스쳐 가는 것 같았다.

"독서형무소는 문자가 생긴 뒤부터 인류와 역사를 함께해 왔다. 하지만 독서형무소의 체제는 세상에서 별도로 인정되지 않는다. 독서형무소에서의 수감 기간도 별도로 인정되지 않는다. 그러므로 독서형무소를 출감하는 순간, 모든 것은 일상적인 시간으로 환원될 것이다. 독서형무소의 존재는 일상에 중첩되고 현재화되어 증명이 불가능하다. 독서형무소는 너의 존재를 인정하지만 너는 독서형무소의 존재를 영원히 증명하지 못할 것이다. 그러니 독서형무소를 증명하려는 부질없는 짓은 삼가라."

나는 첩첩한 안개 속에 서 있었다. 어떻게 안에서 밖으로 나왔는지 도무지 기억이 나지 않았다. 나를 에워싸고 있던 모든 것, 예컨대 독서형무소의 긴긴 복도와 출입구와 조명 같은 것들이 거짓말처럼 사라지고 없었다. 모든 것이 사라진 자리에 남은 것은 오직 거대한 안개의 늪, 그리고 건너편에서 희미하게 빛나고 있는 형형색색의 네온사인 불빛뿐이었다. 뭔가 선뜩한 느낌이 들어 반사적으로 뒤를 돌아보았다. 하지만 내가 빠져나온 독서형무소 건물은 흔적도 남아 있지 않았다.

나는 한없이 깊은 두려움을 느끼며 주변 정황을 살폈다. 그제야 비로소 내가 좁은 다리 앞에 서 있다는 걸 알아차릴 수 있었다. 다리 건너편의 형형색색 네온사인 불빛도 거대한 건물에서 밀려 나오는 것임을 알 수 있었다. 도대체 여기가 어디인가.

나는 조심스럽게 발을 내디디며 다리를 건너기 시작했다. 하지만 몇 걸음 옮기지 않았을 때 안개 속에서 불쑥 누군가의 손이 나타나 앞을 가로막았다. 나는 뒤로 나자빠질 만큼 기겁을 하고 우뚝 걸음을 멈추었다. 그러자 안개 속에서 흰옷 차림에 길게 머리를 기른 남자가 나타났다. 한없이 낮고 차분한 어조로 그가 물었다.

"어디로 가시는 길입니까?"

마치 오랫동안 나를 기다리고 있던 사람처럼 그는 물었다. 그의 음성만으로도 크나큰 위안이 느껴져 나는 금방이라도 눈물이 쏟아질 것 같았다. 안개 입자의 극심한 움직임으로 그의 얼굴이 나타났다 지워졌다 하는 걸 지켜보며 나는 가까스로 입을 열었다.

"나는 이제 막 세상으로 나오는 길입니다. 방금 전에 저……."

나는 손을 들어 독서형무소가 있던 자리를 가리키려다 일순 말과 동작을 멈추었다. 증명하려 하지 말고, 입증하려 하지 말라던 마지막 경고가 뇌리를 스쳐 간 때문이었다. 하지만 내 앞에 선 사람은 이미 모든 걸 다 알고 있는 듯한 어조로 부드럽게 말을 받았다.

"말씀하지 않으셔도 됩니다. 이제 막 자아의 굴레에서 벗어나 세상으로 나왔다는 거 압니다. 하지만 그대가 지금 가려는 곳이 어디인지는 알고 있나요?"

"저기, 저 불빛이 있는…… 저곳은 어디인가요?"

나는 손을 들어 그의 뒤편, 다리 건너의 형형색색 불빛을 가리키며 그에게 물었다.

"저건 육체형무소의 불빛입니다. 이 다리를 건너가면 저 형무소로 들어가게 됩니다."

"육체…… 형무소라구요?"

나는 입을 벌리고 넋이 나간 표정으로 안개 속의 불빛을 건너다보았다. 이제 막 독서형무소에서 나왔는데 다시 육체형무소로 건너가다니, 이게 무슨 말도 되지 않는 시나리오란 말인가! 온갖 불길한 예감이 한꺼번에 살아나 다급한 어조로 그에게 되물었다.

"나는 방금 형무소에서 출감했는데 또다시 형무소라뇨! 그럼 예전에 내가 살던 세상은 어디로 사라진 거죠?"

"그대가 방금 떠나온 자아도 일종의 형무소입니다. 그리고 그대가 예전에 살았던 세상은 인생을 진행하기 위해 잠시 의식 속에서 펼쳐졌다 사라진 환영입니다. 실재하는 세상이 아니라는 뜻입니다. 그게 인간이 겪는 경험이라는 것의 요체이죠."

"그럼 저 육체형무소 말고 다른 세상은 없는 건가요?"

"저곳이 그대가 알고 있는 유일한 세상이고 또한 가고자 하는 유일한 세상입니다. 하지만 그대처럼 이제 막 자아의 굴레에서 빠져나와 아직 육체형무소로 들어가지 않은 사람들은 다른 선택을 할 수도 있습니다. 저쪽과 이쪽 사이…… 다른 공간이 있습니다."

그의 말을 듣고 나는 다리 밑을 내려다보았다. 하지만 안개 때문에 다리 밑에 무엇이 있는지, 높이가 어느 정도나 되는지 도무지 가늠할 수 없었다. 그가 말하는 제3의 선택이라는 게 이 다리 밑 말고 달리 있을 수 없다는 생각을 하며 나는 절박한 어조로 물었다.

"저 다리 밑에 다른 선택의 공간이 있다구요?"

"그렇습니다. 사람의 상상력이 닿지 않을 만큼 낮은 곳입니다. 너무 낮은 곳이라 사람들도 모르고, 너무 견디기 힘든 공간이라 아는 사람도 선뜻 선택하지 못합니다."

"그럼 당신은 지금 나를 그곳으로 인도하기 위해 이곳에 있는 건가요?"

"아닙니다. 나는 단지 세상의 구조를 알려 주는 것뿐입니다. 육체를 입고 있는 동안은 모두 형을 사는 것이니까요."

"그럼 육체의 굴레에서 벗어나려면 어떻게 해야 하나요?"

나는 단도직입적으로 물었다. 하지만 그는 조금도 놀라는 기색 없이 온화한 웃음을 입가에 머금었다. 그리고 잠시 사이를 두었다가 단호하게 입을 열었다.

"다리 밑으로 뛰어내려야 합니다."

"죽으…… 라는 건가요?"

"굴레에서 벗어나는 일은 모두 죽음 같은 거니까요."

말을 하고 나서 그는 나에게 손을 들어 보였다. 그러고는 보란 듯 교각을 넘어 안개 속으로 몸을 던졌다. 나는 안개 속으로 투신하는 그의 모습을 꿈처럼 막막한 심정으로 지켜보았다. 그토록 힘들게 형무소에서 빠져나왔는데 육체적인 삶을 위해 또다시 형무소 생활을 해야 한다니 너무나도 기가 막혀 어느 쪽으로도 걸음을 옮길 수 없었다. 그사이, 첩첩한 안개는 뒤에서도 밀려오고 앞에서도 밀려와 다리 한가운데 선 나를 완전히 고립시켜 버렸다. 하지만 나는 다리 건너편으로도 가지 못하고 다리 밑으로도 뛰어내리지 못한 채 안개의 늪에 파묻혀 스스로 길을 지우고 있었다. 거기서 벗어날 수 있는 길은 오직 한 가지, 나 스스로 길이 되는 수밖에 없었다. 책 없는 길, 그리고 길 없는 책이 만나는 시간.

안개는 육체처럼 한없이 몽몽하였다.

인형의 마을

인형의 마을

1

장맛비가 내리던 7월 중순경의 어느 날 밤, 나는 자정 무렵까지 『티벳 사자의 서』를 읽고 있었다. 빗소리가 따갑게 귓전으로 밀려드는 밤, 죽음을 맞이하는 순간에 단 한 번 듣는 것만으로도 생과 사의 굴레를 벗어던질 수 있다는 그 책은 괴괴한 장마철 분위기와 눅눅한 무더위에 맞춤하게 어울려 납량 특집용으로 그만이었다. 하지만 오래전에 읽은 그 책을 내가 다시 손에 잡고 뒤적이게 된 데는 나름 괴로운 배경이 있었다. 시한부 인생을 선고받고 정신적인 공황 상태에 빠져 고통스러워하는 사람에게 주변 사람들이 진심 어린 마음으로 해 줄 수 있는 일은 과연 무엇일까.

어느 날 나는 20년 가까이 친하게 지내 온 지인이 말기 췌장암으로 시한부 인생을 선고받았다는 얘기를 전해 들었다. 갑자기 배가 아파 병원에 갔더니 정밀 검사를 하자고 했고, 그 결과 말기 췌장암이라는 게 밝혀졌다는 것. 수술을 시도했으나 암세포의 전이 상태가 너무 심각해 도저히 손을 댈 수 없다며 의사들이 수술을 포기하고 갈랐던 배를 다시 봉합해 버렸다는 것이었다. 시한부 2개월 내지 3개월.

그가 입원한 병원으로 찾아갔을 때 그의 눈빛에는 죽음에 대한 두려움이 가득 들어차 있었다. 평소 유머와 재치로 주변 사람들을 즐겁게 해 주던 그의 밝은 모습은 흔적도 없이 사라지고 온몸은 놀라울 정도로 깡말라 살집 하나 남아 있지 않았다. 자신의 인생에 대한 원망과 죽음에 대한 공포로 인해 그는 이미 입을 다문 뒤였고 그로 인해 나는 그와 아무런 대화도 나누지 못한 채 멍하니 앉아 있다가 집으로 돌아와야 했다. 병실 밖으로 배웅을 나온 그의 아내는 하염없이 눈물을 흘리며 너무나 갑작스럽게 닥친 일이라 도무지 무엇을 어떻게 해야 할지 모르겠다며 어깨를 들먹였다. 죽게 된 사람에게 죽음을 받아들이라고 권하는 문제, 요컨대 죽음에 대한 준비가 전혀 되어 있지 않다는 게 가장 심각한 문제였다.

현명한 삶의 방법에는 항상 죽음에 대한 심리적 예행연습이 포함되어야 한다는 얘기를 나는 여러 곳에서 들은 적이 있다. 하지만 산 사람에게 죽음에 대한 예행연습을 하라고 하는 것은 인생의 진정한 가치가 돈이 아니니 아파트고 자동차고 부동산이고 모조리 내던지고 명상을 하라고 권하는 것과 하등 다를 게 없다. 그렇게 권하는 사람은 선 자리에서 미친놈이 되거나 맞아 죽을 가능성이 농후하다. 그러니 당장 죽게 된 사람조차도 순순히 죽음을 받아들이지 못하고 삶에 대한 끈덕진 미련과 또 다른 사투를 벌이게 되는 것이다.

문병을 다녀온 직후부터 나는 오직 한 가지 문제에 골몰했다. 어떻게 하면 그에게 죽음을 제대로 받아들이게 할 수 있을까. 그때부터 나는 은연중에 『티벳 사자의 서』를 염두에 두고 있었다. 그에게 그것을 전해 주고, 그것을 읽게 하고, 그가 마음의 준비를 하면 그때 죽음에 대해 차분하게 대화를 나누는 게 좋을 것 같다는 생각이 들어서였다. "죽음을 배우라, 그러면 영원한 삶을 얻으리라."라는 역설을 그가 어떻게 받아들이느냐에 따라 나의 의도는 의외로 성공하거나 아주 한심한 것으로 전락할 가능성이 있었다. 선택은 전적으로 그의 몫이니까.

『티벳 사자의 서』는 지금으로부터 1200년 전 파드마삼바바라고 하는 인도의 스승이 히말라야의 설산에서 쓴 비밀 경전으로 히말라야의 동굴 속에 감춰져 있다가 후대에 발견된 것이다. 원래의 제목은 '바르도 퇴돌(Bardo Thödol)'이라고 알려져 있다. 원래 제목의 뜻을 그대로 옮기면 '사후 세계의 중간 상태에서 듣는 것만으로 영원한 자유에 이르는 가르침'이다. '사후 세계의 중간 상태'란 우리가 알고 있는 이승과 저승의 사이, 즉 49일

동안의 중음 기간을 의미한다. 사람이 죽은 뒤에 49제를 지내 좋은 곳으로 가라고 비는 우리의 장례 문화와 별반 다를 게 없다. 대체 49일 동안 무슨 일이 일어난다는 것인가.

생을 마치고 사후 세계로 여행을 떠났을 때 그대 앞에는 많은 빛들이 나타날 것이다. 임종의 순간에는 최초의 투명한 빛이 그대를 맞이하러 나타나리라. 그대는 그 빛을 따라가야만 한다. 그 빛은 모든 것의 근원이며 진리의 몸 그 자체이기 때문이다. 만일 그대가 그 빛을 깨닫는 데 실패한다면 그다음에는 또 다른 빛들이 나타날 것이다. 그리고 그 빛들과 함께 수많은 신들이 그대 앞에 등장한다. 어떤 신은 평화의 신이고, 어떤 신은 분노의 신이다. 이 모든 빛들과 신들에게로 돌아가는 데 실패한다면 그대는 점점 깊은 어둠 속으로 떨어질 것이다. 그리고 공포의 환영들이 그대를 사로잡으리라. 그대는 사지가 산산이 찢기고 심장이 꺼내져 내동댕이쳐지며 머리가 부서질 것이다. 그러나 그 끝없는 고통 속에서도 그대는 죽을 수가 없다. 마침내 그대는 다시금 세상에 태어나기를 원하게 되고 어두운 무의식 상태에서 어느 자궁 속으론가 황급히 뛰어들게 된다. 그렇게 해서 49일은 지나가고, 그대는 다시금 생과 사의 수레바퀴로부터 헤어날 수가 없게 된다…….

사방이 캄캄한 공간에서 나는 불현듯 눈을 떴다. 갑자기 눈을 떴기 때문인가 한 치 앞도 분간할 수 없는 어둠으로부터 형언하기 어려운 두려움과 공포가 느껴졌다. 나는 한껏 긴장한 눈빛으로 주변을 둘러보았다. 내가 어디서 무엇을 하다가 여기서 잠을 깼는가, 도무지 이전의 행동을 기억해 내기 어려웠다. 그제야 솨아, 하는 빗소리가 귓전으로 밀려들고 나도 모를 안도감이 살아나 차츰 심장을 따뜻하게 만들었다. 그래, 내가 여기 앉아서 책을 읽고 있었지……. 그래그래, 『티벳 사자의 서』를 읽고 있었잖아! 이런, 바보 같으니, 그러다가 깜빡 잠이 든 거지. 그럼 불은 왜 꺼진 거지? 설마 책을 읽다가 졸음이 쏟아진다고 나 스스로 불을 껐을 리가?

다시금 한기가 느껴질 때 푸르스름하게 눈에 익어 가는 서재의 어둠 속에 누군가 등을 보이고 앉아 있는 게 보였다. 어둠과 확연하게 구분되는 그 몸집은 어둠보다 더 짙고 어둠보다 더 깊어 보였다. 나는 의자에 앉은 채 꼼짝도 할 수 없었다. 다만 그가 등을 보이고 앉아 나 따위는 안중에도 없다는 듯 상체를 움직이며 무슨 일엔가 몰두하고 있다는 걸 알 수 있을 뿐이었다. 누군가. 도대체 누군데 이렇게 깊은 밤 나의 서재에 허락도 없이 들어와 허튼짓을 하고 있는가.

누구냐? 라고 나는 물었지만 어찌 된 일인지 말이 입 밖으로 나가지 않았다. 나는 분노와 두려움에 휩싸여 가까스로 몸을 움직였다. 처음에는 상체를 좌우로 움직이고 다음에는 무릎을 위아래로 들어 보았다. 모든 게 정상적으로 움직이는 걸 확인한 뒤 나는 소리 나지 않게 몸을 일으켜 어둠 속에 앉아 있는 대상을 향해 걸음을 옮겼다.

두어 걸음 앞으로 나아가자 기이하게도 그때까지 나를 사로잡고 있던 분노와 두려움이 거짓말처럼 스러졌다. 오히려 알 수 없는 친근감이 살아나 주변의 공기가 이를 데 없이 안온하게 느껴졌다. 하지만 내가 등 뒤까지 바투 다가갔음에도 불구하고 문제의 인물은 나를 돌아보지 않았다. 의도적으로 나를 무시하는 것인지 내가 있다는 걸 모르는 것인지 도무지 감을 잡기 어려웠다. 놀랍게도 그는 갑옷과 투구까지 착용하고 있었다. 전장에서 병졸을 지휘해야 할 장수의 차림으로 나타나 나의 서재 한가운데 죽치고 앉아 있는 것도 이해할 수 없는 일이었지만 그가 한지에다 붓으로 끝없이 동일한 문장을 되풀이해 쓰며 깊은 삼매경에 빠져 있는 장면은 더더욱 기이하게 보였다. 장수라면 칼을 휘둘러야지 어째서 붓을 휘두르고 앉아 있단 말인가.

나는 그의 어깨를 흔들어 볼 요량으로 한껏 용기를 내 팔을 뻗었다. 하지만 그 순간, 놀랍게도 나의 손이 그의 어깨를 지나쳐 허공으로 쑤욱 밀려 들어갔다. 그 허망한 느낌에 나는 온몸에 소름이 돋는 걸 느꼈다. 다시 한번, 이번에는 그의 등판을 손으로 밀어 보았다. 하지만 이번에도 나의 손은 그의 등판을 관통해 허공으로 밀려 들어갔다. 이게 도대체 무슨 일인가. 나는 동일한 공간에 다른 차원이 겹쳐 있음을 확인하곤 더 이상 몸을 움직일 수 없었다. 다만 그가 끝없이 되풀이해 쓰고 있는 두 개의 문장을 얼어붙은 시선으로 내려다보았을 뿐이다.

男兒二十未平國
男兒二十未得國

*

나는 궁전의 테라스를 지나 낮은 곳으로 이어진 좁은 길을 따라 내려갔다. 달도 없고 별도 없는 캄캄한 밤, 소사나무 숲의 어둠은 한껏 깊어진 밤의 기운을 받아 흑요석처럼 윤기를 발하고 있었다. 어둠 속에서 서너 명의 사람들이 움직이는 걸 보고 나는 안도의 한숨을 내쉬며 내가 멈춰야 할 지점을 선택했다. 나는 그들을 보지만 그들은 나를 볼 수 없었다.

두 명은 뒤에 남고 한 명의 여자가 움직이기 시작했다. 어둠 속이지만 나는 그녀의 일거수일투족을 분명하게 확인할 수 있었다. 그녀는 가슴에 레이스가 달리고 팔에 서너 겹의 주름이 잡힌 흰 모슬린 차림이었고 머리에는 챙이 넓은 모자를 비스듬하게 쓰고 있었다. 그리고 손에는 붉은 장미 한 송이를 들고 있었다. 잘 차려입은 외양에도 불구하고 그녀는 잔뜩 긴장한 몸짓으로 허둥지둥 혼자 어두운 길을 걸어 소사나무가 에워싸인 좁은 공지에 이르렀다. 그곳에서 걸음을 멈추고 그녀는 불안정한 자세로 정면을 주시했다.

그때 어둠 속에서 한 남자가 나타났다. 그는 그녀 앞으로 조심스럽게 다가가 한없이 공손하게 머리를 숙였다. 마치 그 순간이 오기를 평생 기다린 사람처럼 그의 온몸에는 형언할 길 없는 감동과 기쁨이 넘쳐흐르고 있었다. 순간, 놀란 밤새가 퍼드덕 소리를 내며 허공으로 날아올랐다. 여자는 흠칫 놀라 어깨를 움츠리며 자신의 손등에 한없이 다감하게 입을 맞추는 남자에게서 재빨리 손을 빼냈다. 그러고는 손에 들고 있던 장미를 그에게 내밀며 이렇게 입을 열었다.

"당신은 이게 무슨 뜻인 줄 알지요?"

여자의 말에 남자는 부드러우면서도 내밀한 미소를 지으며 대답했다.

"마마, 이것의 의미를 모른다면 제가 어떻게 이곳에 서 있겠습니까. 저는 오직 이 순간이 오기만을 학수고대하며 살았습니다. 이제 지나간 날들의 감정은 다 거두고 이 장미처럼 붉고 열정에 찬 관계가 새로 시작되기를 저는 기대하고 있습니다."

남자가 여자의 손을 다시 잡으려 하자 됐어요, 그럼 그만! 하고 여자는 재빨리 등을 돌렸다. 그러고는 뭔가에 쫓기는 사람처럼 허둥지둥 오던 길을 되돌아갔다. 돌아가는 여자를 지켜보며 남자는 사뭇 당황스러운 표정을 지으면서도 일견 흡족함을 억누르기 어려운 듯 불끈 주먹을 다져 쥐었다. 그러고는 여자가 건넨 장미를 코끝에 대고 깊이 문향(聞香)했다.

나는 여자가 걸어오는 좁은 숲길에 버티고 서 있었다. 허겁

지겹 걸음을 옮기던 여자가 우뚝 걸음을 멈추고 한껏 놀란 표정으로 나를 보았다. 자신을 기다리는 사람들이 아니라 엉뚱한 인물이 서 있으니 캄캄한 밤에 얼마나 놀랐겠는가.

"누구세요?"

공포에 질린 표정으로 여자가 물었다.

"그렇게 묻는 당신은 누구신가요?"

나는 비아냥거림이 뒤섞인 어조로 물었다.

"……당신은 정말 내가 누구인지 모르시나요?"

"당신은 하나인 동시에 둘이지. 이젠 만천하가 그걸 다 알아."

나는 못을 박듯 단정적으로 말했다.

"……."

여자는 아무런 대꾸도 하지 못한 채 고개를 숙이고 울기 시작했다. 어깨가 점점 크게 들먹거리자 머리에 얹혀 있던 모자가 땅으로 떨어졌다. 순간, 여자는 고개를 들고 한없이 슬픈 표정으로 애원하듯 나를 쳐다보았다.

순간, 나는 그녀의 얼굴에서 왕비를 보았다. 하지만 왕비를 보았다고 생각한 순간 나는 그녀의 얼굴에서 창녀를 보았다. 하나의 얼굴이 둘로 변하는 것인지 서로 다른 두 사람의 얼굴이 왕비에게 겹치는 것인지 도무지 분간을 할 수 없었다.

나는 미간을 잔뜩 찌푸리고 눈을 가늘게 뜬 채 여자를 노려보았다. 그러자 눈물을 흘리며 애원하는 표정을 짓던 여자가 미묘한 웃음을 입가에 흘리며 나를 노려보았다. 내가 머리를 세차게 흔들고 나서 하나의 얼굴을, 하나의 존재를 가려내려 하자 그녀가 미친 듯 깔깔거리며 손가락으로 내 얼굴을 가리켰다. 가리키기만 한 게 아니라 내 얼굴이 너무나 우스꽝스러워 도저히 못 참겠다는 듯 그녀는 기어이 허리를 꺾으며 자지러지고 말았다. 돌발적으로 모든 것이 한심스러운 희극이 되어 버려 도무지 정신을 차릴 수 없었다. 하지만 다음 순간, 칼로 베듯이 여자가 웃음을 멈추고 한없이 싸늘한 어조로 이렇게 소리쳤다.

"네 얼굴을 봐! 이제는 네 얼굴에도 왕비가 겹쳤잖아! 세상에, 욕망에 물들지 않은 얼굴이 어디 있어! 너를 보란 말야, 너!"

순간, 여자가 나에게 달려들어 얼굴의 거죽을 벗기려 했다. 나는 그것이 정말로 살갗을 벗겨 내려는 끔찍스러운 행동인 줄 알고 한껏 공포심을 느꼈다. 그런데 어찌 된 일인지 진짜 내 살갗인 줄 알았던 얼굴에서 허망하게 가면이 벗겨져 그녀의 손에 들렸다. 내 얼굴에 피부가 아니라 가면이 씌어 있었다는 걸 나는 그 순간 처음 알았다. 그녀는 내 얼굴에서 벗겨 낸 가면을 손에 들고 나에게 보란 듯 흔들어 댔다. 그것은 왕비의 얼굴이자 창녀의 얼굴이자 또한 내 얼굴이었다.

나는 미친 듯이 여자에게 달려들어 가면을 뺏었다. 그리고 그것을 땅에 던지고 격렬하게 발로 짓이겨 댔다. 그런 뒤 여자의 얼굴에 씌어 있던 가면 또한 벗겨 발로 짓이겨 버렸다. 뒤쪽의 숲 속에 숨어 있던 두 사람의 얼굴에서도 가면을 벗겨 내 역시 짓이겨 버렸다. 하지만 아무리 벗겨 내고 아무리 짓이겨도 가면을 뒤집어쓴 사람의 행렬은 끝나지 않았다. 지쳐서 숨을 헐떡거리며 나자빠진 뒤에야 나는 비로소 알아차릴 수 있었다. 거기, 숲을 메우고 있던 소사나무가 모두 똑같은 가면을 뒤집어쓴 무리로 변해 있었던 것이다. 그들이 나를 내려다보며 일제히 침을 뱉고 발로 나를 짓이겨 댈 때…….

그때 나는 가까스로 잠에서 깨어났다. 언제나 꾸는 비슷한 상황의 꿈이었다. 오늘도 나는 왕비와 창녀의 얼굴을 혼동하고, 그것도 모자라 이제는 나 자신의 얼굴까지 왕비의 그것과 동일시하고 있었다. 날이 갈수록 상태가 안 좋아지는 것 같다는 불유쾌함을 견디기 어려워 더 이상 잠을 이룰 수 없었다.

냉장고에서 양주를 꺼내 한 잔 마시고 창가로 가자 새벽 비가 추적거리고 있었다. 디지털 벽시계를 올려다보니 시간은 03시 25분을 가리키고 있었다. 나는 빗물에 젖어 번들거리는 아파트 단지를 내려다보며 긴 한숨을 내쉬었다. 다시 냉장고로 돌아가 아예 잔과 술병을 들고 다시 창가로 왔다. 그러고는 안락의자에 앉아 천천히 몸을 흔들며 남은 술을 시나브로 비워 나가기 시작했다. 취기가 오른 뒤에는 불현듯 손을 들어 얼굴의 살가죽을 확인했고, 완전히 취한 뒤에는 몇 번씩이나 욕실로 들어가 내 얼굴을 확인했다. 다행스럽게도 나는 여자가 아니라 남자였고, 왕비가 아니라 평범한 시민이었고, 또한 지금은 18세기가 아니라 21세기였다.

"도대체 뭐가 문제야?"

나는 거울과 마주 서서 거울 속의 나에게 물었다. 그러자 거울 속의 내가 순식간에 왕비의 얼굴로 변했다. 나는 그것이 취기 때문이라 여기며 눈을 질끈 감았다 떴다. 하지만 그녀는 사라지지 않았다. 이윽고 그녀가 냉정하고 준엄한 얼굴로 나를 향해 중얼거렸다.

"나는 자존심을 윤간당했어. 목이 잘린 것보다 그게 더 억울해."

*

그날 나는 카메라 렌즈를 구입하기 위해 좌석버스를 타고 남대문시장으로 나갔다. 오후 3시경, 러시아워가 아니라 도로는 비교적 한산한 편이었다. 버스를 타고 가는 동안 나는 50~150mm 렌즈에 대한 기대감으로 마음이 한껏 부풀어 있었다. 전업 작가로 오직 소설만 쓰고 살아가는 나에게 디지털 카메라는 유일무이한 취미생활이었다. 내가 구입하기로 작정한 50~150mm 렌즈는 f2.8의 밝은 망원 줌으로 디지털 카메라 동호인들에게 상당한 인기를 얻고 있었다. 나처럼 산으로 강으로 섬으로 바람처럼 떠도는 유목민이라면 마땅히 갖추고 있어야 할 렌즈라는 생각으로 나는 한동안의 망설임에 과감하게 종지

부를 찍었다. 그래, 지름신의 강림을 은총으로 생각하자꾸나!

오랜만에 방문하는 남대문시장은 나에게 낯선 이방감을 느끼게 했다. 대학 시절에는 아무 볼일도 없이, 단지 구경을 한답시고 남대문시장을 발이 아프도록 돌아다녔건만 이제는 삶의 영역이 넓어져 나 자신도 나의 행동반경을 가늠하기 어려운 형편이었다. 예컨대 오늘 오후에 남대문에 있던 내가 내일 아침에 안면도나 제주도나 보길도나 혹은 일본에 있지 말란 법이 없었다. 나는 나 자신에게도 귀속되고 싶지 않았다. 깃발이 움직이는 방향을 보고 바람의 향방을 가늠하듯 나는 나를 통제하지 않고 마음의 흐름으로 이해하려고 했다. 그와 같은 방식은 비교적 나에게 잘 맞았고, 그렇게 삶으로써 나는 평균적인 마음의 안정을 유지할 수 있었다.

나는 나로 태어나 나와 싸우고, 나와 싸워 이겨서 결국 나로 돌아가야 한다는 것, 그것이 결국 내가 인생에서 찾아낸 과제이자 해답이었다. 나 자신이 가장 무서운 적이자 동지라는 것을 알고 난 뒤에 비로소 인위적인 나, 가식적인 나를 버리고 자연적인 나를 이해하고 또한 그것의 내면에 귀를 기울이기 시작한 것이었다.

그와 같은 변화의 과정에 '고딥(GO DEEP)'이라는 애칭을 붙인 나의 카메라는 온갖 공간으로 이동하는 디지털 노마드의 훌륭한 동반자가 되어 주었다. 그놈을 가슴에 품고 있으면 세상에 부러울 게 아무것도 없었다. 그놈을 메고 있으면 도무지 외로움이라는 단어가 떠오르지 않았다. 나는 카메라와 대화하고 교감하고 또한 동거했다. 그것이 생명을 지닌 물체라는 사실에 대해 나는 단 한 번도 의심을 품어 본 적이 없었다. 시간적 여유가 있고 주변의 여건이 차분하기만 하다면, 나는 세상의 모든 사물에 생명이 깃들어 있음을 누구에게라도 설명할 자신이 있다. 인생의 허무에 사로잡혀 있던 과거의 나를 생각한다면 참으로 개벽에 가까운 변화가 아닐 수 없었다.

남대문시장 근처에서 버스를 내려 천천히 카메라 숍들이 밀집한 곳으로 발걸음을 옮겼다. 전부터 거래하던 숍이 남대문 가까운 곳에 있었기 때문에 신세계에서 그 방향으로 천천히 걸어가며 나는 이곳저곳 숍의 윈도를 들여다보며 그곳에 진열된 수다한 카메라와 렌즈를 구경했다. 그것들은 마치 세상을 찍어 내는 다채로운 무기들처럼 다종다양한 모습으로 사람들의 시선을 끌고 있었다. 나를 찍어라, 그러면 네가 원하는 걸 확실하게 찍어 주마!

숍으로 들어가자 전부터 안면을 트고 지내는 주인이 반가운 표정으로 인사를 했다. 그러고는 내가 주문한 렌즈를 확인하고 그것을 가지러 2층으로 올라갔다. 그동안 나는 뒤쪽 진열대에 걸린 카메라 가방을 이것저것 둘러보았다. 그때 30대 초반쯤 돼 보이는 여자가 숍 안으로 들어왔다. 단발 스타일에 감색 원피스, 반듯한 이목구비를 보고 나는 순간적으로 어디선가 본 듯한 인상이라는 느낌을 받았다. 하지만 그녀의 표정이나 나의 기억은 내 막연한 느낌을 선뜻 인정하지 않았다. 그녀는 무심한 표정으로 숍을 둘러보며 주인을 찾고 있었고, 그동안 진행된 내 기억의 검색창에는 그녀와 나에 대해 '상관없음'이라는 검색 결과를 통보했다.

곧이어 2층에서 주인이 내려와 여자에게 반가운 표정으로 인사했다. 그러고는 내가 먼저 왔으므로 내 렌즈 건을 먼저 처리하겠다고 여자에게 양해를 구했다. 그러자 여자는 흔쾌한 표정으로 그러라고 대답하곤 콤팩트 카메라 진열대를 들여다보기 시작했다. 나는 렌즈를 박스에서 꺼내 내 카메라에 장착하여 시험 촬영을 해 본 뒤 계산을 했다.

"가만있자…… 지난번에 라이카 맡기실 때 성함이……?"

내 볼일을 끝낸 주인이 컴퓨터를 열고 해당 목록을 찾기 위해 혼잣말처럼 중얼거렸다. 그러자 콤팩트 카메라 진열대를 들여다보던 여자가 재빨리 자신의 이름을 입에 올렸다.

"아, 저요? 오인성!"

그녀의 입에서 튀어나온 이름을 듣는 순간, 나도 모르게 정신이 멍해지는 걸 느꼈다. 잠시 동작을 멈추고 나는 그대로 서 있었다. 정도 이상으로 피를 흘려 정신이 흐릿해질 때처럼 온몸에서 맥이 빠져나가고 있었다. 하지만 나는 그와 같은 변화가 그녀 때문도 아니고 그녀 이름 때문도 아니라고 생각하며 새로 구입한 렌즈를 카메라 가방에 옮겨 담고 천천히 밖으로 나왔다. 뒤에서 주인이 안녕히 가시라고 경쾌하게 인사를 건넸지만 나는 거기에도 제대로 답할 수 없을 정도로 나른한 몽롱상태에 사로잡혀 있었다.

인도를 따라 몇 걸음 걸은 뒤, 나는 가판대 앞에서 걸음을 멈추고 생수 한 병을 샀다. 그리고 그것을 열고 천천히 마시며 정신을 수습하려 애썼다. 그때 카메라 숍에서 문제의 여자가 나오는 게 보였다. 도대체 무슨 이유 때문인지 알 수 없었으나 나는 그녀가 내가 선 방향으로 걸어오는 걸 확인하고 재빨리 가판대 옆으로 몸을 숨겼다. 그리고 그녀가 가판대를 지나친 뒤 무작정 그녀를 따라가기 시작했다.

오인성.

그녀를 따라가는 동안 나의 입에서는 몇 번씩이나 그 이름이 되뇌어졌다. 그 이름이 되뇌어질 때마다 나를 사로잡는 몽롱상태는 더욱 깊어져 현실감각과는 판이한 국면으로 나를 밀어 넣었다. 현실을 의식하지 못한 건 아니지만 그것으로부터 빠져나오기 어려운 형국이라는 걸 알아차리고 나는 묵묵히 마음의 행로를 따라갈 수밖에 없었다. 그녀의 이름이 오인성이라는 것, 그리고 그녀를 따라간다는 것…… 그 순간, 그것 이외에 나에게 필요한 건 아무것도 없었다.

그녀는 신세계백화점 앞에서 지하도를 건너 명동 방면으로 접어들었다. 그리고 곧바로 지하철역으로 내려가 쌍문동 방면으로 가는 지하철을 탔다. 그녀는 나의 미행을 전혀 눈치 채지 못했지만 설령 나를 알아본다고 해도 카메라 숍에서 만난 사람이 같은 지하철을 탔다고 이상하게 생각하지는 않을 터였다. 내가 쌍문동 방면에 살면 안 된다는 법은 없잖은가.

그녀는 수유역에서 지하철을 내려 인근의 시장으로 들어가 장을 보았다. 마트에서 몇 가지 부식과 음료를 사고 제법 빠르게 걸어 육교를 건넜다. 5분쯤 걸어 아파트 단지로 접어들자마자 그녀는 상가 건물 2층으로 올라갔다가 곧이어 여섯 살쯤 되어 보이는 남자 아이와 함께 계단을 내려왔다. 나는 그저 입구에 서서 그녀가 아이의 손을 잡고 단지 안쪽으로 사라지는 광경을 물끄러미 지켜보았다.

그녀가 완전히 시야에서 사라진 뒤 나는 천천히 오던 길을 되돌아 지하철역으로 향했다. 현실감각이 되살아난 것도 아니고 그렇다고 몽롱상태에 사로잡혀 있는 것도 아니었다. 그저 막막하고 먹먹한 기분, 현실의 길로는 도저히 찾아갈 수 없는 역사의 미로를 언뜻 엿보고 곧바로 미아가 된 것 같은 기분이었다. 그래서 참으로 부질없는 짓이란 생각을 하면서도 몇 번씩이나 그녀가 사라진 아파트 단지를 뒤돌아보고 또 돌아보았다. 그것 말고는 달리 할 수 있는 일이 없었다.

육교로 올라선 뒤, 나는 걸음을 멈추고 다시 한번 아파트 단지를 뒤돌아보았다. 아파트 단지 뒤편에 걸린 검붉은 노을을 보자 오랫동안 맺혀 있던 울혈이 터지듯 온몸에서 전율이 느껴졌다. 그 순간이 되어서야 나는 비로소 오인성이라는 인물이 아니라 오인성이라는 이름을 따라가게 만든 내 안의 존재를 실감할 수 있었다. 오인성이라는 이름을 듣던 남대문 카메라 숍에서부터 거기까지 아무런 대책도 없이 낯선 여자를 따라간 건 나 자신이 아니었다. 내 몸의 일부가 되어 오랫동안 나와 함께 살아온 존재, 그가 오인성이라는 이름을 가진 여자를 따라간 것이었다.

열혈남아 이재명.

나는 그를 생각하며 천천히 나의 걸음을 회복했다. 오랜만에 느끼는 그의 열혈에도 이제는 체념이 짙게 배어 예전과 같은 힘이 느껴지지 않았다. 그래서 그의 걸음이 나의 걸음으로 바뀌는 동안 나는 점점 더 무기력해졌다. 이재명과 오인성…… 역사를 위해 사랑을 희생하고, 역사를 만든 뒤에 역사의 행간에 파묻혀 버린 그들의 사랑이 나의 걸음에 무거운 어둠으로 밟히고 있었다. 한 자루의 칼 혹은 한 자루의 총, 어째서 그따위 사소한 도구들이 인간의 운명을 가름하는 것일까.

*

민기가 전화를 걸어 온 것은 일요일 오전이었다. 그는 나의 초등학교 동창으로 내 인생에서 가장 오랫동안 친분을 유지해 온 인물이다. 평생을 함께 가는 게 좋은 인연일 거라고 생각하는 사람들이 많지만 나의 경험으로 미루어 볼 때 그것은 악연일 가능성이 많다. 많이, 오래, 그리고 자주 보게 되는 인물들은 감정을 지닌 인간의 변화무쌍한 기복 속에서 좋은 관계를 지속적으로 유지하기가 힘들다.

예를 들어 부부는 24시간 지속되는 관계의 시스템이라 사사건건 시시비비가 발생할 가능성이 높다. 이해하고 양보하고 대화하며 평생 관계 개선을 위해 노력하지 않는 한 그것을 정상적으로 유지한다는 건 거의 불가능에 가깝다. 그래서 부부 관계에서는 노력형, 체념형, 이혼형밖에 나타날 게 없다.

그런 의미에서 평생 해로한 사람들이란 평생 노력을 일삼거나 평생 서로를 단념하고 살아온 사람들일 가능성이 많다. 부모와 자식 관계, 친인척 관계는 사람들을 혈연으로 엮어 평생토록 강제적인 서클을 유지하게 만든다. 하지만 부부가 이혼을 하거나 형제가 의절을 한다고 해도 마음의 얼룩은 평생 남아 현실을 불편하게 만든다. 그러니 가까운 곳에 오래 남아 있는 사람일수록 악연일 가능성이 그만큼 높다는 걸 항상 명심해야 할 것이다. 참으로 좋은 인연〔佳緣〕이란 항상 먼 곳에 있어 평생 그리워하며 산다고 하지 않던가.

민기가 나에게 악연인 이유는 그만큼 그와 내가 가까운 관계를 유지했다는 의미이기도 하다. 하지만 가까운 관계가 곧 좋은 관계를 의미하지는 않으니 그와 나 사이에도 나름 곡절이 많았다. 하지만 그와 나 사이의 곡절은 도무지 끝날 기미를 보이지 않고 항상 타오르는 상태를 유지하고 있어 언제부터인가 그에게서 전화가 걸려 올 때마다 나는 가슴이 덜컥 내려앉곤 했다. 그가 나에게 전화를 걸어 올 때는 뭔가 문제가 생겼을 경우가 많았기 때문이다. 그래서 그에게서 걸려 온 전화를 선뜻 받지 못한 경우도 더러 있었다. 한 번이라도 내가 그의 전화를 받지 않으면 그는 시위를 하듯 오랫동안 연락을 하지 않았다. 그러면 그것이 마음에 걸려 이번에는 내가 먼저 그에게 전화를 걸어 술이나 한잔하자고 제안을 했다. 그런 식의 관계 유지가 나에게 확인시켜 준 것은 그와 내가 악연의 연결 고리에 옭매여 있다는 것뿐이었다. 서로가 부자연스러워진 뒤에도 끝내 헤어지지 못하는 관계가 악연이 아니고 달리 무엇이랴.

작년 여름, 민기의 칠순 노모가 자살했을 때 나는 그와 함께 장례를 치렀다. 그의 어머니가 평생 남의 첩으로 살아온 터라 친인척 관계가 모조리 단절된 때문이었다. '첩'이라는 단어 하나만 놓고 말하면 부정적인 인생을 떠올릴 법하지만 내막을 들여다보면 첩이기 이전에 사랑이 먼저였다. 물론 가정이 있는 남자를 사랑했다는 건 불운한 선택이었지만 사랑이라는 게 이성만 앞세워 이루어지는 게 아니니 그것도 가타부타 입에 올릴 문제가 아니다. 보다 심각하고 충격적인 문제는 민기의 외할아버지가 그 일로 인해 음독자살을 했다는 것. 하지만 온갖 반대와 회유와 협박에도 불구하고 무남독녀 외동딸이 유부남의 아이를 갖게 되었으니 그 절망감을 견디지 못해 극단적인 선택을 한 것도 나름 이해의 소지는 있었다.

민기 어머니는 대쪽같이 자존심이 강한 여자였다. 자신이 미혼모가 되었음에도 불구하고 평생 자신의 선택을 수정하거나 물리려 하지 않았다. 민기가 태어나고 첫돌을 맞기도 전에 그의 부친은 어느 날 산보를 나가듯 병원으로 검진을 받으러 가 간암 말기 판정을 받고 단 일주일 만에 세상을 떠나 버렸다. 그때부터 평생을 홀로 지내며 그녀는 오직 민기에 대한 기대감으로 자신의 불행을 보상받고 싶어 했다. 하지만 어찌 된 일인지 민기는 어린 시절부터 자기 어머니의 뜻을 고의적으로 저버리는 것을 낙으로 삼으며 성장했다. 성정이 나쁜 것도 아닌데 어머니 말은 본능적으로 거부하고 기피하고 회피하려 했다. 과외를 가야 할 시간에 만화방에 앉아 있고, 참고서를 사라고 준 돈으로 친구들에게 자장면을 사 주기도 했다.

민기는 고등학교 시험에도 낙방하여 후기고등학교를 다니고 대학도 재수를 한 뒤에 가까스로 들어갔다. 회사는 한 번도 다닌 적이 없으며 연극에 미쳐 한 세월, 종교에 미쳐 한 세월, 백수로 한 세월을 보냈다. 군대에서는 탈영으로 영창을 갔다 온 탓에 복무 기간이 6개월이나 연장됐고 사회에서는 대마관리법 위반 혐의로 두 달 동안 복역을 한 적도 있었다. 아무려나 초등학교 때부터 그는 줄곧 어머니 속을 태워 숯으로 만드는 일에 매진했고 그의 어머니는 그러면 그럴수록 그에 대한 집착을 더욱 다져 나갔다. 자식이 그런 식으로 인생을 살면 아무리 부모라 해도 어느 시점부터는 포기할 만도 한데 민기의 어머니는 도무지 포기를 몰랐다. 초등학교 시절부터 내가 민기 문제로 그의 어머니를 만난 횟수는 도합 100번도 넘을 터였다.

민기 어머니가 자살하기 직전까지 민기는 연하의 유부녀를 만나고 있었다. 그녀는 아이가 둘이나 딸리고 남편이 망막색소변성증이라는 희귀병으로 실명을 한 상태라 혼자 호프집을 운영하며 생계를 꾸려 나가고 있었다. 나도 그녀를 본 적이 있고 그녀가 운영하는 호프집에서 맥주를 마신 적이 있었다. 물론 민기의 어머니가 제발 그년을 좀 떼어 놔 달라고 나에게 간곡하게 부탁해 민기의 마음을 돌려 보려 애쓰던 무렵의 일이었다. 그녀가 운영하는 호프집이 민기가 사는 동네에 있었으므로 민기의 어머니가 얼마나 속을 끓였을지는 불을 보듯 훤하다. 단 한 번도 장가를 가 본 적 없는 자식이 술집을 운영하는 유부녀와 눈이 맞아 돌아치는 걸 민기의 어머니는 견딜 수 없이 치욕적이고 치명적인 일로 생각했을 게 뻔했다. 그래서 평생 미혼모로 살며 잃어버렸던 자신의 자존심을 일시에 회복하고, 오직 자신의 뜻을 저버리는 것을 낙으로 삼고 살아온 자식에게 일거에 복수할 수 있는 극단적인 길을 택한 것일 터였다. 칠순에 자살이라니, 악연의 고리가 아니고는 도저히 일어날 수 없는 일이 아닌가.

"어머니 천도재를 올릴까 해. 자꾸만 꿈에 나타나고 마음이 흉흉해서 못 견디겠어. 그 여자 꿈에도 나타나 악몽에 시달리게 만드나 봐."

일요일 오전, 전화를 걸어 온 민기는 자기 어머니의 영혼이 저승으로 가지 못하고 자기 주변을 떠돌고 있는 것 같다는 황당한 말을 했다. 어머니를 자살에 이르게 만들었다는 죄책감 때문에 생겨난 일시적 신경증 같은 게 아니겠느냐고 내가 말하자 그는 단호하게 그런 정도라면 전화도 걸지 않았을 거라며 짜증 섞인 어투로 응대했다. 내가 어떻게 해 주길 바라느냐고 되묻자 오늘 영가 천도를 잘하는 법사를 만나러 가는데 같이 가 달라는 것이었다.

"법사를 만나러 간다?"

나는 어이가 없었다. 영가 천도니 뭐니 하면서 텔레비전에 나와, 죽은 뒤에도 저승으로 가지 못하고 이승을 떠도는 영혼을 달래 하늘나라로 인도한답시고 하나 둘 셋, 가라! 하는 식의 어처구니없는 쇼를 하는 사람들을 몇 번인가 본 적이 있었다. 그들은 사람의 몸에 붙어 있는 귀신들과도 대화를 하고 그들이 무엇 때문에 이승을 떠나지 않는지를 밝혀낸다고 했다. 그런 식으로 해석하자면 민기는 법사 같은 존재를 찾아가야 할 하등의 이유가 없었다. 그의 어머니 영혼이 실제로 이승을 떠돌고 있다면 그건 보나마나 아들놈이 정신을 못 차리고 유부녀와 놀아나고 있기 때문일 테니까 말이다. 천도재를 할 게 아니라 그녀와 헤어지면 될 게 아니냐고 내가 말하자 그는 한풀 꺾인 어조로 이렇게 대꾸했다.

"어머니 그렇게 보낸 뒤로 나도 요즘은 생각이 많다. 하지만 이 나이에 이제 인생을 바꿀 수도 없고 뭔가 새로운 일을 도모하기도 어렵고…… 아무튼 혼자 가기가 쑥스러워서 그러니 제발 좀 같이 가 보자. 내가 이런 말을 할 수 있는 친구가 너밖에 없다는 건 누구보다 네가 잘 알잖냐. 한 번만 부탁하자."

결국 일요일 오후에 나는 그와 함께 성북동에 있는 법사를 찾아갔다. 그가 부처를 모신 법당에는 일요일이어서인지 제법 많은 사람이 붐비고 있었다. 이윽고 민기와 내가 법사와 마주앉게 되었을 때 나는 왠지 모를 거북함 때문에 그곳에 앉아 있는 게 몹시 힘들게 느껴졌다. 민기는 법사 앞에 자리를 잡고 앉자마자 나를 자신의 가장 친한 친구이자 소설가라고 소개했다. 법사는 침묵이 얼굴에 눌어붙은 사람처럼 차갑고 견고한 표정으로 염주를 돌리며 나의 얼굴을 찬찬히 뜯어보았다. 하지만 별다른 말은 하지 않고 민기에게 차분한 어조로 물었다.

"그래 무슨 일로 이렇게 힘든 걸음을 하셨는지요?"

민기는 자신이 찾아온 용건을 간략하게 설명했다. 그러자 법사가 영가와의 접촉을 시도하겠다며 눈을 감고 은밀하게 주문을 외웠다. 잠시 그렇게 긴장된 시간이 흐른 뒤, 법사가 눈을 뜨고 길게 한숨을 내쉰 뒤 민기에게 이렇게 말했다.

"어머니 영가가 너무 서럽고 원통해 이승을 떠나고 싶지 않다고 하는군요. 하지만 너무 심려는 하지 마십시오. 인연의 실타래가 아주 고약하게 꼬인 것이니 정성을 다해 풀면 해결이 될 문제입니다. 인연이 이렇게 고약하게 꼬인 이유를 말씀드리자면……."

법사가 그때부터 민기에게 들려준 이야기는 한 편의 영화처럼 드라마틱하고 흥미진진했다. 놀랍게도 민기는 민기 어머니가 유부남과 사랑에 빠져 처녀의 몸으로 아이를 가진 직후에 자살한 그녀 아버지의 환생이라는 것이었다. 그러니 아버지가 딸의 자식으로 다시 태어나 그토록 속을 썩이던 딸의 속을 썩여 그녀로 하여금 자살의 길로 접어들게 만들었다는 것. 그러니 어머니의 카르마를 진행시키기 위해 민기는 태어난 것이고 어머니가 외할아버지를 자살에 이르게 한 것처럼 어머니 자신 또한 자살에 이르게 되었다는 것이다.

법사의 말을 듣던 민기는 어느 순간부터인가 갑자기 무릎을 꿇고 서럽게 눈물을 흘리기 시작했다. 나는 민기가 우는 것인 줄 알았는데 법사의 말로는 민기의 어머니 영가가 아버지 얘기를 듣고 서러워서 우는 것이라 했다.

믿거나 말거나 참으로 기가 막힌 시나리오라는 생각이 들었다. 돌고 도는 인생, 내가 이생에서 남의 뺨을 한 대 치면 내생에서 타인에게 한 대 맞아야 소멸된다는 카르마, 플러스와 마이너스의 합이 제로가 되어야 소멸된다는 그것의 법칙쯤은 나도 예전부터 알고 있었다. 하지만 그것에다가 민기네 가족 이야기를 대입하니 정말 기막힌 운명의 장난이 펼쳐졌다. 딸 때문에 자살한 아버지가 딸의 자식으로 다시 태어나 그녀를 끝내 죽음으로 몰고 간다는 이야기는 인과응보이기 이전에 냉혹한 자연의 법칙처럼 인간으로 하여금 깊은 무력감을 느끼게 만들었다. 거기에는 사랑도 없고 자비도 없고 정상참작도 없었다. 오직 가감 없는 대가의 법칙만이 존재할 뿐이었다.

"영가가 이승을 떠나지 않는 게 자발적인 의지로 가능한가요?"

어느 순간, 나는 법사에게 불쑥 물었다.

"네, 얼마든지 가능한 일입니다. 49일 동안 자신이 가야 할 길을 정하지 못하면 자발적인 의지나 천도를 받게 될 때까지 몇 천 년이라도 머물 수 있습니다."

그런 부분에 대해 법사와 나는 잠시 대화를 나누었다. 물론 내 개인적인 궁금증을 풀기 위함이었는데 법사는 귀찮은 기색 없이 아주 차분하게 나의 물음에 응해 주었다. 그가 말하는 요지, 다시 말해 사람이 죽은 뒤에 가게 되는 사후 세계의 경로가 대부분 『티벳 사자의 서』에 나타난 것과 별반 다르지 않았다. 한 세상 살고 죽은 뒤, 자신이 보낸 인생의 결과에 따라 49일 동안 다음 생이 결정되고, 다음 생이 결정되면 부모를 지정받아 다시 인간으로 환생하게 된다는 것이었다. 물론 정신적 수련이 높아 다시 환생하지 않는 사람들도 있고 무지한 인류를 구제하기 위해 자발적으로 환생하는 경우도 있다고 한다. 하지만 대부분의 인간은 업의 굴레를 벗어나지 못한 채 몸을 얻고 다시 태어나게 된다는 것이었다.

"보아하니 선생의 몸에도 여러 영가가 함께 지내고 있군요."

그 지점에서 법사가 나에게 뜻밖의 말을 했다.

"내 몸에요?"

나는 화들짝 놀라 나의 상체를 내려다보며 되물었다. 내 주변에는 민기와 비슷한 경우로 영가가 된 사람도 없고, 그렇다고 내가 악몽에 시달리거나 심리적으로 불안정하게 사는 것도 아니었다. 그런데 영가라니, 이게 무슨 뚱딴지같은 말인가.

"아주 억울하게 죽은 영가들입니다. 한이 너무 깊어 도저히 이곳을 떠나지 못하는 존재들인데…… 이곳저곳을 떠돌다 보니 그들에 대해 선생이 집중할 때마다 나타나 몸을 사로잡고 슬픔에 잠기게 만듭니다."

그 순간, 나는 퍼뜩 뇌리를 스치는 게 있어 그에게 되묻지 않을 수 없었다.

"그럼 한 몸에 여러 영가가 살 수도 있다는 말인가요?"

"사람도 사람 나름, 영가들에게 좋은 서식지가 되는 경우가 있습니다. 영가들은 자신들의 억울함을 늘 이해하고 그것을 위해 뭔가를 해 줄 수 있는 사람을 선호합니다. 하지만 그런 상태를 오래 방치하면 영가들의 기대치도 높아져 자신들을 위해 뭔가를 해 달라며 정신을 어지럽게 만들 수 있습니다. 선생처럼 특정한 인물을 마음에 품고 소설을 써야 하는 사람들은 좋은 서식지인 동시에 영가들로 하여금 뭔가 보상을 기대하게 만들 수 있는 요소를 지니고 있는 셈이죠. 나도 이곳에 100여 명 이상의 영가들을 머물게 하며 그들의 천도를 돕고 있습니다."

"그럼 역사적인 인물들도 영가 천도를 할 수 있나요?"

황당하다는 생각이 들었지만 나도 모르게 그런 물음이 터져 나왔다.

"물론입니다. 역사적인 인물들도 분명 이생을 살았던 사람들인데 천도가 안 될 리 있겠습니까. 진정 그들을 천도하고 싶다면 역사 속에서 당한 그들의 억울함이 무엇인지, 그것을 밝힐 만한 영가 천도 사유서를 작성해 오세요. 그것을 조목조목 풀고 달래 주어야 비로소 마음을 풀고 이곳을 떠날 수 있을 테니까요."

그날, 법당을 나와 어떻게 민기와 헤어지고 어떻게 집으로 돌아왔는지 잘 생각나지 않는다. 나의 뇌리에는 오직 세 사람의 인물이 동시에 떠올라 뒤죽박죽이 되었고, 그들을 처리할 수 있는 구체적 방법에 대해 법사가 했던 말이 끝없이 맴돌이를 이룰 뿐이었다. 그래, 법사의 말이 맞을지도 몰라. 내가 그들과 함께 너무 오랜 세월을 살았던 거야. 너무나 억울하게 죽은 존재들이니 이 지상에서 나만한 서식지를 찾기도 어려웠겠지. 그들이 당한 억울함으로 내가 몸서리치고, 그들에게 맺힌 한으로 내가 가슴 짓눌린 세월이 얼마였던가.

법사의 말대로라면 그들이 결국 나의 몸을 서식지로 삼아 이승을 떠나지 않고 내 정신을 볶아 대며 자신들의 억울함을 하소하고 있다는 말이 되는 셈이었다. 실상 나도 날이 갈수록 그들의 존재가 버겁고 부담스러워 더는 어쩌지 못하겠다는 생각을 꽤 오래전부터 해 오고 있던 터였다. 문제는 그들과 내가 결별해야 한다는 것, 그것을 위해 내가 어떤 식으로든 마음의 결정을 내려야 한다는 것이었다. 영가 천도 사유서를 쓰느냐 마느냐, 그것이 문제였다. 쓴다고 해도 문제, 쓰지 않는다고 해도 문제가 아닌가.

2

남이 장군이 내 앞에 처음 나타난 건 1995년 겨울이었다. 그해 겨울, 나는 남이섬 앞의 안반지라는 마을에서 소설 작업을 하고 있었다. 남이섬으로 들어가는 선착장 앞에 있는 민박집에 방을 얻어 인근 식당에서 밥을 사 먹으며 작업을 했기 때문에 세상과는 아주 단절된 나날을 보내고 있었다. 작업은 주로 밤에 하고 낮 동안은 컨디션 조절과 산책으로 시간을 보내곤 했다. 밤을 새워 아침까지 작업을 하고 정오 무렵에 일어나 식당에서 한 끼 식사를 하고, 책 읽기와 산책으로 소일하다가 오후 3시경부터 다시 작업을 시작했다. 저녁 8시경까지 작업하고 나가 다시 식당에서 저녁을 먹었다. 식사를 마치면 광장을 어슬렁거리거나 선착장으로 내려가 섬을 건너다보곤 했다. 하지만 그때까지도 나는 남이섬이라는 이름에 대해 특별한 느낌을 가져 본 적이 없었다. 심지어 남이섬이라는 이름이 고유명사에서 왔다는 사실에 대해서도 무뎌져 있었다. 그것이 이제는 거의 일반명사처럼 굳어져 버린 탓도 있지만 안반지에서 한 달 넘게 지내는 동안 단 한 번도 섬으로 건너가 본 적이 없었기 때문이었다.

내가 섬으로 건너간 건 2월 초순경의 어느 날이었다. 강이 얼어붙어 쇄빙선이 뱃길을 만들어 놓은 뒤였다. 식사를 마치고 강가에 서 있다가 불현듯 선착장 옆의 매표소로 가 표를 끊고 배를 탔다. 배에 승선한 사람은 대학생 남녀와 나, 셋이 전부였다. 섬에 당도해 내가 가장 먼저 이끌려 간 곳이 남이 장군 묘였다. 내가 가고자 했던 게 아니라 길이 그렇게 만들어져 있었다. 그때 나의 눈길을 사로잡은 것은 남이 장군 묘 앞에 세워진 안내 표지판이었다. 거기 안내 표지판에서는 역사에 대해 서로 다른 입장을 지닌 후손들의 치열한 공방전이 계속되고 있었다.

장군은 세종 25년 서기 1443년에 태어나시어 17세의 나이로 무과에 장원으로 급제, 1467년 이시애의 반란을 평정하여 25세에 공조판서와 병조판서를 역임하시다 1468년 10월 27일 간신 유자광의 모함으로 장군 나이 겨우 26세에 원통하게 세상을 여의셨다.

문제는 유자광이라는 이름 앞에 붙은 '간신'이라는 단어였다. 안내 표지판에 검은 글자로 아로새긴 그것을 누군가 지우고 또 지워 유독 그 단어 하나만 지저분하게 훼손돼 있었다. 누군가 '간신'을 '충신'으로 고치면 또 다른 누군가가 '충신'을 '간신'으로 되돌려 놓는 싸움이 끝없이 되풀이되고 있다는 걸 알 수 있었다. 물론 그런 공방전에 남(南)씨 가문과 유(柳)씨 가문의 후손들만 동참하지는 않았을 터였다. 사람들마다 역사를 보는 입장이 다를 터이니 단순히 '간신'과 '충신' 사이의 싸움이 아니라 불특정 다수 사이에 벌어지는 관점의 전쟁이라고 해도 과언이 아닐 터였다. 나는 안내 표지판을 보며 기분이 언짢아져 묘지 앞으로 가지 않고 곧장 지나쳐 버렸다.

사람의 모습이 눈에 띄지 않는 2월 초순경의 남이섬은 까치들의 집단 서식지였다. 세상의 까치들이 거기 다 모여 있는 것 같았다. 섬이 끝나는 지점에 이르자 결빙처럼 견고한 정적이 느껴졌다. 섬을 에워싼 물 위에 듬성듬성 얼음 조각이 떠 있고, 산마루에 걸린 늦은 하오의 태양볕이 수면으로 내려앉아 금빛으로 반짝이고 있었다. 너무 고요해서 얼음 조각들이 맞닿는 소리가 바각바각 연해 귓전으로 밀려들 정도였다. 거기 벤치에 앉아 해가 산마루를 넘어갈 때까지 나는 풍경을 지켜보았다. 몸속으로 정적이 스며들고, 그것이 다시 세포로 스며들어 이윽고 나 자신이 정적의 일부가 된 듯한 착각이 일었다. 그곳을 떠나 다시 선착장으로 돌아오는 길에 비로소 나는 남이 장군 묘 앞으로 갔다. 그리고 거기 세워진 비문을 읽었다. 노산 이은상이 쓴 긴 비문 중에 이런 내용이 있었다.

언제부터 남이섬이라 불렀던지는 문헌상으로 고증할 길 없으나 옛 지도에 남도(南島)라 적혀 있음을 보면 오랜 유래가 있음을 알 수 있고 또 이곳에 굳이 분묘가 있어 남이 장군의 무덤이라 전해 오는 것도 그의 비참한 최후를 헤아려 보면 그 같은 추정이 가능할 것도 같다.

白頭山石磨刀盡(백두산석마도진) 백두산 돌은 칼 갈아 없애고
豆滿江水飮馬無(두만강수음마무) 두만강 물은 말 먹여 말리리.
男兒二十未平國(남아이십미평국) 사나이 스무 살에 나라 평정 못하면
後世誰稱大丈夫(후세수칭대장부) 뒷날 그 누가 대장부라 하리오.

이 같은 시를 읊은 영웅이건만 운명이 기구하여 세조대왕 다음 예종(睿宗)이 즉위한 뒤 간신 유자광의 모함을 입어 반역죄로 고문을 받은 끝에 원통하게 처형되며 "내 나이 겨우 26세라 가석하다." 한 말이 왕조실록에 적혔거니와 때는 서기 1468년 10월 27일이요 그같이 죽었으므로 이 섬에 버린 듯이 묻혔던지도 모르거니와 그런 것을 따지기보다 여기서 옛 영웅을 사모하는 일이야 못할까 보냐.

그날 남이섬에서 노산의 비문을 읽으며 나는 그것이 가묘나 위묘일 거라는 생각은 추호도 하지 않았다. 억울하게 누명을 쓰고 참수형을 당한 사람의 시신을 누가 제대로 거두어 매장했을까 생각해 보니 이곳에 버려졌을 거라는 추정도 그리 과하게 여

겨지지는 않았다. 아주 오래전부터 남도라 불렸고 분묘가 있어 생긴 이름이 남이섬이라 하니 무덤의 진위에 대해서는 더더욱 의심의 여지가 없었다.

안반지에서 작업을 하는 동안 나는 대여섯 번 정도 섬으로 건너갔다. 당연히 갈 때마다 남이 장군 묘와 대면했다. 남다른 감회가 있어서가 아니라 그곳을 지나치지 않고는 섬으로 들어갈 수가 없어서였다. 그러니 작품을 끝내고 안반지를 떠난 직후부터 내가 남이섬, 남이 장군, 남이 장군 묘를 연쇄적으로 잊어버린 건 너무나도 당연한 일이었다. 정말 나는 '남이' 자 들어간 것들에 대해서는 별다른 생각을 하지 않았다. 그저 세상을 살아가는 동안 스쳐 가는 풍경의 일부로 그것들을 치부해 버린 때문이었다.

이듬해 5월 어느 날, 까마득하게 잊고 있던 남이 장군은 내 발밑에서 문득 되살아났다. 그날 나는 대학로에서 몇몇 지인을 만나 술을 마시고 그들과 함께 종로 5가 쪽으로 내려가고 있었다. 술에 취한 뒤였으므로 모두들 걸음이 느리고 한껏 방만해져 있었다. 방통대 정문 건너편에 이르렀을 때, 누군가 담배를 사겠다며 구멍가게로 들어갔다. 그러자 일행이 그를 기다리기 위해 걸음을 멈추었다. 나는 인도 한가운데 서서 흐트러지는 걸음을 다잡기 위해 고개를 숙이고 밑을 내려다보았다. 그때 이상한 보도블록 하나가 눈길을 사로잡았다. 허리를 굽히고 들여다보니 보도블록이 아니라 그것들 사이에 자리 잡은 자그마한 표석이었다. 쪼그려 앉아 들여다보니 거기 이런 글자가 아로새겨져 있었다.

남이 장군 생가터

그 순간 지난겨울의 남이섬과 남이 장군 묘, 그리고 노산의 비문 따위가 연쇄반응처럼 뇌리에서 되살아났다. 서늘한 냉기가 느껴지고 그때까지의 취기가 한순간에 가셔 버렸다. 지금 내가 발을 딛고 선 이 자리에서 남이 장군이 태어났다는 사실이 도무지 믿어지지 않았다. 문제는 생가터의 위치가 아니라 그 순간, 그 지점에서 나와 남이 장군이 다시 조우했다는 사실이 신기할 뿐이었다. 그때까지만 해도 나는 남이 장군의 뿌리가 내 속에 얼마나 깊이 잠들어 있는지를 까맣게 모르고 있었으니까.

초등학교 4학년 여름, 나는 고종 사촌 형과 경춘국도를 걷고 있었다. 여름방학을 이용해 가평에 있던 고모 집을 방문했을 때였다. 앞서 걷던 형이 다리 위에 서서 강을 내려다보았다. 나보다 세 살 많은 형 옆에 붙어 나도 형이 바라보는 방향을 내려다보았다. 여름 한낮의 땡볕을 받아 유유히 흐르는 강의 등피가 유난히 기름져 보였다. 하지만 그때 사촌 형이 바라본 건 강이 아니었다. 그가 손가락으로 강 한복판에 자리 잡은 검은 숲을 가리킨 뒤에야 나는 비로소 그것을 알아차릴 수 있었다. 형은

열한 살이던 나에게 이해할 수 없는 말을 했다.
"옛날에 저기서 누군가 목이 잘려 죽었대. 그 무덤이 저 숲속에 있대."

형이 가리킨 숲이 지금의 남이섬이었다. 땡볕이 쏟아지는 여름 한낮, 나는 형이 말하는 검은 숲을 바짝 긴장한 눈빛으로 내려다보았다. 하지만 그때 형은 남이섬이라는 지명을 말하지 않았다. 그곳으로 사람이 들어갈 수 있다는 말도 하지 않았다. 그리하여 목이 잘려 죽은 사람과 그의 무덤과 강 한복판의 숲이 뜨거운 여름 한낮의 이미지와 함께 나의 뇌리에 깊이 각인되었다. 물론 남이 장군은 거기서 죽지 않았고, 남이섬에 있는 장군 묘가 진짜라는 증거도 없지만 그런 이미지들은 세월의 흐름에도 변하지 않고 화석처럼 내 의식의 지층에 깊이 파묻혀 있었다.

남이 장군이 나의 현실에서 부활한 뒤에 유추해 낸 또 다른 기억이 있다. 그게 몇 살 적 일인지 모르겠지만 어두컴컴한 영화관 뒤쪽 자리에 앉아서 아버지와 영화를 본 적이 있었다. 영화가 끝나고 자리에서 일어서는 순간, 가슴에서 느껴지던 통증의 기억이 어느 날 문득 감성에서 되살아났다. 그게 몇 살 때 일인지는 기억이 나지 않는다. 초등학교 입학 전인지 후인지도 유추하기 힘들다. 다만 그때 영화관에서 내가 보았던 영화가 「남이 장군」인 것 같다는 희미한 느낌만 남아 있다. 하지만 「남이 장군」이라는 영화에 대해 나의 이성은 흐린 감성을 비웃고 부정했다. 그런 제목의 영화는 만들어진 적이 없다고 이성은 고집

했지만 나의 감성은 어두컴컴한 영화관에서 목이 잘려 죽은 주인공 때문에 영화가 끝나고도 선뜻 자리에서 일어나지 못하던 어린 가슴을 생생하게 되살려 냈다. 이성은 정확한 기억을 요구하고 감성은 상처를 앞세우는 형국이었다. 그러던 어느 날, 나는 그것을 인터넷 검색엔진에 제시했다.

검색어: 영화 남이 장군

남이 장군과 연관된 검색 결과가 엄청나게 많이 떠올랐다. 하지만 그것들 중에 내가 필요로 하는 것은 오직 하나뿐이었다. 정말 사소한 덧글이었는데, 그것이 나의 눈에는 보석보다 더욱 빛나 보였다. 그건 내가 남이 장군 때문에 미친 게 아니라는 걸 여실히 입증하는 글이었다.

저는 초등학교 6학년 때 막내 이모와 함께 영화 「남이 장군」을 본 적이 있습니다. 그때 관람료는 문화진흥기금 1원을 포함해 21원이었던 걸로 기억합니다. 마지막 장면에 형장으로 끌려가는 남이의 모습이 인상적이었습니다. 그의 기개를 조금이나마 본받았으면 합니다.

남이 장군에 대해 내가 보다 상세하게 알게 된 건 중학교 때였다. 국어 시간에 남이 장군에 대해 배운 적이 있는데 그때 배운 것이 남이섬 비문에 기록된 칠언절구의 「북정가(北征歌)」였다. 남이 장군이 유자광에게 역모로 모함을 받게 된 애초의 사유는 혜성(慧星) 때문이었다. 유자광과 함께 대궐에서 숙직을 하던 남이 장군이 혜성이 나타난 것을 보고 "혜성은 묵은 것을 없애고 새것을 나타나게 하려는 징조"라고 말하자, 유자광이 그것을 듣고 왕에게 역모를 꾀한다고 무고한 것이었다. 하지만 예종이 직접 심문하는 과정에서 남이 장군은 자신의 억울함을 호소했고 유자광은 또 다른 역모의 증거로 「북정가」를 제시했다. 그 세 번째 행에 남이 장군은 "미평국(未平國)"이라고 썼는데 유자광이 그것을 "미득국(未得國)"으로 고쳐 결국 능지처참을 당하게 만들었다는 내용이었다. 나라를 평안케 하고 싶다는 의미〔平〕가 나라를 얻고 싶다〔得〕는 뜻으로 둔갑한 것.

미평국과 미득국은 어린 나에게 깊은 충격을 주었다. 칼이나 무기가 아니라 글자 하나를 고쳐 사람을 능지처참당하게 만들 수 있다는 사실, 그것이 내가 언어에 대해 느낀 최초의 공포였다. 공포는 의문이 되고, 의문은 화두가 되었다. 그것이 세상을 살아가는 동안 나의 내면에서 일어난 정신적 변화의 핵이었다. 하지만 미득국과 미평국은 쉬운 화두가 아니었다. 중년이 되어서도 그것에 대해 명쾌하게 말할 수 없는 이유는 세상이 언제나 '평'과 '득' 사이의 은밀한 갈등으로 돌아가고 있다는 걸 내가 이미 오래전에 알아차렸기 때문이다. 미평국과 미득국이 죽인 게 어찌 남이 장군뿐이겠는가.

남이 장군의 관작이 복직된 것은 순조 18년 1818년의 일이었다. 남이 장군의 후손인 우의정 남공철이 왕에게 주청하여 얻어낸 결실이었다. 남이 장군이 능지처참당한 지 350년이 지난 뒤였다. 뒤늦게 충무(忠武)라는 시호를 얻고 창녕의 구봉서원(龜峯書院), 서울 용산의 용문사(龍門祠), 서울 성동의 충민사(忠愍祠)에 배향되었지만 묘지를 어떻게 만들고 유해를 어떻게 수습했는지에 대해서는 기록이 남아 있지 않다. 350년 전에 능지처참당한 유해를 누구라서 제대로 거뒀을 것이며, 350년이 지난 뒤에 누가 그것을 제대로 수거할 수 있었을까.

남이 장군이 죽은 뒤 그가 살던 집은 유자광에게 주어지고 딸 남구을금(南求乙金)은 한명회에게 노비로 내려졌다. 남이 장군과 연루되거나 연좌된 사람들이 얼마나 많이 죽었는지 그 정확한 숫자를 파악하기도 어려울 정도였다. 350년이라는 세월은 백골이 진토가 되고도 남을 만한 시간인데, 그렇게 오랫동안 역신으로 방치되었던 존재가 억울한 누명을 벗은 건 참으로 기적에 가까운 일이 아닐 수 없었다. 하지만 관작을 되찾고 다시 200년 가까운 시간이 흐른 뒤, 남이 장군은 두 개의 무덤으로 스스로 기구한 운명의 상징이 되었다. 하나는 남이섬의 묘, 다른 하나는 수원시 비봉면 남전리에 있는 묘.

몇 년 전 겨울, 나는 수원에 있는 남이 장군의 묘를 찾아간 적이 있다. 볼품없는 안내 표지판을 따라 논두렁을 건너고 차가 쑤셔 박힐 것 같은 야산의 경사진 길을 올라가니 난민촌을 연상

케 하는 더럽고 무질서한 주변에 경기도 기념물로 지정된 남이 장군 묘가 있었다. 장군과 부인을 모신 쌍분이었다. 정면에서 보아 우측의 봉분이 장군의 것이고 좌측이 부인의 것이었다. 상석 좌우에는 한 쌍의 망주석이 세워져 있고 장군 묘 옆에는 돌이끼가 잔뜩 번진 문인석이 세워져 있었다. 장군은 처음부터 무관의 벼슬을 한 사람인데 어째서 장군석을 세우지 않고 문인석을 세웠는지 모를 일이었다. 부인의 봉분은 암회색으로 무겁게 가라앉아 있었는데 장군의 그것은 밝고 양양한 색감과 기운으로 기이한 대조를 이루고 있었다. 육안으로도 그 차별이 심해 신기하다는 생각이 들 정도였다. 나는 묘역 주변을 한 바퀴 둘러보고 서둘러 그곳을 떠났다.

전도 창창하던 남이 장군이 억울한 죽음으로 내몰리게 된 배경에는 인간 세상의 핵심을 이루는 진실의 문제가 깔려 있다. 그것을 압축적으로 보여 주는 게 미평국과 미득국이 아닌가. 그가 참으로 나라를 평안케 하려 했는지 나라를 얻으려 했는지 나는 확신할 수 없다. 어떤 때는 그가 "미평국"이라고 썼을 거라고 생각하다가 어떤 때는 그가 "미득국"이라 썼을 수도 있다고 가정해 본다. 마치 남이섬에 있는 묘와 수원시에 있는 묘 중 어느 것이 진짜인지 알 수 없는 것과 마찬가지다. 진실의 문제로 기구한 운명이 되니 미평국과 미득국처럼 무덤도 두 개가 되어 버린 게 아닌가.

*

마리 앙투아네트(Marie Antoinette): 프랑스 루이 16세의 왕비(1755~1793). 오스트리아의 여제 마리아 테레지아의 딸. 행실이 나빴으며 대혁명 때 반혁명파의 중심으로 활약하다 단두대에서 반역자로 처형되었다.

이것은 마리 앙투아네트에 대한 어느 인명사전의 기록이다. 거두절미하고 그녀의 행실이 나빴다는 표현을 읽으면 소름이 돋는다. 행실이 나쁜 여자, 그리고 단두대에서 처형당한 여자. 그녀는 1793년 10월 16일 콩코드 광장에서 목이 잘려 죽었지만 그녀의 삶에 얽힌 온갖 추문과 괴담은 2세기가 지난 지금까지도 계속해서 그녀의 목을 잘라 내고 있다. 후대의 사가들이 아무리 기를 써도 당대의 악의는 지워지지 않고 더욱 볼썽사나운 얼룩을 만든다.

이런 지면을 빌려 그녀의 삶이 얼마나 억울하게 왜곡당했는가를 설명할 필요는 없다. 나는 역사가가 아니고 역사가라고 해도 이렇게 더러운 진흙탕에서 진실을 밝히려 하지는 않을 것이다. 더러운 색정광, 남녀추니 왕비, 남의 자식을 낳은 오스트리아의 창부, 추기경과도 붙어먹고 시동생과도 붙어먹은 암캐……. 당대에 양산된 추악한 팸플릿에 관심이 있다면 이런 쓰레기 같은 글 한 편을 읽는 게 차라리 효과적일 것이다.

주교 당신의 꽃밭은 해면체 같네요. 아니 해면체보다 더 나빠요. 해면체는 물을 한껏 먹으면 더 이상 먹지 않지요. 그러나 당신의 꽃밭은 아무리 물을 자주 줘도 충분히 젖지 않아요. 물을 뿌리자마자 말라 버립니다……. 당신의 꽃밭은 적도 위에 있습니다. 몹시 덥지요.

앙투아네트 그래서 뭐 잘못인가요? 난 원래 그래요. 내 꽃밭에는 물을 자주 뿌려 줘야 합니다. 그러지 않으면 곧 말라서 빵 껍질처럼 딱딱해진답니다. 그러니 어서 올라타요……. 나 타 죽겠네요…….

(주교는 그녀에게 30분 동안이나 올라타고 있다.)

파리에 있는 프랑스 국립도서관의 금서 진열실인 '지옥(Enfer)'에 보관되어 있는 글이다. 같은 진열실에 보관되어 있는 『왕실의 각좆』이란 글은 더욱 끔찍하다.

이를 테면, 내게 이런 좆을 데려오는 일이 없도록 하라.
보지를 보기만 해도 황홀해서 오그라드는 좆,
욕망이 절정에 달했을 때에도
쾌락의 중심을 살짝 문지르지도 못하는 좆,
그래서 스스로 피리 불기를 즐기는 좆.
(……)
나는 단단한 자루가 쉬지 않고 무한정 움직이는 좆을 원한다.

한 번 찌를 때마다 내 사랑의 신경섬유에 물을 댈 줄 아는
성 잘 내는 손잡이가 달린 유쾌한 좆.
한마디로 기습을 자랑스럽게 생각하고,
나로 하여금 즉시 그 공격을 받아넘기게 만드는 좆.

당대의 모든 문서와 자료와 역사를 무시하고 마리 앙투아네트에 대해 내가 정리하고 있는 것은 지극히 간단명료하다. 그녀는 여자였다. 그리고 왕비였다. 그것이 왕권을 무너뜨리기 위한 혁명의 시기에 제물로 바쳐진 온갖 추문의 근원이었다. 그리고 단두대의 이슬로 사라지긴 했지만 그녀는 그 불행한 시기를 보내며 철없고 속물스럽던 여자에서 왕비로서의 위상을 당당하게 회복하고 운명의 근원을 간파함으로써 자기 삶을 완성했다. 그것이 그녀에 대해 내가 아는 것의 전부이고 그것 이상 나는 그녀에 대해 알고 싶은 게 없다. 그럼에도 불구하고 지난 몇십 년 동안 그녀가 나의 내면에서 끈덕지게 동거한 이유는 무엇인가.

마리 앙투아네트라는 작은 씨앗이 나에게 처음 파종된 것이 언제인지를 나는 정확하게 기억하지 못한다. 유년 시절에 누군가에게서 그녀의 슬픈 얘기를 전해 들었던 것 같기도 하고, 어디선가 만화로 그녀의 얘기를 접했던 것도 같다. 자라면서 읽어나간 책들의 내용에 간간히 그녀의 이름이 나오면 왠지 모르게 반가운 느낌이 들곤 하였다. 하지만 갓 스물이 될 때까지도 나

는 그녀가 겪은 인생의 전모에 관해 알지 못했다. 파편적이거나 단편적인 것들이 어설픈 형태로 내면화되는 와중에 프랑스혁명과 그녀의 삶이 충돌을 일으키는 혼돈스러운 시기를 거치기도 했다. 그런 뒤에 나는 그녀에 관한 자료를 본격적으로 섭렵하기 시작했고 몇 해가 지난 뒤부터 나의 관심은 오직 한 부분으로 집중되기 시작했다.

다이아몬드 목걸이 사건.

왕비는 영문도 모른 채 이 희대의 사기 사건에 연루되었다. 라 모트 백작 부인이 보석상들에게서 총 647개, 2800캐럿의 다이아몬드로 만든 160만 리브르짜리 목걸이를 편취하기 위해 멍청한 추기경을 끌어들였다. 마리 앙투아네트의 미움을 사고 있던 추기경은 다이아몬드 목걸이를 사 주면 만사가 해결될 거라는 라 모트 부인의 말을 듣고 깊은 밤 베르사유 궁전의 숲 속에서 왕비로 분장한 창녀를 만났다. 그런 뒤 자신의 신용을 담보로 목걸이 대금을 분납하기로 보석상들과 계약을 맺었지만 그가 첫 번째 할부금을 납부하지 못하자 보석상들이 아무 상관도 없는 마리 앙투아네트를 찾아가 대금 지불을 요구하면서 사건의 전모가 밝혀지게 되었다. 하지만 사건이 들통 났을 때 목걸이는 이미 분해되어 런던으로 팔려 나간 뒤였다. 이 사건으로 추기경은 체포돼 바스티유 감옥에 갇혔다가 풀려나고 주범인 라 모트 부인은 매질을 당하고 낙인이 찍히는 형벌과 함께 종신형을 선고받은 뒤 감옥에 갇혔다가 영국으로 도망쳤다. 그리고 영국에서 마리 앙투아네트를 비방하는 회고록을 출간해 왕비를 지속적으로 궁지에 몰아넣었다. 재판 과정에서 이 사건은 마리 앙투아네트와 무관한 사건이라는 게 밝혀졌지만 왕비에 대한 국민들의 감정은 이미 걷잡을 수 없는 단계로 접어들어 끝내 앙시앵레짐(구체제)의 붕괴와 프랑스혁명의 불씨가 되고 말았다.

나에게 있어 마리 앙투아네트는 다이아몬드 목걸이 사건과 동격이다. 다이아몬드 목걸이 사건이 곧 마리 앙투아네트이고 마리 앙투아네트가 곧 목걸이 사건인 것이다. 그녀는 그 사건에 직접적으로 연루되지 않았음에도 불구하고 사건의 중심에 서 있다. 참으로 기이하고 신기한 영향력이 아닐 수 없다. 뿐만 아니라 다이아몬드 목걸이 사건을 분기점으로 그녀의 인생은 커다란 획을 긋는다. 사치와 향락에 몰두하던 이전의 그녀와 불행의 사슬에 묶여 자기 분투의 시간을 보내는 그녀. 그녀 인생의 양대 산맥이 그녀의 자의와 아무 상관도 없이 다이아몬드 목걸이 사건으로 가름되는 것이다.

나는 대학 시절부터 다이아몬드 목걸이 사건으로 여러 가지 구상을 했다. 연극 대본도 구상하고 영화 시나리오도 구상하고 소설도 구상해 보았다. 하지만 수도 없이 구상만 했을 뿐 그것을 끝내 글로 옮기지는 못했다. 너무나도 많은 가능성, 너무나도 많은 연관성 때문에 한 세월이 지나는 동안에도 도무지 대본을 만들어 낼 수 없었기 때문이다.

세월이 흐르는 동안 마리 앙투아네트의 무대는 나의 내면에서 점점 더 압축되어 갔다. 오스트리아와 프랑스를 아우르던 영역이 베르사유 궁전으로 압축되고, 베르사유 궁전으로 압축된 시공이 추기경을 만나던 문제의 밤으로 다시 압축되었다. 압축의 끝에서 내가 만난 것, 그것이 '왕비와 창녀'였다. 나는 그것이 당대의 프랑스 국민이 바라고 원하던 것, 다시 말해 민심의 정수임을 의심치 않았다. 그날 밤 소사나무 숲 속의 어둠 속에서 멍청한 추기경을 만난 건 분명 왕비로 분장한 창녀였다. 그것은 재판 과정에서도 확연히 밝혀졌고 그것에 대해서는 별달리 이견을 제기하는 사람도 없었다. 하지만 당대의 민심은 끝끝내 가라앉지도 수정되지도 않았다. 구체제의 붕괴를 바라던 그들에게는 오스트리아 출신의 왕비가 창녀라는 믿음이 필요했고, 그것을 위해 헤아릴 수도 없이 많은 팸플릿들이 뿌려졌다. 그 과정에서 왕비와 창녀는 동일시되었고 그것이 굳어져 결국 마리 앙투아네트는 단두대의 제물로 사라져 버렸다.

내가 쓰고 싶어 한 마리 앙투아네트 이야기의 핵심은 왕비와 창녀이다. 그날 밤 추기경을 만나러 나간 건 분명 창녀였는데, 창녀였음에도 불구하고 그녀는 끝내 왕비일 수밖에 없었다. 내 머릿속에서 수천 번도 더 그려진 장면, 그 핵심적인 내용을 옮기면 이렇다.

창녀 (어둠 속에서 조심스럽게) 당신은 내가 누구인지 알지요?

추기경 (허리를 굽힌 채) 물론이죠. 당신이 창녀라는 걸 내가 왜 모르겠습니까. 그건 만인이 다 아는 사실인걸요.

창녀 (놀라 당황하면서) 무례하군요. 감히 왕비에게 창녀라는 언사를 쓰다니요.

추기경 (허리를 펴고 상체를 꼿꼿하게 세우며) 아, 왕비님! 창녀인 왕비, 왕비인 창녀…… 아무려나 무슨 상관이겠습니까.

창녀 (더욱 당황하여 추기경에게 장미를 내밀며) 그렇다면 이 꽃이 무엇을 의미하는지는 아시겠지요?

추기경 (거만한 표정으로 꽃을 받으며) 당신을 팔아 나로 하여금 목걸이를 사 달라는 뜻이 아니겠소. 장미가 전형적인 창녀의 상징이 아니고 달리 뭐겠소.

창녀 (울상을 지으며) 미안해요, 정말 미안해요. 처음부터 내가 창녀라는 걸 밝혔어야 하는 건데…… 난 단지 시키는 대로 했을 뿐이에요.

추기경 (야릇한 미소를 지으며) 그렇다고 그렇게 비굴하게 나올 것까지야. 난 잠시 장난을 했던 것뿐이오. 별다른 뜻은 없었으니 나의 무례를 용서하시오, 왕비.

창녀 (어깨를 들썩이며 훌쩍훌쩍) 정말이에요. 난 창녀라구요. 창녀라는데 왜 자꾸 왕비라고 하시나요? 난 정말 창녀라니까요!

추기경 (황급히 무릎을 꿇고 땅에 머리를 조아리며) 왕비 마마, 이 무례를 용서하여 주십시오. 마마께서 그렇게까지 상처를 받으실 줄 정말 몰랐습니다. 죽을죄를 졌습니다. 부디 용서를!

지금도 마리 앙투아네트는 내 주변을 끊임없이 맴돌고 있다. 왕비인 동시에 창녀, 창녀인 동시에 왕비인 여자들이 세상에서 사라지지 않는 한 그녀는 좀체 나를 떠나지 않을 것이다. 그녀의 삶이 점점 더 신비스러워지는 건 그런 여자를 필요로 하는 세상이 있기 때문이다. 다이아몬드 사건이 하나의 상징이 되고, 그런 사건이 펼쳐질 수 있는 무대에 인간 세상의 본질이 숨어 있는 것이다. 그것을 숨기고 언제까지 마리 앙투아네트에게만 각광을 비춰 댈 것인가.

가라, 더러운 신화여!

*

나의 서재에는 이재명의 사진 액자가 걸려 있다. 1904년 하와이에서 찍은 것이다. 검은 정장 차림의 그는 기개가 넘쳐 사진에 쓰인 "대한의사 이재명군(大韓義士 李在明君)"이라는 한자와 절묘한 조화를 이룬다. 나는 그를 '대한의사 이재명군'이 아니라 '대한민국 열혈남아 이재명'이라고 부른다. 그는 1888년 4월 8일 평안북도 선천에서 태어났지만 지금까지 살아서 나와 동거하고 있다.

나에게 있어 이재명은 대한민국의 어떤 인물보다 훌륭하고 대단하지만 그가 누구인지 아는 사람은 많지 않다. 그가 교수형을 당하고 50년이 지난 뒤 나라에서 건국훈장 대통령장을 추서했는데 어이없게도 그것을 수령해 갈 후손이 단 한 사람도 없어 훈장과 훈장증을 정부에서 보관해야 했다. 죽은 뒤에라도 가문이 좋아야 업적도 기리고 알리고 또한 빛나게 할 수 있는가 보다. 나에게 돈이 많으면 열혈남아의 유지를 받드는 상도 만들고 공원도 만들고 기념관도 만들 텐데…… 아쉽다, 젠장!

1909년 12월 22일 정오 무렵, 종현(鍾峴) 천주교회당(지금의 명동성당) 정문에 이완용이 탄 인력거가 나타났다. 벨기에 황제 레오폴드 2세의 추도회를 끝내고 나오는 길이었다. 자전거를 탄 두 명의 무장 경관이 인력거 앞을 호위하고 있었다. 인력거꾼까지 합해 이완용을 에워싼 인간들은 도합 다섯이었다.

언덕길 중간쯤의 토담집 뒤에서 이들의 움직임을 주시하던 이재명은 재빨리 가슴에 품고 있던 칼을 꺼냈다. 순간적으로 그는 언덕을 내려오는 인력거와 자전거의 속도를 가늠했다. 자전거의 속도가 빨라 인력거와 10여 미터 정도의 거리가 있었다. 앞을 호위하는 자전거가 토담을 지나친 직후 행동을 개시해야 한다고 그는 직감적으로 판단했다. 그리고 주변 인간들을 무시하고 무조건 인력거로 돌진해 훈장이 주렁주렁 달린 제복 위에 융을 두른 이완용의 가슴을 찌르리라 작심했다.

가라!

자전거 두 대가 눈앞을 스쳐 간 직후, 그는 웅크리고 있던 몸을 일으켜 튕기듯이 앞으로 나아갔다. 어느덧 인력거꾼이 목전에 당도해 있었다. 그가 인력거를 멈추기 위해 채를 잡자 당황한 인력거꾼이 한 손으로 그를 떠밀며 기를 쓰고 채를 놓지 않으려 했다. 앞에서 보니 구척장신에 어깨가 떡 벌어진 인간이었다. 잠시 인력거 채가 위로 들리며 기우뚱 중심을 잃는 순간, 그는 망설임 없이 인력거꾼의 가슴팍에 칼을 꽂았다. 곧이어 그는 인력거꾼의 목덜미에 다시 한번 칼을 꽂았다. 인력거꾼이 앞으로 고꾸라지고 채가 앞으로 쏠리자 그는 번개같이 몸을 날려 인력거에 앉은 이완용의 어깨를 찔렀다. 그 순간, 얼굴이 창백한 매국 적신의 얼굴을 그는 분명히 보았다. 손을 내저으며 뭔가 말을 하는 것 같았으나 그는 듣지 못했다. 그가 본 것은 다만 사랑을 모르는 한 인간의 나약하고 비굴한 표정뿐이었다. 공포에 질린 그 얼굴을 보자 더욱 분노가 치솟았다.

"가련한 매국 적신, 응징의 칼을 받아라!"

이완용의 어깨를 관통한 칼은 폐까지 뚫고 들어갔다. 좀 더 힘을 가했더라면 폐를 완전히 망가뜨려 호흡을 끝장나게 할 수도 있었을 것이다. 하지만 그 순간, 어깨를 찔리고 중심을 잃은 이완용이 인력거에서 굴러 떨어졌다. 그는 재빨리 이완용을 타고 앉아 허리 부위에 연해 칼을 꽂았다. 허리 부위에 세 번째 칼이 박혔을 때, 그것은 이완용의 신장 가까이까지 파고들어 갔다.

1분인가, 2분인가.

운명의 시간은 찰나처럼 짧았다. 인력거꾼과 이완용의 몸에서 분수처럼 솟구친 피가 언덕을 적시고 스멀스멀 경사를 따라 흘러 언덕을 내려가고 있었다. 그가 이완용의 몸에 네 번째로 칼을 꽂으려는 순간, 그의 허벅지에 호위 경관의 장검이 내리꽂혔다. 꽂힌 게 아니라 반대편까지 관통해 꿰뚫린 상태였다. 그는 손에 들고 있던 칼을 떨어뜨리고 상체를 앞으로 꺾었다. 하지만 그는 팔을 뻗고 안간힘을 다해 다시 칼을 잡으려 했다. 호위 경관이 그의 팔을 걷어차고 재빨리 칼을 집어 들었다. 그것을 본 그가 미간을 찌푸리며 자신의 다리를 내려다보았다. 꿰뚫린 허벅지에서 붉은 선혈이 줄기를 이루며 흘러내리고 있었다. 그는 상체를 일으키며 칼을 꽂은 경관에게 소리쳤다.

"나는 도망가지 않는다! 어서 이 칼을 빼라!"

추도식을 끝내고 나온 사람들이 그때 이미 사건 현장을 에워싸고 있었다. 피바다를 이룬 참혹한 정황을 지켜보며 그들은 어찌할 바를 모르고 있었다. 그를 내려다보며 인상을 찌푸리는 여자도 있었고, 이완용을 보며 탄식하는 사람도 있었다. 그때 몰려선 사람 중 하나가 경악한 어조로 외쳤다.

"이완용이 죽었다!"

그 외침을 듣는 순간, 그는 자기 운명의 소용돌이에서 비로소 벗어날 수 있었다. 고개를 뒤로 젖히고 위를 올려다보니 탱탱하게 얼어붙은 겨울 하늘이 부시게 그를 내려다보고 있었다. 하늘을 올려다보는 동안 욱신거리던 눈두덩에서 뜨거운 눈물이 흘러내리기 시작했다. 그 순간, 그는 두 팔을 하늘 높이 쳐들고 오열 섞인 어조로 사력을 다해 외쳤다.

"대한 독립 만세!"

이것이 자료를 바탕으로 내가 재구성한 이재명 인생의 하이라이트 혹은 운명의 갈림길이었다. 그날 그 자리에서 이재명은 자신이 이완용을 죽인 것으로 착각했다. 장안에도 이완용이 죽었다는 소문이 파다하게 퍼져 나갔다. 하지만 그가 거사 현장에서 일본 경관들에 의해 구리개(지금의 을지로) 경찰서로 끌려가 취조를 받는 동안 이완용은 기적같이 살아났다. 그리고 매 순간 위태로운 상태에서도 가까스로 목숨을 유지했다. 이완용을 에워싼 의사들이 뜬눈으로 밤을 지새우며 혈압과 맥박을 체크하고 몇 차례의 고비를 넘긴 덕분이었다. 하지만 다음 날, 이완용은 대한의원으로 옮겨져 오후 3시 50분부터 50분 정도 기쿠치 원장이 집도하는 대수술을 받았다. 이완용의 형 이윤용과 두 명의 비서관, 그리고 생질 한상용이 입회해 수술 과정을 지켜보았다.

수술은 성공적으로 끝났지만 상처는 심각했다. 처음 맞은 칼이 왼쪽 어깨를 뚫고 폐를 관통해 숨을 쉴 때마다 공기가 새어 나오는 폐기종 징후를 보였다. 뿐만 아니라 두 번째, 세 번째 잇달아 찔린 허리 부분의 상처도 신장 부근이라 안심할 만한 상황이 아니었다. 요컨대 한 달 이상 지나 봐야 상태를 판단할 수 있다는 진단이 내려진 것이었다. 그날 순종과 고종은 시종을 보내 이완용을 위문하고 대한의원으로 직접 전화를 걸어 경과를 보고받았다.

이완용이 살아났다는 말을 듣고 이재명은 감옥에서 통한의 눈물을 흘렸다. 하지만 그의 통한을 비웃듯 이완용은 입원한 지 33일 만에 걷고, 53일이 지난 뒤에 퇴원했다. 이완용이 대한의원 홍화당 5호실에 입원한 다음 날부터 고종은 날마다 시종을 보내 병문안을 했고, 일본에 있는 황태자는 전문을 보내 놀라움을 표시했다. 뿐만 아니라 황족과 대신들의 병문안이 끊이지 않았고 전국의 관찰사와 군수들로부터 연일 위문 전보와 위로금이 답지했다. 일본에서도 수상 가쓰라가 통감부 비서관을 통해 위문했고 일본인 대관들도 잇달아 대한의원을 찾았다. 뿐만 아니라 새로 즉위한 벨기에 황제도 위로 전문을 보내왔다. 순종의 위로금 2000원과 고종의 위로금 1000원을 포함 매국 적신 이완용에게 답지한 당시의 위로금은 무려 2만 원(1999년 기준, 약 4억 3000만 원)이 넘었다.

이완용이 병원에서 퇴원하던 그해 5월 18일, 이재명은 경성재판소에서 사형을 선고받았다. 나머지 동지 10여 명도 모두 징역 15년에서 5년까지 선고받았다. 그가 사형선고를 받은 그날, 이완용은 칼에 찔린 지 149일 만에 다시 순종과 고종을 알현하고 그동안의 투병 과정을 소상하게 아뢰었다. 그리고 그 자리에서 의사의 권고를 전한 뒤 고종으로부터 온양온천으로 요양을 떠나도 좋다는 허락을 받았다. 한편 사형을 선고받은 자리에서 이재명은 한없이 차분하고 담담한 어조로 이렇게 말했다.

"나라를 위한 의리로서 죽는 것은 내 평생의 소원이었으므로 조금도 두려울 것이 없다. 비록 내 한 몸이 땅에 묻힌다 하더라도 그로써 일이 끝나는 것이 아니라 수백 수천 명의 또 다른 이재명이 나타날 것이다. 그것은 마치 한 알의 곡식이 땅에 떨어져 수백 수천의 곡식을 낳는 것과 다를 바 없다. 그러니 지금이라도 늦지 않다. 통감부를 철폐하고 5조약과 7조약을 무효화하고 빼앗은 대한의 주권을 하나도 남김 없이 우리에게 되돌려라. 그러면 일본은 장차 일본에 밀어닥칠 큰 화를 면하게 될 것이다."

사형을 선고받은 이후, 이재명은 불복 공소하여 재심 공판을 기다렸다. 그러나 8월 21일 오후, 한일병합에 대해 전권을 위임받은 이완용은 통감부로 가서 데라우치와 "한국 전체에 대한 일체의 통치권을 완전히 그리고 영구히 일본에 넘겨 준다."는 한일병합조약에 조인했다. 조약은 8월 29일 공식적으로 공포되었고 그날로부터 시행하도록 규정되었다. 그것으로서 조선왕조 27대 519년의 역사가 막을 내리고 이완용의 이름에는 영원히 매국노의 딱지가 붙었다.

결국 이완용은 이재명에게 남은 마지막 희망의 촛불을 껐다. 이완용이 죽은 게 아니므로 다른 동지들보다 무거운 형은 받을지언정 교수형만은 면할 수 있을지도 모른다고 사람들은 생각했다. 하지만 대한제국의 주권이 '완전히 그리고 영구히' 일본으로 넘어갔기 때문에 9월에 있을 예정이던 그의 재심 청구 공소장은 영원히 기각되고 말았다. 나라가 사라졌으므로 재심을 할 이유가 없어진 것이었다. 이완용을 죽이려 한 그를 오히려 이완용이 다시 죽인 셈이었다.

무슨 악연인가.

이재명이 사형선고를 받던 날, 스물한 살이던 그의 아내 오인성(吳仁星)은 방청석에 앉아 있다가 하늘이 무너지는 소리를 들었다. 거사를 일으키던 날부터 지금까지 한 가닥 희망을 잃지 않고 기다렸건만 그 순간 모든 것이 한꺼번에 스러지며 그녀의 억장을 무너지게 만들었다. 몇십 년 형벌이라도 좋으니 제발 목숨만 부지하게 해 달라고 밤마다 빌었거늘 이게 무슨 날벼락이란 말인가. 그녀는 자신도 모르게 방청석에서 일어나 오열을 터뜨리며 소리쳤다.

"이놈들아, 이완용이 생명을 보존하여 살아 있는데 사형선고가 웬 말이냐!"

1910년 9월 13일, 이재명은 서대문형무소에서 교수형에 처해졌다. 이후 그의 아내 오인성은 중국 길림(吉林)으로 갔다가 거기서 이재명의 동지들을 만나 목릉(穆陵)으로 갔다. 목릉 구참(九站)에는 안중근 의사의 모친이 의사의 남동생들과 함께 살고 있었다. 그곳에서 달포쯤 머문 뒤 오인성은 다시 일행을 따라 노령(露領) 소왕령(小王嶺)으로 갔다. 소왕령에는 이동휘(李東輝), 유동렬(柳東悅), 양기탁(梁起鐸) 씨와 같은 독립운동의 거

두들이 있었다. 그곳에서 일행은 다시 독립운동을 했다고 하지만 오인성의 행적은 더 이상 전해지지 않는다. 스물하나에 남편과 나라를 동시에 잃고 중국 벌판을 떠돌던 그녀…… 오인성의 삶이 이재명의 삶에 얹히면 아픔은 몇 갑절로 커진다. 스물셋에 교수형에 처해진 이재명도 억울하지만, 스물하나에 청상과부가 되어 중국 벌판을 떠돌아야 했던 오인성의 삶을 대변할 만한 언사를 나는 도무지 찾아낼 수 없다. 뭐라고 지껄인단 말인가.

이재명이 나와 함께 살게 된 뒤로 나는 오직 한 가지 가정에만 집중했다. 그날 종현 천주교회당 앞에서 이재명이 이완용을 죽였더라면! 그래서 이재명이 매국 적신을 처단하겠다던 자신의 뜻을 성취하고 교수형을 당했더라면! ……그랬다면 그는 나의 관심을 끌지 못했을 것이다. 안중근 의사처럼 완성된 거사의 주인공이 되었다면 그가 나와 함께 동거하는 일 같은 건 결코 생기지 않았을 거라는 말이다. 그는 왜 이완용을 죽이지 못한 것일까.

나는 오랫동안 그 문제를 놓고 갖가지 가정을 다 해 보았다. 왜 그는 총을 사용하지 않고 칼을 썼을까. 그가 거사를 일으키던 그해 10월 26일 안중근 의사가 하얼빈에서 이토 히로부미를 죽일 때(이토 히로부미와 박정희는 둘 다 총에 맞아 죽었고, 죽은 날짜까지 같다!)도 권총을 사용했는데 이재명은 왜 칼을 사용한 것일까.

오랫동안 그에 관한 자료를 탐색하던 어느 날, 나는 이재명의 운명을 뒤바꾼 놀라운 운명의 장난을 발견하고 경악하지 않을 수 없었다. 이재명이 애초에 거사를 도모할 때는 총을 사용할 작정이었고 그것을 위해 그는 이미 총을 소지하고 있었다는 사실을 발견한 것이다. 운명이란 얼마나 사소하고 우연하고 어이없는 것인가. 그에게서 총을 빼앗은 사람은 놀랍게도 백범 김구 선생이었다.

『백범 일지』에 다음과 같은 언급이 있다.

계원(桂圓) 노백린(盧伯麟)이 군직에서 물러나 풍천(豊川) 자택에서 교육 사업에 종사하던 때였다. 하루는 경성 가는 길에 안악에서 그와 상봉하여, 함께 여물평 진초동(進礎洞) 교육가인 김정홍(金正洪) 군의 집에서 같이 잤다. 진초학교 직원들과 함께 술을 마시던 즈음 갑자기 동네에서 소동하는 소리가 났다. 진초학교 교장 김정홍이 놀라고 두려워서 어찌할 바를 모르면서 사실을 말했다.

학교의 여교사 오인성(吳仁星)은 이재명(李在明)의 부인인데, 이 군이 자기 부인에게 무슨 요구를 강경히 하였던지 단총으로 위협하니, 오 여사는 놀라고 겁이 나서 학교 수업을 감당치 못할 사정을 말하고 이웃집에 피해 숨어 버렸다 한다. 그런데 이 군이 미친 사람 모양으로 동네 어귀에서 총을 쏘아 대며, 매국노를 일일이 총살하겠노라고 소리를 치니 동네가 소동한다는 것이었다. 노백린과 상의하여 이 군을 청해 불렀다.

(……)

그때 우리의 요청에 의하여 나이 23~24세의 청년이 눈썹 가에 분기를 띠고 들어섰다. 우리 두 사람이 돌아가며 인사를 했는데, 자기는 이재명이고 수개월 전에 미주로부터 귀국하였다고 했다. 평양의 오인성이란 여자와 결혼하여 지내는바, 자기 부인의 가정은 과부인 장모가 딸 셋을 데리고 지내는데 가세가 풍족하여 딸들을 교육시켰지만, 국가의 대사에 충성을 바칠 용기가 없고 구차하게 안일에만 빠져 자기의 의기와 충성을 이해하지 못한다고 했다. 그리고 이 때문에 자기 부부간에 다툼거리가 생겨 학교에 손해가 될까 우려한다고 기탄없이 말하였다.

계원 형과 내가 이 의사에게 장래에 목적하는 일과 과거 경력 · 학식 등을 일일이 물으니, 자기는 어려서 하와이에 건너가서 공부하다, 조국이 섬 왜놈에게 강점되었단 소식을 듣고 귀국하였으며, 지금 하려는 일은 매국노 이완용을 위시하여 몇 놈을 죽이고자 준비 중이라고 했다. 그리고 단도 한 자루, 단총 한 정과 이완용 등의 사진 몇 장을 품속에서 내놓았다.

계원과 나는 동일한 관찰로 그를, 시세의 격변 때문에 헛된 열정에 들뜬 청년으로 보았다. 계원이 이 의사의 손을 잡고 간곡히 말했다.

"군이 국사에 비분하여 용기 있게 활동하는 것은 극히 가상하나, 큰일을 도모하고자 하는 대장부가 총기로 자기 부인을 위협하고 동네에서 총을 마구 쏘아 민심을 요란케 하는 것은 의지가 확고하지 못한 표징이오. 그러니 지금 칼과 총을 나에게 맡겨두고, 의지를 더욱 강하고 굳게 수양하고 동지도 더 사귀고 얻어서, 실행할 수 있을 때 총과 칼을 찾아가는 것이 어떠하오?"

의사는 한참 쳐다보다가 총과 칼을 계원에게 주었지만, 안색에는 즐겁지 못한 기색이 역력하였다. 그와 작별하고 사리원역에서 차가 막 떠나려 할 때, 홀연히 이 의사가 나타나 계원에게 물품의 반환을 요구하였다. 계원은 웃으면서 "경성 와서 찾으시오." 하고 말하는 사이, 기차가 떠났다.

그런 지 한 달이 못 되어 의사는 동지 몇 명과 함께 경성에 도착하였다. 이 의사는 군밤 장수로 가장하고 길가에서 밤을 팔다가 이완용을 칼로 찔렀다. 이완용은 생명이 위험하고, 이 의사와 김정익(金貞益), 김용문(金龍文), 전태선(全泰善), 오(吳)OO 등 여러 사람이 체포되었다는 사건이 신문에 게재되었다.

나는 깜짝 놀랐다. 이 의사가 단총을 사용하였다면 국적 이완용의 목숨을 확실히 끊었을 터인데, 눈먼 우리가 간섭하여 무기를 빼앗는 바람에 충분한 성공을 못한 것이다. 한탄과 후회가 그치지 않았다.

오랜 세월의 부화를 거쳐 이재명의 운명에서 내가 얻은 화두는 '칼과 총'이다. 그가 총을 사용하여 이완용을 처단했더라면 한일병합의 문제도 많이 달라졌을 것이다. 뿐만 아니라 그의 운명도 결정적으로 달라졌을 것이다. 이완용을 죽였더라면 지금 처럼 이재명의 이름을 모르는 사람들이 많지 않을 것이다. 어쩌다가 일면식도 없던 김구 선생을 그렇게 엉뚱한 장소에서 만나 총과 칼을 빼앗기게 되었는지 참으로 안타까울 따름이다. 그 자리에서 총과 칼을 빼앗긴 이재명은 결국 거사를 위해 평양에서 경성으로 잠입해 청계천 부근의 대장간에서 칼을 새로 맞추어 거사에 사용했다. 이 얼마나 어이없고 기막힌 운명의 장난이란 말인가.

3

태풍이 북상하는 밤, 나는 이상한 메일 한 통을 받았다. 내용은 분명 스팸 같은데 형식은 철저하게 개인 메일을 흉내 내고 있었다. 발신자는 '완전한 인생'이라는 닉네임을 사용하고 있었고 메일 주소의 아이디는 '퍼펙트 라이프(perfect life)'로 되어 있었다. 메일 제목이 "월든에 대하여"라고 되어 있어 선뜻 삭제하지 못하고 기어이 메일을 열어 보고 말았다. 혹시 누군가 나에게 헨리 데이비드 소로의 『월든』에 대하여 사적인 메일을 보낸 것일 수도 있겠다는 생각이 들어서였다. 하지만 메일의 내용에는 『월든』에 대한 얘기가 단 한마디도 없었고 오직 완전한 인생에 대해서만 언급하고 있었다.

당신의 인생은 완전한가요?

인간은 누구나 완전한 인생을 꿈꾸지만 어느 누구도 완전한 인생을 살지는 못합니다. 완전한 인생을 살지 못하기 때문에 날마다 괴로워하고 남몰래 고통스러운 인생을 살아야 합니다. 신이 아닌 한 완전한 인생을 살 수 없다고 사람들은 체념합니다. 오직 신만이 전지전능하고 자신이 뜻하는 대로 살 수 있다고 생각합니다. 그래서 신을 믿고 신에게 기도하고 신의 은총을 기원합니다. 하지만 정말 그럴까요?

사람은 자신이 경험하는 것만을 믿게 만들어진 존재입니다. 그것이 함정이자 또한 구원의 가능성입니다. 만약 어떤 방식으로든 완전한 인생을 경험할 수 있다면 사람들은 자신의 인생이 불완전하다는 고정관념에서 빠져나올 수 있습니다. 그리고 마음먹기에 따라 얼마든지 완전한 인생을 누릴 수 있다는 자신감을 얻게 됩니다. 그것만으로도 현실에서의 구원은 얼마든지 가능해지고 완전한 삶은 실현됩니다. 일시적인 경험으로 그치는 것이 아니라 24시간 지속적으로, 그리고 당신이 원하기만 한다면 언제까지나 그것은 유지될 수 있습니다.

완전한 인생이 탄생하는 새로운 세상, 어떤 결핍이나 고통에도 시달리지 않고 행복하게 살 수 있는 세상을 경험하시기 바랍니다. 지금 이 순간, 완전한 인생은 당신의 선택을 기다리고 있습니다. 당신의 인생이 완전하지 못한 것이 아니라 선택을 방해하는 망설임이 당신의 인생을 불완전하게 만들고 있습니다. 완전한 인생을 경험하는 그 순간, 당신은 더 이상 지금까지의 당신이 아닙니다. 완전한 인생을 찾아 지금 길을 떠나시기 바랍니다.

메일 하단에 사이트로 이동하는 클릭 버튼이 있었다. 나는 아무 생각 없이 버튼을 클릭하고 해당 사이트로 이동했다. 그리고 그곳에서 완전한 세상, 완전한 인간, 완전한 인생을 구경했다. 하지만 그것은 아주 간단하고 거칠게 요약해 사이버상에서의 하느님 놀이와 하나도 다를 게 없었다. 3D 가상공간에 자신이 설정한 인생의 커버스토리를 내세우고 그것에 맞춰 다른 인생들과 교류하며 살아간다는 것. 예컨대 "나는 훌륭하고 뼈대 있는 집안에서 태어나 좋은 교육을 받고 성장해 현재 대통령이 되었다."라고 커버스토리를 내세우고 자신의 아바타와 대통령 관저를 만들면 그곳을 방문하는 사람들이 그를 대통령으로 대접하는 방식이었다.

완전한 세상, 완전한 인생은 한마디로 말해 웃기는 인형의 마을이었다. 자신을 대신하는 아바타에 일부 네티즌들이 정도 이상으로 심각하게 빠져 있다더니 기어이 이런 어처구니없는 망상의 세계까지 만들어지는구나 싶어 나는 망설임 없이 그곳을 빠져나오려 했다. 그런데 메인 화면 우측에 완전한 세상의 시공간 구분이 "과거/현재"로 나뉘어 있는 게 이상해 그곳을 클릭해 보았다. 내용을 살펴보니 가입 당사자의 완전한 인생뿐 아니라 자신이 관심을 가지고 있거나 개인적으로 연관이 있는 역사적 인물을 완전한 인생으로 설정해 주거시킬 수도 있다는 것이었다. 그러니 '현재' 영역은 가입 당사자들의 완전한 세상, '과거' 영역은 역사적 인물들의 완전한 세상이라는 것이었다. 바로 그 지점에서 나는 선뜻 사이트를 빠져나오지 못하고 발목을 잡히고 말았다.

며칠 동안 나는 아바타의 세계에 대해 고민했다. 물론 완전한 세상과 완전한 인생에 대한 관심 때문이었다. 아바타이긴 하지만 그것을 통해 뭔가를 보상받고 대리 만족을 느낄 수 있다면 그것도 별로 나쁘진 않겠다는 생각이 들었다. 그 사이트에서 나온 뒤부터 나는 줄곧 나와 함께 몇십 년을 함께 살아온 세 명의 역사적 인물을 그곳의 '과거' 공간에 거주시키고 싶다는 열망에 시달렸다. 그들의 억울한 인생을 완전한 것으로 만들어 그 공간에 거주시키면 그들도 좋고 나에게도 좋을 것 같다는 생각을 도무지 떨쳐 버리기 어려웠다. 뿐만 아니라 나는 그것도 일종의 천도(遷度)라고 생각했다. 성북동 법사가 말하는 영가 천도나 이것이나 의미상으론 별반 다를 게 없었다. 아무려나 좋은 곳으로 가면 그만 아닌가.

태풍이 지나간 뒤, 나는 드디어 마음의 결정을 내렸다. 완전한 세상, 완전한 인생을 살 수 있다는 사이트에 정식 회원으로 가입하고 일정한 영역을 분할받은 뒤 집을 짓는 데 필요한 제작 도구 사용법에 대해 공부하기 시작했다. 그리고 세 사람의 역사적 인물들을 완전한 인생으로 바꾸기 위한 커버스토리와 아바타 제작에 필요한 애니메이션에 대해서도 연구했다. 그것을 진행하는 동안 신기하게도 현실적인 감각은 약화되고 사이버상에서 내가 만드는 인물과 공간은 점점 더 실감 나게 나를 사로잡기 시작했다. 참으로 신기한 일이 아닐 수 없었다.

사이트 초기라서인가 '과거' 공간에는 거주자가 별로 많지 않았다. 나는 그 공간에서 이순신도 보고, 박정희도 보고, 칭기즈칸도 보고, 나폴레옹도 보고, 체 게바라도 보았다. 연개소문, 을지문덕, 대조영, 왕건…… 심지어는 김일성도 있었다. 인물이 누구냐가 아니라 완전한 인생으로 수정된 그들의 커버스토리가 재미있었다.

예를 들어 이순신 같은 경우, 노량해전에서 유탄을 맞고 전사한 게 아니라 거기서도 승전고를 올리고 승승장구하며 수군통제사로 머물다가 나중에 좌의정, 영의정까지 올라가는 것으로 커버스토리가 작성되어 있었다. 그래서 그곳을 방문하여 이순신 장군과 대화하는 사람들은 주로 그의 화려했던 해전 경력과 나라와 백성을 위한 공덕에 대해서만 대화를 나누었다. 노량해전에서 죽은 사람을 죽지 않은 것으로 상정하는 것, 요컨대 그것은 이순신의 운명적 불행이었지만 그것을 수정함으로써 완전한 인생의 초석이 마련된 셈이었다.

과거 공간에 거주하는 대부분의 역사적 인물들이 대개 그와 같은 커버스토리를 표방하고 있었다. 어쩌면 바로 그것이 내가 남이 장군과 마리 앙투아네트와 이재명을 위해 찾고 싶었던 진정한 위령(慰靈)의 방식이었는지도 모를 일이었다.

남이 장군은 참수형을 당했다. 마리 앙투아네트는 단두대에서 목이 잘렸다. 이재명은 교수형을 당했다. 목이 잘리거나 목이 매달려 죽었다는 그들의 끔찍스러운 공통점을 나는 오랜 세월이 지난 뒤에야 알았다. 그들이 역사에 남긴 기록은 외관상 공통점이 없다. 한 사람은 장군이요 한 사람은 왕비요 한 사람은 의사였으니 그들을 하나로 엮을 만한 근거가 비슷한 방법으로 죽음을 당했다는 것밖에 없는 것처럼 보였다. 하지만 그들과 몇십 년 동거하는 동안 나는 그들이 모두 동일한 운명의 소유자라는 걸 알았다.

> 남이 장군 — 미평국/미득국
> 마리 앙투아네트 — 왕비/창녀
> 이재명 — 칼/총

어차피 소설가는 인간과 인생을 다루는 존재이다. 그것을 다루지 않고는 소설이 만들어지지 않기 때문이다. 인간과 인생이 만나면 개인적인 삶, 다시 말해 운명이 형성된다. 운명의 핵심은 둘 중 하나, 즉 선택의 문제로 남는다. 남이 장군이 실제로 미평국이 아니라 미득국이라고 쓰고 반역을 꾀했다면 그의 운명과 조선의 역사는 달라졌을 것이다. 마리 앙투아네트가 처음부터 추앙받고 존경받는 왕비의 품위를 보였다면, 그리하여 창녀의 굴레를 쓰지 않았다면 그녀의 운명과 프랑스혁명, 나아가 프랑스라는 국가의 운명까지 달라졌을 것이다. 이재명의 경우도 마찬가지. 그가 칼이 아니라 총을 사용하여 이완용을 죽였다면 그의 운명과 대한제국의 운명은 달라졌을 것이다.

내가 남이 장군, 마리 앙투아네트, 이재명과 만난 건 전적으로 우연의 결과였다. 하지만 그들과 인생을 함께 보내는 동안 나는 놀라운 사실을 깨달았다. 그들이 억울하게 죽은 사람들이기 때문이 아니라 인간에게 주어진 모든 운명의 요소가 동일하다는 것을 간파하게 된 때문이었다. 세상에 존재하는 모든 사람의 운명은 동일한 요소로 구성되어 있다는 것. 다만 자기 운명의 두 가지 상반된 키워드를 세상살이에 정신을 파느라 찾아내지 못하고 있을 뿐이다. 둘 중의 하나, 그리고 선택. 매 순간, 인생은 선택의 연속으로 이루어지는 것이다. 선택하지 않고는 한 발자국도 앞으로 나아갈 수 없는 게 인생 아닌가.

세 명의 인물을 위해 내가 만든 커버스토리의 요지는 간단했다. 남이 장군에게는 '미평국'의 참다운 뜻을 부여하고, 마리 앙투아네트에게는 '왕비'의 이미지를 부여하고, 이재명에게는 '총'을 부여함으로써 그들의 불완전했던 인생을 완전한 것으로 보상받게 한 것이었다. 부정적인 측면의 제거. 그것으로 나는 그들의 인생을 천도했다고 만족했다. 아바타에도 그들의 실제 사진을 합성하고 한껏 멋지게 치장해 각자의 주거 공간에 살게 했다. 남이 장군에게는 두만강변의 병영을 만들어 주고, 마리 앙투아네트에게는 소박하면서도 기품 있게 꾸며진 왕비의 방을 선사하고, 이재명에게는 거사가 멋지게 성공한 명동성당을 배경으로 설정해 주었다. 아무리 억울한 영혼이라고 해도 그만하면 됐지, 더 이상 뭘 바라겠는가.

내가 사이트에 접속하면 세 명의 인물이 동시에 활성화됐다. 누군가 세 명 중 한 사람에게 대화를 신청하면 내가 그에 응대해 대역을 해야 했다. 하지만 역사에 대한 무관심 때문인지 대화를 거는 사람은 별로 없었다. 어쩌다 한 번씩 있다 해도 짜증나는 내용이기 일쑤였다.

어느 날, 마리 앙투아네트의 경우

마당개 안냐세여~ 마리 앙투아네트 님. 이름이 참 발음하기 어렵네요. 잘못 들으면 욕하는 줄 알겠어요. 근데 왕비는 나라에서 월급을 주나여? 만약 안 준다면 나랏돈을 무조건 자기가 쓰고 싶은 만큼 써도 되나여?

마리 앙투아네트 월급은 없지만 나랏돈을 마음대로 쓸 수는 없습니다. 나랏돈은 국민들 세금이니까요.

마당개 그래요? 그럼 왕비도 별 볼일 없네요. 그냥 나라에서 주는 밥 먹고 옷 입고 심심하게 사는 거라면 감옥살이와 다를 게 아무것도 없잖아요. ㅎㅎ 나 같으면 도망치겠다.

어느 날, 남이 장군의 경우

섬그늘 남이섬에 가면 막걸리가 참 맛있어요. 장군님도 그거 드셔 보셨나요?

남이 장군 아뇨. 못 먹어 봤습니다.

섬그늘 허걱! 그럼 남이섬이 장군님 거 아닌가여?

어느 날, 이재명의 경우

마리아 명동성당 앞에서 그렇게 멋진 일을 하신 줄 몰랐어요. 너무너무 자랑스러워요. 나도 명동성당 다니걸랑요~

이재명 감사합니다.

마리아 그런데 그렇게 젊은 나이에 왜 그렇게 힘든 일을 했어요? 그냥 편하게 살지.

*

시간이 흐르면서 나는 완전한 인생, 완전한 세상에 지쳐 가기 시작했다. 내가 지쳐 간다는 것, 바로 그것이 심각한 문제라는 걸 어느 날 나는 간파했다. 이재명도 아니고 남이 장군도 아니고 마리 앙투아네트도 아니고 왜 내가 지쳐 가는가. 완전한 세상, 완전한 인생을 사는 건 그들이 아니라 나 자신이라는 걸 알아차린 때문이었다. 그들에게 아바타를 부여한 건 나였지만 실제적으로는 내가 그들의 아바타가 되어 대역 행세를 하는 것 같다는 생각이 들 때도 있었다. 대체 누구를 위한 완전함이란 말인가.

세 번째 태풍이 북상하던 밤, 나는 비로소 괜찮은 대화 상대를 만날 수 있었다. 밤 9시경에 접속했을 때 바이올렛이라는 아바타가 찾아와 대화를 신청했다. 아바타 얼굴에 이목구비 대신 바이올렛을 합성한 것으로 보아 자신이 노출되는 걸 꺼리는 사람인 것 같다는 생각이 들었다. 그녀가 대화를 신청한 상대는 마리 앙투아네트였다. 그녀는 아무런 탐색의 시간도 갖지 않고 다짜고짜 날카로운 질문을 던졌다.

바이올렛 왕비가 왕비스러운 게 커버스토리가 될 만하다고 생각하시나요?

마리 앙투아네트 왕비가 왕비스럽다는 건 정치적 입장에 가깝죠.

바이올렛 그럼 개인적 입장은 어느 쪽인가요?

마리 앙투아네트 나는 특별한 왕비가 아닙니다. 그러니 개인적으로는 평범한 여성에 가깝죠.

바이올렛 왕비가 평범한 여성을 표방한다는 게 훨씬 더 정치적이지 않나요?

그런 식의 대화를 바이올렛과 나는 한참 동안 주고받았다. 그녀는 마리 앙투아네트의 삶이 지닌 양면성을 뚜렷이 이해하고 있는 사람 같았다. 나는 의표를 찔린 것 같아 무척 당황스러웠지만 거의 처음으로 대화다운 대화를 나눈 것 같아 다른 한편으로는 매우 기분이 좋기도 했다. 그녀와 대화를 나눈 게 밤 9시경이었는데 11시경에 그녀는 다시 찾아와 이번에는 남이 장군과의 대화를 원했다.

바이올렛 「북정가」라는 칠언절구에 분명 "미평국"이라고 썼다면서요?

남이 장군 그렇습니다.

바이올렛 미평국의 뜻이 뭐라고 생각하세요?

남이 장군 나라를 평안케 한다…….

바이올렛 나라를 평안케 한다고 썼기 때문에 역모 혐의를 벗었다는 건가요?

남이 장군 그런 셈이죠.

바이올렛 그럼 나라를 평안케 할 수 있는 존재가 어떤 존재라고 생각하나요?

남이 장군 …….

바이올렛 나라를 평안케 할 수 있는 유일한 존재는 지존뿐이죠. 왕만이 그런 일을 할 수 있는 거 아닌가요?

남이 장군 …….

바이올렛 평(平)이 득(得)보다 훨씬 넓고 큰 의미를 지녔다는 걸 정말 모르셨던 건가요?

바이올렛은 다음 날도 밤 9시경에 찾아왔다. 그리고 이번에는 이재명과의 대화를 청했다. 나는 바짝 긴장하여 상체를 곧게 세우고 나도 모르게 전투적인 자세를 취했다. 그때 이미 나의 뇌리에는 바이올렛이란 존재가 검색을 통해 마리 앙투아네트, 남이 장군, 이재명의 생성자가 모두 '고딥'이라는 걸 확인하고 나를 표적으로 삼은 것 같다는 생각이 떠올라 있었다. 한판 붙어 보자는 건가?

바이올렛 이재명 의사에게 있어 총은 구원인가요?

이재명 중요한 의미이죠.

바이올렛 그럼 칼을 썼기 때문에 역사 속의 이재명은 무의미한가요?

이재명 곤란한 방식으로 해석하시는군요.

바이올렛 나도 그가 누구인지 어제까지 몰랐는걸요. 공부했죠.

이재명 사람들이 모른다고 해서 의미가 퇴색하는 건 아니죠.

바이올렛 그렇다면 억울할 것도 없고 슬플 것도 없을 텐데 어째서 완전함을 꿈꾸죠?

이재명 …….

바이올렛이 좋은 대화 상대인 것 같다는 애초의 내 생각은 완전히 틀린 것이었다. 그녀는 매일 밤 9시경에 찾아와 대화를 걸고, 세 사람의 완전한 인생을 위해 내가 작성한 커버스토리의 핵심을 집요하게 공격해 댔다. 그 집요함은 내가 세상에 태어나 경험한 것 중 최고라고 해도 과언이 아닐 만큼 몸서리쳐지고 소름 돋는 것이었다. 언사가 저질스럽다거나 어처구니없어서가 아니었다. 오히려 너무나도 논리가 정연하고 날카로워 응대를 하기가 어려울 정도였다. 집중력이 너무 강해 어떤 때는 새벽 4시가 넘을 때까지 논쟁을 하다가 내가 일방적으로 접속을 끊을 때도 있었다. 비신사적인 행동이었지만 머리통이 터져 버릴 것 같아 어쩔 도리가 없었다.

시간이 흐르면서 나는 바이올렛이 세 명의 역사적 인물이 아니라 나를 공격하고 있다는 걸 알게 되었다. 단지 '고딥'으로 나타나는 나의 닉네임만으로는 나의 신상이 절대 노출될 리 없겠지만 그래도 그녀가 나의 개인 정보를 알게 되면 죽는 날까지 쫓아다니며 괴롭힐지 모른다는 피해망상까지 생겨 마음이 편치 않았다. 검색을 해 보니 그녀는 사이트에 회원으로 가입돼 있었으나 과거 영역이나 현재 영역 어느 쪽에도 완전한 인생을 생성하지 않고 있었다. 그냥 가입만 하고 돌아다니며 타인들의 완전한 인생을 박살 내는 걸 취미로 삼는 무조건적인 파괴자 같았다.

어느 날, 나는 '고딥' 아바타로 다가가 그녀에게 먼저 대화를 걸었다.

고딥 오늘은 과거 인물들에게 말 걸지 마세요.

바이올렛 명령인가요?

고딥 부탁입니다.

바이올렛 그럼 용건을 말하세요.

고딥 뭔가 잔뜩 꼬여 있는 분 같은데 왜 완전한 인생을 생성하지 않죠?

바이올렛 이미 완전한데 달리 완전한 걸 만들 필요가 있을까요.

고딥 과대망상인가요?

바이올렛 아뇨, 변태예요.

고딥 그럴듯하군요. 나는 가학적인데, 그럼 한번 만날까요?

바이올렛 나도 가학적인 걸 좋아하는데…… 양쪽 다 그런 성향이면 어떻게 되는 거죠?

고딥 ㅎㅎ 죽을 때까지 치고받는 수밖에!

바이올렛 오호! 그건 내가 가장 좋아하는 방식이죠. 그럼 오늘 밤 당장 만나요!

약속이 성사되자마자 그녀는 접속을 끊었다. 순간, 나는 뭔가에 홀렸다 깨어난 사람처럼 이 돌발적인 상황이 난감하게 느껴지기 시작했다. 하지만 이젠 아무것도 물리거나 수정할 수 없는 상황이었다. 그녀는 두 시간 뒤, 다시 말해 밤 11시 30분에 석계 지하철역 입구에서 만나자고 했다. 거긴 내가 머리털 난 이후 단 한 번도 가 본 적이 없는 곳이었다. 그렇게 낯선 곳에서 낯선 사람과 접선하는 방식에 대해 그녀는 명령조로 간단히 잘라 말했다. 그냥 서 있기만 해요. 내가 알아볼 수 있으니까.

택시를 타고 석계역으로 가는 동안 나는 바이올렛이 혹시 내가 아는 인물일지도 모른다는 생각을 했다. 그래서 택시에 앉아 나름 진지하게 추리소설 한 편을 썼다. 내가 마리 앙투아네트, 남이 장군, 이재명과 오랜 세월 동거해 온 사실을 알고 있는 인물이 누구인가. 그런 인물이 있다면 '고딥'이 나라는 걸 얼마든지 유추할 수 있을 것이다. 하지만 온갖 검색에도 불구하고 세 명의 역사적 인물과 나의 상관관계를 모두 알고 있는 사람은 아무도 떠오르지 않았다. 한 명씩 각각 다른 자리에서 관심을 표명한 적은 몇 번인가 있었다. 그리하여 추리마저 칼칼한 판단력을 상실하자 나중에는 모든 걸 체념하는 심정이 되어 버리고 말았다. 젠장, 만나 보면 알겠지.

자정 무렵의 석계역은 음산하고 흉흉했다. 나는 11시 10분경에 그곳에 당도하여 주변을 어슬렁거렸다. 지하철역 인근의 마트 앞에 앉아 술을 마시는 사람들이 몇몇 눈에 띄었을 뿐 오가는 사람은 별로 없었다. 정확하게 11시 30분, 나는 시간을 확인하고 나서 어슬렁거리던 걸음을 멈추고 지하철역 입구에 섰다. 그러자 그녀가 왜 자신이 나를 알아볼 수 있으니 그냥 서 있기만

하라고 했는지 알 수 있을 것 같았다. 그 시간에 거기 우두커니 서서 누군가를 기다리는 사람은 오직 나 하나밖에 없었으니까.

그 순간, 내가 선 자리 정면으로 건너다보이는 마트 옆 골목에서 목발을 짚은 여자가 움직이는 게 보였다. 좌우측 모두 목발에 의지하고 있어 움직임이 무척이나 힘겨워 보였다. 가만히 바라보자니 걸음을 옮기는 게 아니라 완전히 양쪽 팔의 힘에 의존해 하체를 들고 가는 형국이었다. 나는 묵묵히 서서 그녀의 동작을 주시했다. 그러는 사이 그녀는 차츰 내가 있는 쪽으로 가까이 다가왔다. 그때는 이미 그녀가 바이올렛이고 내가 고딥이라는 걸 양쪽 모두 확연하게 알아차린 뒤였다.

"차를 안 가져왔나요?"

바이올렛은 당황한 표정으로 나에게 물었다. 너무나도 커다란 눈망울에 놀라 나는 아무 말도 못하고 잠시 멍한 표정으로 그녀의 얼굴만 보았다. 20대 후반이나 30대 초반…… 어쩌면 중반일지도 모르겠다는 생각이 들었다. 선뜻 나이를 가늠하기 어려운 얼굴이었다. 전체적으로 단정한 이목구비임에도 불구하고 커다란 눈망울 때문에 강렬한 영감을 지닌 사람처럼 보였다. 그 자리에서 나는 '완전하게 열린 눈'이라는 표현을 떠올렸다. 게다가 차를 가져오지 않음으로써 나는 그녀의 눈망울을 더욱 커지게 만들고 있었다.

"그럼 여기 계속 서 계세요. 내가 가서 차를 가져올게요."

그렇게 말하고 나서 그녀는 자신이 걸어온 길을 되돌아갔다.

골목으로 들어가는 뒷모습이 앞모습보다 더욱 힘겨워 보여 나는 차를 가져오지 않은 것이 터무니없이 죄스럽기까지 했다. 거의 20분 정도 나는 그렇게 죄인처럼 우두커니 서서 골목만 들여다보았다. 하지만 그녀가 몰고 온 차는 어이없게도 내가 선 자리의 좌측에서 나타나 가볍게 클랙슨을 울렸다.

"지금부터는 아무것도 묻지 마세요. 이 주변은 내 홈그라운드이고 내가 가학적이라는 건 이미 밝혔으니까 각오는 돼 있겠죠?"

내가 옆 자리에 앉자마자 그녀는 겁을 주듯 말했다.

"어차피 당할 거라면 모르고 당하는 게 더 재미있죠."

몇 분 지나지 않아 차는 사방을 분간하기 어려운 어둠 속으로 진입했다. 도로도 협소해지고 좌우로 울창한 숲이 나타나 도무지 방향을 가늠하기 어려웠다. 어디로 가는 거냐고 묻고 싶었지만 그녀가 박아 놓은 쐐기가 있어 선뜻 입을 열기도 어려웠다. 나의 심중을 읽고 있는지 그녀는 여기서부터는 서울이 아니라고만 짧게 말했다. 서울이 아니면 경기도일 텐데 표지판 하나 보이지 않으니 도시로부터 점점 더 멀어지고 있다는 것 말고는 달리 알 수 있는 게 없었다.

30여 분쯤 달린 뒤 바이올렛의 차는 희미한 백열등 불빛이 새어나오는 산중 카페의 주차장에 당도했다. 카페에서 밀려 나오는 불빛 외에 주변에 다른 불빛은 단 한 점도 보이지 않았다. 이렇게 인적도 없고 불빛도 없는 산중에 카페가 있다는 것도 신기했지만 이렇게 늦은 시간에 영업을 한다는 건 더더욱 믿기지 않았다. 하지만 주차장에 차가 당도하자마자 그녀는 감정이 담기지 않은 어조로 나에게 내리라고 말했다. 그리고 내가 차에서 내리자 먼저 카페 안으로 들어가라고 했다. 같이 가겠다고 말하자 그냥, 그렇게 해 주세요, 하고 명령조에 가깝게 잘라 말했다.

불편한 몸으로 차에서 내리는 모습을 나에게 보여 주기 싫어서 그러는 모양이라고 생각하며 나는 먼저 카페 안으로 들어갔다. 통나무 카페였는데 나무로 만들어진 대문을 밀치고 안으로 들어가자 상당히 넓은 실내가 나타났다. 실내에는 아직 손님이 두 테이블 남아 있었고 희미하게 가야금 연주곡이 흘러나오고 있었다. 우측의 통유리 바깥쪽에는 야외석도 있었는데 밤이고 습기가 많아서인지 아무도 앉아 있지 않았다.

10여 분쯤 지난 뒤 바이올렛이 목발을 짚고 안으로 들어섰다. 그러자 50대쯤으로 보이는 주인 여자가 자리에서 일어나 반가운 표정으로 그녀를 맞았다. 그녀는 주인 여자와 대화를 나누며 내가 앉은 벽 쪽 자리까지 함께 왔다. 그러고는 자신은 재스민 차를 마실 건데 고딥 님은 뭘 마실 거냐고 물었다. 나는 잠깐 술을 마실까, 생각했다. 하지만 곧이어 모든 걸 단념하고 나도 같은 것으로 달라고 했다. 직감적으로 술을 마실 만한 여건이 아니라는 걸 알 수 있었다. 바이올렛과는 취기를 앞세워 나눌 수 있는 말이 아무것도 없을 것 같은 직감.

차를 마시며 바이올렛은 나에게 술을 안 마시는지 못 마시는지 물었다. 나는 원래 술을 마시지만 지금은 마실 만한 여건이 아닌 것 같아 안 마신다고 대답했다. 자신은 대학원생과 교수들에게 전문 서적이나 원서를 읽고 내용을 요약해 주는 일을 하는데 나는 무엇을 하는지도 물었다. 그 자리에서 나는 소설가라고 대답하지 않고 실업자라고 대답했다. 언젠가 뜻이 이루어지면 사진작가가 되고 싶다는 말도 덧붙였다. 그러자 사진을 잘 찍느냐고 물었고 나는 카메라만 열 대를 바꿨을 뿐 사진은 잘 찍지 못한다고 대답했다. 그때로부터 한동안 그녀는 사진이 기술로 찍는 것이냐 본능적인 감성으로 찍는 것이냐에 대해 자신의 생각을 말했고 나는 그것에 대해 부분적으로 동의하거나 부분적으로 부정했다. 그런 뒤 문득 생각났다는 듯 서로의 이름은 말하지 말자는 주문을 했고 나도 그에 동의했다.

그렇게 1시가 넘을 때까지 바이올렛과 나는 본론으로 진입하지 않았다. 두 사람 다 본론을 지나치게 의식하고 있었기 때문이었다. 이렇게 저렇게 둘러쳤지만 그녀와 내가 만난 건 당연히 완전한 인생, 완전한 세상에 대한 완전한 이견 때문이었다. 그동안 그토록 집요하게 그녀가 나를 공격한 이유가 뭔지 나는 그녀의 입을 통해 직접 듣고 싶었다. 그리고 그와 같은 나의 열망을 그녀는 철저하게 간파하고 있었다. 그녀는 다만 내가 어떻게 생겨먹은 인간이기에 한 명도 아니고 세 명씩에게 완전한 인생을 부여하려 하는가, 그것이 알고 싶었을 터였다. 뻔한 것 아닌가.

잠시 뒤, 바이올렛은 허공을 올려다보며 길게 한숨을 내쉬었다. 나는 그녀가 본론으로 진입하려 한다는 걸 직감적으로 알아차릴 수 있었다. 상체를 곧게 세우고 앞으로 흘러내린 머리카락을 쓸어 올린 뒤 그 커다란 눈망울로 빨아들일 듯 나를 주시한 때문이었다. 그 순간, 나는 고딥이라는 닉네임의 아바타가 되어 있는 나 자신을 발견했다. 하지만 어찌 된 셈인지 그녀는 바이올렛이라는 닉네임을 지닌 아바타로 변신하지 않았다. 그것이 그녀와 대화를 주고받는 내내 나를 불편하게 만들었다.

사람 완전한 인생을 생성해 내는 당신의 공식이 뭔지 아나요?

아바타 그걸 왜 공식이라고 말하죠? 자연스럽게 얻게 된 것들인데요.

사람 한 명도 아니고 세 명씩이나 되는 역사적 인물들에게 하나같이 덮어씌웠는데 그게 공식이 아니면 달리 뭐가 공식이죠?

아바타 내가 찾아낸 건 운명의 대립항이지 공식이 아닙니다.

사람 그 대립항에서 부정적인 항을 삭제하면 완전한 인생을 얻는다는 게 당신이 찾아낸 우스꽝스러운 방식이잖아요.

아바타 부정하지 않겠습니다. 사실이라고 생각하니까요.

사람 그럼 당신이 인간의 운명에서 삭제해 버린 그 부정적인 항목들은 뭔가요?

아바타 인생을 망가뜨리고 운명을 일그러뜨리는 고약한 에너지 같은 거죠.

사람 혹시 그런 에너지가 인간에게 정말 필요한 것이란 생각은 해 본 적 없나요?

아바타 지금 나에게 무슨 말을 하고 싶은 거죠?

사람 당신이 마리 앙투아네트에게서 삭제한 '창녀', 남이 장군에게서 삭제한 '미득국', 이재명에게서 삭제한 '칼'은 부정적인 항목이 아니라 인간의 삶에 없어서는 안 될 필수 항목이라는 걸 왜 모르는 거죠?

아바타 사람이 목 잘려 죽게 만드는 게 무슨 필수 항목인가요? 그런 어처구니없는 궤변이 도대체 어디 있습니까?

사람 정말 한심하군요. 당신이 말하는 그 부정적인 항목이라는 거…… 그게 바로 상처예요, 상처! 상처는 인간의 삶에서 없어서는 안 될 필수 영양소라구요. 당신들이 미치고 못 사는 그 아바타…… 그래, 그것들은 완전한 인생의 소유자들이죠. 인형이 무슨 상처를 알겠어요, 사람도 아닌 것들이!

아바타 완전한 인생이란 상처가 없는 인생이죠. 상처가 없는 상태를 너무 부정적으로 보는 거 아닌가요? 인간은 무조건 상처를 받아야 하고, 고통에 시달려야 하고, 그래야 깨닫는다는 식의 자학적인 설교를 할 거라면 더 이상 얘기를 하지 말죠. 그런 종교적 언사들은 정말 구역질이 납니다.

사람 당신이 역사적 인물들의 상처를 삭제해서 아바타로 만드는 건 구역질 나는 행동이 아닌가요?

아바타 구역질은 당신 같은 사람들이나 내죠. 당신처럼 그렇게 뒤틀린 심사를 함부로 퍼부어 대는 사람은 정말 흔치 않으니까요.

사람 병신 같은 자식! 난 육체가 병신이지만 넌 정신이 병신이로구나. 봐! 난 이런 몸뚱어리로 지금껏 세상을 살아왔어. 완전한 인생을 꿈꾸기로 했다면 너희들이 나보다 절실하게, 나보다 더 열렬하게 그것을 꿈꿀 수 있었겠니? 완전한 인생, 완전한 세상에서 아무리 아름다운 아바타로 나를 꾸민다고 해도 그건 영원히 내가 될 수 없어. 상처 받지 않는 것들은 영혼이 없는 것들이니까. 그리고 영혼이 없는 것들은 인간이 아니니까. 무슨 말인지 알겠니? 너 같은 것들은 영원히 인간이 될 수 없단 말야. 피 흘릴 줄 모르고 상처 받지 못하는 인형들, 너희 같은 아바타들이 어떻게 인생을 알 수 있겠니…….

사람이 얼굴을 감싸고 오열을 터뜨리는 걸 보고 아바타는 자리를 박차고 밖으로 뛰쳐나왔다. 사방이 캄캄한 어둠에 뒤덮여 한 치 앞도 분간하기 어려웠다. 하지만 아바타는 견딜 수 없는 분노와 욕지기와 위기감을 동시에 느끼며 어둠 속을 달렸다. 그리고 카페의 불빛마저 아주 보이지 않게 되었을 때 턱까지 차오른 숨을 몰아쉬며 걸음을 멈추었다. 모든 것이 뒤죽박죽이 돼 도대체 뭐가 뭔지 도무지 분간하기 어려웠다. 하지만 사람이라고 해서 아바타보다 나을 건 아무것도 없었다. 그렇게 분노를 주체하지 못하고 자신의 상처를 무기처럼 휘둘러 대는 게 인간의 미덕이란 말인가.

아바타는 어둠 속에서 오래오래 마음을 가다듬었다. 그리고 어느 순간인가, 여자를 버려두고 카페를 뛰쳐나온 자신의 행동을 후회하기 시작했다. 그래, 그런 건 상처가 많은 인간들이나 하는 짓이지 완전한 인생을 꿈꾸는 존재가 할 짓이 아니지. 마음을 돌리고 아바타는 자신이 달려온 길을 헤아려 다시 카페를 찾아 나섰다. 여자를 다시 만나 둘이 처음 만났던 지하철역까지 돌아가서 헤어지는 게 마땅한 도리라는 생각이 들어서였다. 하지만 아무리 헤매고 찾아보아도 자신이 떠나온 카페의 불빛은 나타나지 않았다. 빠르게 걷기도 하고 뛰기도 하면서 미친 듯이 헤맸지만 끝끝내 아바타가 찾는 불빛은 나타나지 않았다. 처음부터 없었던 것일까, 아니면 나타났다 사라진 것일까.

아바타는 밤새도록 길을 잃고 어둠 속을 헤맸다. 비탈에 미끄러지고 진흙 구덩이에 발이 빠져 몰골이 말이 아니었다. 새벽 5시가 지난 뒤 탈진한 몸으로 가까스로 차가 다니는 도로에 당도할 수 있었다. 이미 날이 훤하게 밝아 버린 사거리, 허공을 올려다보니 거기 이런 표지판이 나붙어 있었다.

퇴계원 사거리

*

아침저녁으로 잠자리 비행대가 하늘을 뒤덮었다. 지긋지긋한 장마와 태풍의 계절이 끝나자 건조한 햇발이 만물의 내면으로 파고드는 시간이 길어졌다. 뭔가 나도 모르는 사이에 우주적인 변화가 진행되는 것 같았지만 나는 짐짓 모른 체하며 시치미를 떼는 시간을 보냈다. 언제든 서두르는 기색 없이 움직이고, 아무리 바빠도 딴 짓 하기를 곁들이며 나 자신의 내면에 은밀한 여백을 만들어 나가는 일을 게을리 하지 않았다. 그렇게 하는 게 좋거나 잘하는 짓이라서가 아니라 그렇게밖에 행동할 수 없었기 때문이었다. 그렇게 할 수 없다면 차라리 성북동 법사를 찾아가 산 채로 영가 천도를 시켜 달라고 애원하는 게 나을 것 같았다.

산중을 헤매던 그날 밤 이후 바이올렛은 더 이상 완전한 세상에 나타나지 않았다. 나는 그녀가 다시 나타날지도 모른다는 생각에 이제나저제나 은근한 기다림의 시간을 보냈지만 어찌 된 셈인지 그녀는 그날 밤 내가 찾아 헤매던 산중 카페의 불빛처럼 영영 사라지고 말았다. 회원 자격이 유지되고 있는 것으로 보아 완전히 탈퇴를 한 것은 아닌 듯했다. 그녀가 다시 나타난다고 해도 달라질 것은 없었지만 그녀가 나타나지 않는 시간의 여백에서 작은 말의 씨앗 하나가 집요하게 자라나고 있다는 걸 나는 은연중에도 의식하지 않을 수 없었다.

상처.

나는 날마다 상처를 씹으며 그것의 쓴 물을 삼켰다. 내가 삭제한 마리 앙투아네트의 '창녀'도 씹고, 남이 장군의 '미득국'도 씹고, 이재명의 '칼'도 씹었다. 씹고 또 씹는 동안 쓴 물이 배어 나와 오장육부를 뒤틀리게 했지만 시간이 지나는 동안 그것에도 익숙해져 쓴 물을 삼키지 않으면 심신이 깨어나지 않는 것 같았다. 나는 언젠가 쓴 물이 단물처럼 느껴질 날이 오리라고 굳게 믿고 있었는데, 실제로 상처라는 말이 아주 달콤하게 느껴지던 어느 날 밤, 바이올렛이 보내온 메일 한 통을 받았다. 예상대로 그녀는 자신의 전공 분야인 상처에 관해 썼고 나는 그것을 아주 달콤하게 씹어 먹었다.

고딥 님,

나도 당신처럼 완전한 인생을 꿈꾸고 싶었습니다. 꿈꾸고 싶었기 때문에 완전한 세상에 발을 들여놓았던 것입니다. 하지만 완전한 인생을 꿈꾸기엔 내가 견뎌 온 현실의 뿌리가 너무 깊었고 내가 개간한 상처의 영역이 너무 넓었습니다. 그럴 때 마리 앙투아네트와 남이 장군과 이재명의 운명을 자신의 그것처럼 품고 살아온 당신을 만날 수 있었습니다. 나는 역사 속의 인물들보다 당신이라는 사람에게 더 관심이 갔습니다. 타인의 상처를 보듬고 그것을 위무하는 가슴을 만나 본 지가 너무 오래되었다는 생각이 들어서였습니다. 하지만 막상 당신을 만나자 당신을 만나려 한 나의 인간적 욕망을 용서하기 어려웠습니다. 그래서 그렇게 못난 모습을 당신에게 보이고 말았습니다.

나는 어떠한 경우에도 완전한 인생, 완전한 세상을 꿈꿀 수 없는 존재입니다. 하지만 나는 그것이 불행이라고 생각하지 않습니다. 반신불수일지라도 내 몸은 소중하고, 비틀린 심성일지라도 그것은 나의 것이기 때문입니다. 내 인생에도 환상과 꿈이 필요하겠지만 그것과 나의 현실을 맞바꾸거나 혼동할 수는 없습니다. 그것을 견뎌 온 시간이 너무 아프고 너무 힘들어서 이제는 그것과 맞바꿀 만한 게 이 세상에는 달리 없습니다. 나의 상처가 인생을 살아 나가게 만드는 유일한 힘이기 때문입니다. 그리고 그것이 내가 상처를 소중하게 생각하는 진정한 이유이기도 합니다.

짧은 만남, 긴 이별. 이것도 그대와 나에게 좋은 상처가 되길 빌며.

*

가을빛이 완연하던 어느 월요일, 나는 완전한 세상에서 탈퇴했다. 물론 마리 앙투아네트와 남이 장군, 이재명에게 부여했던 완전한 인생도 해지 처리했다. 탈퇴하기 전 마지막으로 바이올렛에 대해 검색하자 그녀도 더 이상 완전한 세상의 회원으로 떠오르지 않았다. 하지만 회원 탈퇴를 했다고 해서 처음의 자리로 되돌아간다는 느낌은 들지 않았다. 뭔가 내가 모르던 세상 하나가 더 열린 것 같은 넉넉한 느낌, 완전한 세상은 아닐지라도 서로서로 상처를 비비며 어울려 살 수 있는 공간이 나의 내면에 생성된 것 같다는 생각은 확연하게 들었다. 그래서 그 모든 것들을 정리하는 기념으로 나는 배낭을 꾸리고 카메라를 챙겨 오랜만에 여행을 떠나기로 작정했다. 내가 짊어졌던 모든 마음의 짐을 부려 놓고, 참으로 홀가분하고 자유로운 기분으로 여행을 떠나고 싶었다.

여행을 떠나기 전날 밤, 나는 서재에 꺼내 놓았던 『티벳 사자의 서』를 다시 책장에 꽂았다. 말기 췌장암 환자에게 사후 세계에서 일어날 일들에 관한 책을 건넨다는 게 도대체 무슨 미친 짓인가 싶어서였다. 그리고 민기에게 전화를 걸어 어머니의 영가 천도를 했느냐고 물어보았다. 그러자 그가 아주 재미있는 얘기를 들려주었다. 어머니의 영가가 지금 성북동 법사의 법당에 머물고 있다고 했다. 거기 아직 천도되지 못한 영가들이 100여 명쯤 있는데 언젠가 적당한 때가 되면 법사가 알아서 천도를 해주기로 약속을 했다는 것이었다. 그래서 나는 그에게 몸과 마음은 편안해졌느냐고 물어보았다. 그러자 그가 길게 한숨을 내쉬고 나서 이렇게 대답했다.

"난 평생 결혼 안 하고 그냥 죽을래. 결혼해서 애 낳으면 어머니가 기다렸다는 듯 환생할 거 아니냐. 그럼 나도 약 먹고 자살해야 하잖아."

여행을 하는 동안 나는 남해안의 어느 사찰에 들러 우연히 주지 스님을 만날 기회가 있었다. 그 스님에게 향이 진한 녹차를 대접받으며 인생에 대해 이런저런 대화를 나누던 끝에 나는 기어이 영가 천도에 대해 물었다. 그러자 그 스님이 가소롭다는 듯이 껄껄껄 웃고 나서 좋은 곳을 알고 있으면 자신부터 가고 싶다고 말했다. 그런 뒤 이런 비유를 들려주었다.

"어느 날, 연못에 돌이 하나 떨어졌습니다. 당연히 바닥으로 가라앉죠. 그런데 사람들이 몰려와 그 돌이 좋은 곳으로 떠오르게 해 달라고 기도하고 굿하고 영가 천도합니다. 돌이 떠오르겠습니까?"

내가 흠흠, 하는 표정으로 앉아 있자 스님은 똑같은 말을 다르게 전했다.

"바닥이 보이는 연못에 사람들이 소원을 빌며 동전을 던집니다. 던져진 동전들은 모두 공평하게 바닥으로 가라앉습니다. 그런데 욕심이 많은 사람은 내가 던진 동전만 좋은 곳으로 떠오르게 해 달라고 기를 쓰고 빕니다. 동전이 움직이겠습니까?"

가을볕을 받으며 여기저기 여행을 하는 동안 나는 내 안에서 자라던 많은 것들이 시나브로 익어 가는 느낌을 자주 받았다. 어떤 것들은 투둑 소리를 내며 떨어지기도 하고, 어떤 것들은 빠직 소리를 내며 껍질을 찢고 얼굴을 내밀기도 했다. 하지만 나는 그런 내면의 변화에 대해 별달리 집중하지 않았다. 마리 앙투아네트에 대해서도, 남이 장군에 대해서도, 이재명에 대해서도, 심지어는 나 자신에 대해서도 특별히 신경 쓰지 않았다. 그저 그렇게 자연스럽게 흘러가는 시간이 좋았고, 시간처럼 유유히 흘러가는 나 자신이 좋았다. 참으로 오랜만에 맛보는 자연스러움이 아닐 수 없었다. 그렇게 흘러서 세상 끝까지 갔으면 좋겠다는 생각이 들 정도였다. 만물이 익어 가는 가을날, 참으로 오랜만에 나는 행복하다는 생각으로 부풀어 오르고 있었다.

인형의 마을을 떠난 뒤.

다시 해치를 열며

2008년은 내가 작가로 등단한 지 20년이 되는 해이다. 심정적으로는 몇 달밖에 흐르지 않은 것 같은데 물리적으로는 자서전적 부피가 생겼다. 하지만 지금 나에게는 그런 수치상의 시공이 전혀 중요하지 않다. 정작 중요한 건 삶의 부피가 아니라 밀도이기 때문이다. 등단을 하고 10년 동안은 그것을 모른 채 무작정 글만 썼다. 그래서 글을 쓰는 행위가 너무나도 고통스럽고 힘에 부쳤다. 글과 내가 그때는 주종 관계를 이루고 있었고 나는 하늘을 우러르듯 문학을 맹신했다. 그럼에도 초기 작가 생활 10년 내내 나를 괴롭힌 건 견딜 수 없는 결핍과 무지에 대한 공포였다. 그래서 글을 쓰면서도 이런 자세로는 오래가지 못하리라는 내면의 경종에 끊임없이 시달려야 했다.

작가로 등단한 지 10년째 되던 1999년, 「내 마음의 옥탑방」으로 이상문학상을 수상하던 그해 봄부터 나는 잠수 생활을 시작했다. 벼르고 벼르던 끝에 한 10년 탐사 작업에 매진해야겠다고 단단히 작심하고 가라앉은 것이다. 그래서 본격적인 글은 가능한 자제하고 나로 하여금 극심한 무지와 결핍에 시달리게 만든 영역으로의 내밀한 탐사 작업을 시작했다. 그리고 문학에 대한 근원적인 질문을 다시 하고 문학과 나 사이의 주종 관계를 동반 관계로 수정했다. 문학이 모든 것 위에 존재한다는 치기 어린 맹신을 걷어 내자 놀랍게도 그 자리에 '도구로서의 문학'이 나타났다. 종교 같았던 문학이 인간과 인생의 텃밭을 일궈 나가는 한 자루 호미가 되어 내 손에 들려 있었던 것이다. 의사에게 청진기가 주어지고, 축구 선수에게 공이 주어지는 것과 하등 다를 바 없는 이치였다. 언어의 텃밭을 일구는 호미 한 자루, 그것이 나에게는 새로운 문학의 의미로 자리 매김을 하게 된 셈이다.

잠수 생활 10년 동안에도 나는 몇 권의 소설책을 출간했다. 등단 후 10년 동안 계간지나 월간지에 연재하고 덮어 두었던 작품들을 수정하거나 개작하여 출간하고 아주 가끔 문예지에 발표한 중 · 단편을 모아 소설집을 묶기도 했다. 내가 작가 생활을 완전히 폐업하고 사라졌다는 말이 생기면 10년 공부가 끝난 뒤에도 복귀하기 어렵거나 면괴스러울 거라는 생각이 들어서였다. 아무려나 지난 10년 동안 나는 작심하고 쓴 작품이 없다. 띄엄띄엄 발표한 중 · 단편을 통해 유일하게 명맥을 이어 나간 세계가 '마을' 시리즈뿐이다. 20년 전 '샤갈의 마을'에서 출발하여 '사탄의 마을'과 '사람의 마을'을 지나 가까스로 '인형의 마을'에까지 당도한 것이다.

『인형의 마을』은 21세기로 접어든 뒤에 조성된 세상의 변모를 반영한 결과물이다. 멀티 라이프와 아바타로 상징되는 대체 자아의 환경 속에서 나는 인간의 기계적 특성을 발견하고 또한 이해하려고 노력했다. 아울러 인간에게 너무 많은 것을 요구하거나 기대해서는 안 된다는 소설적 토양을 확보하려고 노력했다. 소설은 반영할 수는 있지만 해결할 수 있는 게 아니기 때문이다. 그래서 네 번째 마을인 『인형의 마을』을 끝으로 외부 세계에 대한 나의 탐사는 막을 내린다. 이제 나에게 남겨진 단 하나의 마을, 내가 찾아가야 할 마지막 마을은 '나'에 의해 형상화된 내면의 마을뿐이다. 시간성에 의해 탄생한 마을이 아니라 존재성에 의해 형상화된 마을이 바로 그곳이다. 거기에 당도하면 내가 구현하고자 한 소설 세계의 한 축이 완성된다. 하지만 내가 언제 그곳에 당도하게 될지는 나 자신도 모른다. 흐름의 바깥에서, 흐름을 지켜보며, 다만 흐름을 반영하는 게 작가로서의 내 삶이니까.

이제 10년 잠수를 끝내고 다시 해치를 열고 밖으로 나온다.

세상도 낯설고 나도 낯설다. 예전에는 경계를 구분했지만 이제는 환상/현실, 과거/현재 따위의 경계가 무의미하다고 생각하므로 낯선 느낌 자체가 한없이 정겹기만 하다. 날마다 '낯선 정겨움'의 이율배반 속에서 살고 싶다. 이제는 예전처럼 소설을 '쓰지' 않고 '짓기'로 작정하고 다시 나선 길이기 때문이다. 예전에는 문학을 경배했지만 이제는 함께 부둥켜안고 뒹굴 수 있는 대상이 되었으니 손도 풀고 어깨도 풀고 딱딱한 표정도 풀고 한없이 자연스러운 글짓기를 하고 싶다.

지난 10년 동안 준비한 재료를 바탕으로 앞으로 10년 정도는 장편소설에 매진하고 싶다. 이제 비로소 그것을 써도 될 것 같은 느낌, 내 호흡만으로 이야기를 이끌 수 있을 것 같은 자연스러움이 느껴지기 때문이다. 아무려나 이제 다시 해치를 열고 세상으로 나가 글짓기의 무한 창공을 향해 비상하고 싶다. 형식적인 비상, 관념적인 비상에는 더 이상 관심이 없다. 이제는 날개 없이도 날고, 앉아서도 날고, 누워서도 날 수 있으니까.

날지 않고도 날 수 있는 진정한 짓기의 세계를 향하여.

2008년 8월

박상우

■ 작품 해설

황홀, 경

강유정(문학평론가)

1 진실이 숨은 곳

목월은 이승을 일컬어 "열매가 떨어지면 툭 하고 소리가 들리는 세상."이라고 말했다. 과연 이승의 삶은 소란스럽다. 소리가 너무 많다. 열매가 떨어지면 툭 하고 나는 소리는 세상의 일이 무섭고도 원대한 인과관계 아래 놓여 있음을 짐작하게 한다. 떨어지면 소리가 난다, 무엇인가를 강렬히 욕망하여 쟁취하면 다른 무엇인가를 잃는다. 간절히 원했던 여자를 얻고 나면 혈육을 잃고(「노적가리 판타지」), 총 대신 칼을 택해 죽음을 맞는다(「인형의 마을」). 모든 선택에는 훗날 필연이라고 부르는 우연한 결과가 따라붙는다. 인과관계로 해석되는 사후적 삶에는 선택의 순간 나뉘었던 이율배반이 놓여 있다. 무엇인가를 얻는다면 다른 하나를 잃어야만 하는 것, 인생의 일회성과 죽음의 필연성. 이 무서운 기회비용이야말로 삶의 이치이다.

박상우의 새 소설집 『인형의 마을』은 대가 없는 획득이 불가능한 인생의 아이러니를 다루고 있다. 소리들로 가득 찬 이 세상을 바라보는 그의 시선은 둘 중 하나를 선택할 수밖에 없는 삶의 비애를 견지하고 있다. 그래서인지 박상우는 삶의 표면이 아닌 이면과의 경계에 집중한다. 욕망과 본연, 창조와 창작, 이승과 저승, 황홀과 타락, 진실과 거짓 사이에서 그는 아직 인화되지 않은 날 것의 진실을 길어 낸다. '중음(「인형의 마을」)'이자 '섬(「노적가리 판타지」)'인 그곳에서 그는 봉합된 경계의 틈새를 바라본다. 그리고 잠시 소리가 사라진 그 경계야말로 '진짜' 세상의 속내를 짚어 볼 수 있을 유일한 경계임을 말한다. 보이지 않는 실재의 공간, 실재하지만 감촉할 수 없는 그곳에 우리가 모두 보기 두려워하지만 결국 긍정할 수밖에 없는 삶의 실체가 있다. 그래서 박상우에게 삶의 속내는 틈새에서 흘러나온다.

틈새와 경계에서 세상을 바라볼 때, 우리가 색성향미촉으로 나눈 오감은 우스운 상대성으로 소멸되고 만다. 나를 붙드는 소음과 인과관계가 인위적이기에 무의미한 질서로 강등되고 마는 것이다. 경계로서의 그곳은 '그것은 안 된다'라는 금기가 본연의 욕망 앞에서 휘발되고 지독한 업이 생의 얼룩으로 떠오르는 아이러니의 공간이다. 이승의 소음이 차단되는 중음의 공간. 중요한 것은 박상우가 조형하고 있는 그곳에서 우리가 굳이 나누고 지켜 왔던 법과 윤리가 경계 속으로 사라지고 만다는 사실이다. 그리고 역설적이게도 법과 질서를 모독하는 이 위반을 통해 삶 자체가 긍정된다. 박상우의 말에 따르자면 우리는 인생이라는 무대 위에 등장한 인형이나 배우처럼 낯선 대상이고 만다. 낯설어진 나 자신을 바라볼 때 창조와 창작의 경계는 희미해지고 한편으로는 명확해진다. 그리고 그 순간, 모든 단단한 것이 무너지는 경계에서, 예감이 주는 이율배반적 환희와 황홀경(恍惚境)이 찾아온다. 삶의 경계에서 새어 나오는 황홀(恍惚), 경(境). 박상우의 새 소설집 『인형의 마을』의 치열함은 바로 여기에 있다.

2 경계와 접촉

세상에 규율이 정해지면서부터 금기가 되어 온 일이 있다. 아니, 규율은 금기 위에 존재한다. 모든 금기는 문화적이며 관념적인 결과물이기도 하다. 가령 가족이라는 개념만 해도 그렇다. 시아버지와 며느리의 관계, 처제와 형부의 관계, 혹은 형수와 동생의 관계는 혈연이 아닌 관념과 계약으로 형성된 가족 관계이다. 결혼으로 생성된 가족 관계는 법적 구속력 위에 존재하는 친밀한 집단이다. 이는 가족이라는 체제가 인간의 본원적인 욕망과는 전혀 다른 이성적이며 개념적인 것임을 뜻한다. 질서라고 불리는 체제에 대한 반감은 소설집 곳곳에 매복하고 있다. 그는 이 거짓 제안을 '허구'라고 부르기도 하고(「독서형무소」), '아바타 놀이'(「융프라우 현상학」)로 규정짓기도 하며 '인형 놀이'(「인형의 마을」)로 호명하기도 한다.

여기, 세상의 금기를 어긴 남녀가 있다. 그는 이제 금기를 어긴 대가를 치르기 위해 '강' 건너 마을을 향해 간다. 몸이 불편한 동생의 여자를 육체적으로 사랑한 형. 동생은 정신적으로, 형은 육체적으로 사랑했다고 말하는 여자. 그는 법적인 관계의 가족과 상간(相姦)한 패륜아이며 그로 인해 동생을 자살로 이끈 존속살해의 범죄자이다. 그는 우리가 윤리라고 부르는 질서에 의해 추방자가 될 수밖에 없다. 패륜아에게 허용된 삶의 공간은 없다. 오이디푸스가 눈을 잃고 크로노스의 숲으로 갔듯이 그는 이제 강을 건너 추방자의 섬으로 향한다.

「노적가리 판타지」는 강의 이쪽과 저쪽으로 나뉜 세상의 이면을 들여다보는 소설이다. 동생의 죽음은 남자의 삶에 지울 수 없는 상처로 자리 잡는다. 그의 고통은 바로 이 모든 사실을 행하였고 또 한편 기억하고 있다는 것이다. 기억하고 싶지 않은 자는 눈 위를 걸어서는 안 된다. 왜냐하면 눈은 지나온 길을 발자국으로 증명해 주기 때문이다. 그는 강 건너에서의 일을 잊기 위해 섬으로 들어가지만 실상 강 너머의 일은 점점 또렷해진다.

이것이 하나의 문장이라면 모조리 지우고 처음부터 다시 써야 옳을 터이다. 하지만 아무리 다시 써도 달라지지 않는 게 인생의 문장이다. 고쳐도 또 고치게 만드는 마술, 얼마나 끔찍한가.

—「노적가리 판타지」, 19쪽

'그'는 동생의 여자를 취하는 것이 옳지 않은 일임을 알면서도 그녀의 육체에 빠져 든다. 여자와의 관계를 '독'이라고 말하는 그는 그 독이 열락의 감도를 높이는 것이었음을 알고 있다. 역설적이지만 금지가 욕망을 부른다. 바타이유의 말처럼 금지된 욕망이기에 남자는 여자에게 맹렬히 빠져 들게 된다. 문제는 모든 행위에는 결과가 따른다는 사실이다. 열락이 깊을수록 대가가 될 고통도 깊어진다. 고통이라는 대가 없이 열락은 환희를 주지 않는다. 그와 그녀가 나누었던 욕망의 실체가 동생의 주검으로 객관화되었을 때 그들은 자신들이 저지른 패륜의 결과물과 접촉한다. 그들이 나눈 격정은 생성의 에로스가 아니라 무수한 것들을 파괴하는 타나토스의 에너지였던 셈이다.

순간, 그는 붉게 타오르는 물기둥을 부둥켜안고 섬으로 건너가고 싶다는 생각을 하며 치를 떨었다. 섬으로 건너가지 않으면 안 될 것 같은, 섬으로 건너가야 모든 게 종료될 것 같은 예감이 번개처럼 뇌리를 스쳐 간 때문이었다.

—「노적가리 판타지」, 20쪽

그는 이제 삶의 공간을 떠나 섬으로 들어간다. 흥미로운 것은 섬으로 간 이후이다. 남자는 그곳에서 자신의 운명과 꼭 닮은 듯한 사람들을 만나게 된다. 며느리를 탐해 손자이자 아들인 아이를 낳고 그 충격으로 아들을 죽게 한 시아버지를 말이다. 며느리는 말한다. 남편의 죽음은 "시아버지가 나를 덮치는 걸 본 뒤부터 날마다 술을 마시고 괴로워하다가 죽"었으니 자살이지만 엄밀히 말하자면 타살이라고 말이다. 그럼에도 그녀는 태연히 시아버지에게 증오의 칼날을 세우며 어린 아들과 함께 살아간다. 자신의 운명에 "담대하고 당돌하게" 직면하고 있는 것이다. 그녀는 이러한 자신의 삶에 대해 말한다.

> "사람 인생은 사람이 만드는 게 아니에요. 그래서 난 모든 걸 받아들이죠……. 껴안기 위해서가 아니라 버리기 위해, 오직 버리기 위해……. 인간은 세상에 태어나는 순간부터 세상을 겪기 시작하죠. 어차피 겪는 게 인생이니까…… 겪는 것 말고는 별달리 할 게 없죠. 안 그런가요?"
>
> —「노적가리 판타지」, 28쪽

결국 그가 들어간 섬은 모든 것이 허용됨으로써 고통을 인내하는 공간임이 밝혀진다. 그곳은 상징계적 규율과 금기가 '인생'이라는 미로 앞에서 하염없이 무너져 내리는 공간이다. 법은 예외를 조항으로 만들어 또 다른 법의 체계에 복속시키지만 삶에 있어서 예외는 필연적 전제이다. 이 헤아릴 수 없는 가변성 앞에서 추문은 삶의 일부가 되고 진실은 떠오른다. 그러니까 막상 그 섬은 모든 것이 허용되지만 한편으로는 모든 것이 불허된 제3의 장소이다. 현실에서는 존재할 수 없는 환상 속의 공간, 작가가 이곳을 현실 공간 너머의 '노적가리'로 명명하는 이유이다.

실체 위에 군림하는 법과 질서라는 관념에 대한 거부감은 '현실'을 감옥에 비유하는 데서 두드러진다. 「독서형무소」는 실재를 앞서 존재하는 관념을 부정하는 일종의 알레고리 소설이라고 할 수 있다. 독서형무소에 7000일 이상 갇혀 있던 '나'는 수천 권의 독서를 통해 "세상 모든 것이 허구"라는 사실을 알아차린다. 아니 그는 "일곱 살 때 이미" "가정도 허구이고, 가족도 허구이고, 나도 허구라는 것"을 깨달았다고 선언한다. 그가 '허구'라는 이름으로 공격하는 세상은 '질서'와 '희망'이라는 거짓 주제로 모든 존재를 수감하는 일종의 감옥이다. 소설의 인물은 배드 섹터(bad sector)처럼 '희망'과 '질서'로 운용되는 체제에 불편을 느끼고 그것에 고장을 내려 한다.

그가 갇혀 있는 세계는 독서형무소로 대표되는 관념의 감옥이다. 육체적 실감이 제거된 채 오직 관념으로 구축된 세계. 그는 그곳의 허황함을 견디기 어려워한다. 흥미로운 것은 그로 하여금 이 관념의 허구적 세계로부터 이탈하게끔 만든 유인자가 바로 '여자'라는 사실이다. 완벽한 에세이에 대한 포상으로 제공된 여자는 개념으로 설명 불가능한 감각적이며 육체적인 세계의 가능성을 제기한다. 그 가능성을 위해 그는 독서형무소가 아닌 다른 곳의 삶을 갈망하게 된다. 여자를 향한 욕망이 다른 세계에 대한 갈망을 길어 내는 것이다. 문제는 그가 독서형무소, 이념과 개념의 감옥에서 벗어나 향하게 되는 곳이 또 다른 감옥 바로 "육체의 감옥"이라는 사실이다. 육체적 삶과, 관념의 삶 그 사이에는 변증법적 합일의 공간이 없다. 서로 합일할 수 없는 부정으로서 두 공간은 완강히 대치하고 있을 따름이다. 그에게 허용된 유일한 합일의 공간은 바로 '죽음', 투신 이후 처하게 될 "나 스스로 길이 되는" 방법은 이곳도 저곳도 아닌 제3의 공간, 바로 육체와 개념의 한계를 넘은 황홀, 경의 세계, 제3의 공간으로 구체화된다. 개념으로 구축된 세계가 허구라면 감각으로 이뤄진 육체의 세계는 오류투성이다. 그가, 우리가 발 딛고 살아가는 현실을 영혼 없는 육체의 공간, 무대로 부르는 까닭도 여기에 있다.

3 무대, 그 불완전한 감각적 세계와의 대면

제3의 공간은 「융프라우 현상학」에서 '죽음', 「인형의 마을」에서는 '사이버 공간'으로 변주된다. 환상 속에서나 가능한 치유, 박상우는 삶의 이율배반을 넘어선 화해의 공간은 현실이 아닌 초월적 환상 속에 자리 잡고 있다고 말한다. 이 초월론적 화해는 한편 우리가 발 딛고 살아가는 현실에 대한 날카로운 배신감과 불신 너머에 있기도 하다. 이는 그가 우리의 삶을 무대, 그리고 그 삶을 살아가고 있는 사람들을 무대 위의 배우나 인형, 아바타라고 부르는 까닭이기도 하다.

'중음'과 '섬'에서 허용되는 일이란 일회적이며 필연적 삶이 해답을 내놓을 수 없는 인간사 모두이다. 우리는 되는 것과 안 되는 것을 구분하지만 사실상 모든 일은 경계와 금기를 넘어 발생한다. 「융프라우 현상학」에 등장하는 사내는 미친 듯 자신의 '색'을 일깨우는 여자를 피해 스스로 '중음'의 세계라 부르는 산속에서 살아간다. 그곳은 성수기 한 철을 제외하고는 찾는 이가 거의 드문 산장이다. 융프라우라는 이름은 그가 가 닿고 싶은 안정과 화해의 공간을 대변한다. 하지만 그의 실제 삶에서 융프라우는 사진 속에 존재할 뿐, 현실은 '똥푸라우'에 가깝다. "이 견딜 수 없는 짝퉁의 세상", 이것이 바로 산장 융프라우에서 그가 바라보는 세상의 풍경이다.

지금 그는 자신에게 무섭게 집착하는 여자 '미향'을 피해 산중에 와 있다. 미향은 동물적이며 색정적인 여자이다. 자신을 배신하고 다른 남자와 결혼했던 그녀가 어느 날 두고 간 우산을 찾으러 온 듯 그에게 돌아와 버린 것이다. 다짜고짜 그의 품으로 달려드는 미향을 그는 내쳐 버릴 수가 없다. 그가 도망 온 세계는 미향이라는 여자로 대표되는 감각의 세계이다. 그는 이성을 지배하는 감각의 선명성과 감각의 선명성이 불러일으키는 복잡 미묘한 감정들에서 벗어나고 싶은 마음에 산속으로 도망 온 것이다.

그렇다면 그가 말하는 '중음'의 세계란 어떤 곳일까? 박상우는 '그'라는 인물을 통해 육체의 감각으로 고통스러워하지만 그 감각과 고통을 통해서만 존재를 확인할 수밖에 없는 세상을 그려 낸다. 산장 옆방에 들어 조용조용히 인연과 죽음에 대해 대화를 나누는 두 남녀의 이야기를 듣던 그는 갑작스럽게 산장을 벗어나 곡괭이를 들고 결빙된 호수로 달려 나간다. 남자는 얼어붙은 호반에 구멍을 뚫어 "온몸의 감각이 마비"될 때까지 스스로를 담근다. 그리하여 그는 참을 수 없는 고통의 감각, 생이 주는 유혹, 색으로 이루어진 현실의 고달픔을 마비시키고자 한다. 하지만 살아 있는 육체의 삶이란 아무리 멀리 도망간다 해도 달라지지 않지 않을까?

결국 박상우는 아무리 멀리 도망간다 할지라도, 그리고 가짜라고 할지라도 그것이 인생이라고 말한다. 중요한 것은 이 가짜의 세상에서 '완전한 삶'과 '진짜'를 찾는 구도 과정이다. 감각의 세계에 갇힌 일상적 존재를 일깨워 작가 박상우는 결핍된 무엇을 계속 건드린다. 그래서 완전함이라는 삶의 베일을 거둬 냉혹하고 잔인하게도 그 형편없는 속살을 비춰 낸다. 남루한 무대 위에 놓인 '우리'는 그래서 영혼이 없는 '인형'이거나 조악한 창조물인 '아바타'와 다를 바가 없다. 한 번의 선택으로 인해 영영 다른 삶의 결말과 마주쳐 버린 세 인물을 주목하는 이유도 여기에 있다. 삶의 완전함은 불완전한 삶을 거쳐 간 사람들의 잘못된 선택으로 더 선명해진다. 소설집의 마지막 작품인 「인형의 마을」처럼 말이다.

소설가인 '나'는 며칠째 『티벳 사자의 서』를 읽는 중이다. 이 책은 사람이 죽은 이후로 저승에 가기까지 머무는 49일의 시간인 '중음'의 세계에 대해서 말하고 있다. 그런 그에게 오래된 친구가 찾아온다. 자신의 비행을 못 견딘 어머니가 자결했다는 소식과 함께 말이다. 친구 어머니의 천도를 위해 동행했던 남자는 법사에게서 놀라운 이야기를 듣게 된다. 하나는 친구와 친구 어머니의 인연이 어머니와 외할아버지가 거쳤던 악연의 반복이라는 것이며, 다른 하나는 '나'의 몸속에 세 명의 영혼이 함께 거주하고 있다는 사실이다. 외할아버지의 반대에도 불구하고 유부남의 아이를 낳은 어머니는 결국 외할아버지를 자결에 이르게 한다. 법사의 말에 따르자면 어머니의 속을 썩였던 그 친구는 바로 외할아버지의 환생이다. 이 지독한 윤회 사상 속에는 결코 사라지지 않는 인과관계의 사슬이 놓여 있다. 하여, '나'는 자신의 영혼에 동거하고 있는 영혼들의 그 불행한 삶의 근원을 찾아 다른 결말로 변환시켜 줄 것을 마음먹는다. 인터넷 세상 속 '완전한 삶'이라는 모델링을 통해서 말이다.

그에게 깃든 영혼은 '남이 장군', '마리 앙투아네트', '이재명'이라는 각기 다른 시대, 다른 성별의 인물들이다. 이들의 공통점이라면 모두 우연한 선택으로 자신의 목숨을 빼앗긴 자라는 것이다. 남이 장군은 '미득국'과 '미평국'이라는 양가적 의미 가운데서 죽었고, 마리 앙투아네트는 성녀와 창녀라는 모순적 이미지의 충돌 속에서 사라졌다. 한편 이재명은 칼과 총 중에서 칼을 선택했기에 국운을 돌릴 영웅에서 살해범으로 추락하고 만다. 그는 그들의 운명의 지침을 돌려놓았던 팽팽한 이율배반의 힘을 역사와 다른 방식으로 재구성한다. 그럼으로써 불명예스러운 죽음으로 끝난 그들의 삶을 완전한 삶으로 제고하려 한다.

세 인물을 통해 작가 박상우가 조형하고자 하는 것은, 불완전한 선택과 불온한 오해가 기록된 역사를 만들어 낸다는 것이다. 기록된 역사를 위반하며 창조의 삶을 제공하는 것은 소설가의 몫이다. 그런데 한편 소설가란 세상을 창조하는 것이 아니라 세상의 숨은 이면을 발견하여 '창작'해 내는 자이기도 하다. 삶의 이율배반을 발견하는 것도 작가의 시선이지만 그 자체의 모순을 냉정하게 바라보는 것, 그것이야말로 진정한 작가의 몫이기도 하다는 뜻이다. 작가는 불완전한 실제의 삶을 완전한 인과관계와 올바른 선택으로 교정하고 싶어 한다. 하지만 소설이 현실을 이겨 낼 수는 없다. 지상의 왕이 만든 미로에 환상의 왕은 갇혀 죽을 수밖에 없다.

아무리 잔혹한 이야기일지라도 현실보다는 못하고 아무리 완전한 이야기일지라도 현실의 대기와 맞닿는 순간 변질되고 만다. 순간의 어긋남과 한 치의 실수로 생사가 결정된다. 작가는 개연성과 필연성의 세계 안에서 생과 사를 창작하지만 실제의 삶에서는 간혹 개연성이 무시된다. 선택은 인간의 몫이지만 그 선택의 결과는 신의 몫이기 때문이다. 실패한 거사가 이야기를 만든다. 박상우는 인과관계를 유추할 수 있으나 바로잡을 수 없는 고통을 신에 근접한 작가의 업이라고 말하는 듯싶다. 툭 하고 떨어지는 소리를 들을 수는 있으나 미처 그 떨어지는 열매를 잡을 수는 없는 자, 그가 바로 작가인 셈이다.

4 신과 작가의 경계

나는 아무 생각 없이 버튼을 클릭하고 해당 사이트로 이동했다. 그리고 그곳에서 완전한 세상, 완전한 인간, 완전한 인생을 구경했다. 하지만 그것은 아주 간단하고 거칠게 요약해 사이버상에서의 하느님 놀이와 하나도 다를 게 없었다. 3D 가상공간에 자신이 설정한 인생의 커버스토리를 내세우고 그것에 맞춰 다른 인생들과 교류하며 살아간다는 것. (중략) 완전한 세상, 완전한 인생은 한마디로 말해 웃기는 인형의 마을이었다. 자신을 대신하는 아바타에 일부 네티즌들이 정도 이상으로 심각하게 빠져 있다더니 기어이 이런 어처구니없는 망상의 세계까지 만들어지는구나 싶어 나는 망설임 없이 그곳을 빠져나오려 했다.

—「인형의 마을」, 291쪽

작가 박상우가 놓인 소설적 공간은 개개인이 일인 미디어를 가지고 자신만의 세계를 구축할 수 있는 곳이다. 망상의 세계이기도 하지만 극중 소설가의 입을 빌려 말하듯이 그곳은 "현실적인 감각"을 "약화"시키고 오히려 "사이버 상에서 내가 만드는 인물과 공간은 점점 더 실감 나게" 사로잡는 공간이기도 하다. 사이버 세상은 마치 표준적 수치처럼 운명적 불행이 제거된 완전한 삶을 제공한다. 기대와 확률, 계산과 결과가 의외성 없는 만족감을 제시하는 것이다. 그러나 한편, 이러한 사이버 공간은 작가 박상우가 말하듯이 영혼이 없는 '인형'의 공간이며 잔혹하고 원대한 창조자의 뜻에 비할 바 없는 조악한 창작자의 집결지일 뿐이다. 모든 인간의 삶은 이율배반적인 선택의 연속이다. 인공의 세계에서 예측은 현실에서는 예감 수준에 불과하다. 불가능하고 해석할 수 없는 것들 가운데서 인생의 여지는 차차 넓혀질 수 있을 뿐이다.

가령 「인생 작법」에 등장하는 인물들의 삶만 해도 그렇다. 사람들에게 '시나리오'를 제공하는 남자는 한 남자와 여자에게 '납치극' 상황을 제시한다. 그들은 주어진 시나리오대로 낯선 남자에게 납치당한 여자의 연극을 잘 수행해 낸다. 그가 지시한 것도 여기까지였다. 하지만 그들은 결국 사체로 발견되고 만다. 작가인 소설의 화자는 이렇게 말한다. "창조자가 나의 창작 영역을 침해한 것 같다."라고 말이다. 그는 자신을 "전지전능한 모조 신"이라 칭하며 사람들에게 삶의 대본을 주고 연출하려 하지만, 그 대본이 불러오게 될 다른 효과들을 예측할 수는 없다. 창조와 창작의 경계이며, 삶과 소설의 분기점이다.

작가 박상우가 '백일홍'으로 압축되는 소설의 '자미'를 갈구하게 되는 것도 이 때문일 것이다. 삶의 지리멸렬함을 버티게 해 주는 나약하지만 필연적인 욕망, 그것이 바로 '백일홍'이다. 「백일홍을 중심으로 한 이야기」는 소설가를 업으로 삼고 있는 두 사람의 이야기로 진행된다. 자명과 마루는 17년 전 어느 날 '화무십일홍'과 '백일홍'에 대해 이야기를 나누게 된다. 마루가 말한 '화무십일홍'은 붉디붉은 아름다움의 유한함을 뜻했다면 자명이 말한 '백일홍'은 욕망이 존재를 가능케 하는 미적 아름다움의 세계라고 할 수 있다. 중요한 것은 스스로를 '납품 업자'라고 말한 소설가들이 '불황'과 '신상품'과 같은 자조적 이야기를 나누던 중에 진짜 자미와 백일홍에 대한 이야기가 나왔다는 것이다.

이는 대중 서사 시대의 '개인'으로서 소설가가 느끼는 고독이기도 하지만 노골적으로 '자미'를 추구하는 대중의 욕망 앞에 '백일홍'의 아름다움마저 훼손되는 초라함을 말해 준다. 모든 것의 가치가 '재미'로 판단되는 세계에서 화무는 십일홍일뿐 백일홍의 가치는 짐작될 수 없다. 누구도 백일홍이라는 관념적 환상이 발효되도록 기다려 주지 않기 때문이다. 환상 속에서 재회하게 된 자명과 마루의 에피소드는 우아함이 사라진 요즘 동시대 소설의 형편을 역설적으로 조명해 준다. 소설의 진짜 재미와 가치가 '환상' 속에서나 있는 현실, 소설의 진짜 재미란 이런 '자미'에 있다고 말이다. 분노하는 자가 현실을 바꾸고 현실의 이면을 보는 자는 황홀, 경 속에서 세상의 진미를 본다. 화해할 수 없는 두 세계의 대결을 견지하는 박상우는 이 세상에서 '진짜' 답을 찾는 것이 불가능하다는 사실을 알고 있다. 하지만 그 불가능한 연산 과정을 끊임없이 반복하는 것, 그것이 바로 작가로서의 자의식임을 또한 말하고 있다. 그래서 그는 범인들이 무릇 '정상'이라고 말하는 경계를 틈입하고, 진짜 세상의 비밀이 침전되어 있는 곳으로 훌쩍 넘어간다. 그래서 그의 소설은 일상을 안정된 태반이라 여기는 '우리'들을 불편하게 만든다. 당신들은 '인형' 그리고 '아바타'에 불과하다고, 거짓된 '완전한 삶'에 대한 환상에 침윤되어 있다고 말이다. 하지만 이 자극이야말로 소설이 아니었던가? 오랜만에 만나 보는 소설다운 소설. 황홀, 경 속에 놓인 세상의 '자미'. 박상우의 소설은 그 황홀, 경이다.

박상우

1988년 《문예중앙》 신인문학상에 중편소설 「스러지지 않는 빛」이 당선되어 문단에 데뷔했다. 『샤갈의 마을에 내리는 눈』, 『사탄의 마을에 내리는 비』, 『독산동 천사의 詩』, 『사랑보다 낯선』 등의 소설집과 『호텔 캘리포니아』, 『가시면류관 초상』, 『지붕』 등의 장편소설을 출간했다. 작가수첩 『반짝이는 것은 모두 혼자다』, 산문집 『혼자일 때 그곳에 간다』가 있다. 1999년 중편소설 「내 마음의 옥탑방」으로 이상문학상을 수상했다.

인형의 마을

1판 1쇄 펴냄 · 2008년 9월 12일
1판 3쇄 펴냄 · 2009년 2월 17일

지은이 · 박상우
발행인 · 박근섭, 박상준
편집인 · 장은수
펴낸곳 · (주) 민음사

출판등록 1966. 5. 19. (제16-490호)
서울시 강남구 신사동 506 강남출판문화센터 5층 (135-887)
대표전화 515-2000 팩시밀리 515-2007
www.minumsa.com

값 11,000원

ISBN 978-89-374-8202-1 (03810)